엠퍼러
Emperor

엠퍼러 4

김지현 판타지 장편 소설

초판 1쇄 찍은 날 § 2003년 8월 15일
초판 1쇄 펴낸 날 § 2003년 8월 25일

지은이 § 김지현
펴낸이 § 서경석

편집장 § 문혜영
편집 책임 § 권민정
마케팅 § 정필 · 강양원 · 이선구 · 김규진 · 홍현경

펴낸곳 § 도서출판 청어람
등록번호 § 제1081-1-89호
등록일자 § 1999. 5. 31
어람번호 § 제1-0412호

주소 § 경기도 부천시 원미구 심곡1동 350-1 남성B/D 3F (우) 420-011
전화 § 032-656-4452 팩스 § 032-656-4453
http://www.chungeoram.com
E-mail § eoram99@chollian.net

값 7,500원

ISBN 89-5505-793-8 04810
ISBN 89-5505-642-7 (SET)

4

편만

김지현 판타지 장편 소설

엠퍼러
Emperor

도서출판
청어람

반란

목차

7강

전쟁 아닌 전쟁

분해 작업

갑자기 시르 공작이 바쁘게 움직이기 시작했다.

그날 나에게 쐐기를 박아둔 후부터였다.

평소처럼 느긋하고 치밀하게 모든 것을 움직이는 게 아니라 재빠른 행동을 시작한 거다.

일단 내가 먼저 그런─계약을 위반하는, 그리고 시르 공작을 공격하는─움직임을 보였으니까 다시는 없어야 한다는 생각에 초조해졌다고 생각하고 싶지만, 시르 공작이 누군데 그런 이유로 자신의 행동을 바꿀까… 싶기도 하다.

어떤 이유든 간에 분명한 건 시르 공작이 태도를 바꿨다는 것이다. 그리고 난 시르 공작 덕분에 아주 한가해졌다는 것.

일에 참견하지 않고 구경만 하고 있으면 되니까. 물론 기분은 상당히 안 좋다.

그래도 아무 힘도 없는 상황에서 강하게 나갈 수가 없어 당분간은 하릴없이 느긋하게 상황이 돌아가는 모습을 보고 있게 된 거다.

하지만 역시 그 어쌔신 길드 일은 참 아까웠다.

연막인 줄 알았으면 건드리지 않는 거였는데.

그랬으면 벌써 성공해서 편히 앉아 있을지도 모를 일이다.

내가 시작하려 한다는 것을 '모르고 있는 상대'와 '알고 있는 상대' 중에 당연히 모르는 자를 상대하는 것이 쉬우니까. 그래서 조심했었는데…….

정말 어이없이 들통났다.

어쌔신 길드 일 때문에 내가 하려던 일들을 전부 눈치 채고 사전에 막아버리는 바람에 대부분의 일을 시도도 못해보고 포기해야 했다.

시르 공작은 나와 꽤나 비슷한 사람이니까 생각하는 게 비슷해서 더 쉽게 짐작할 수 있었을 테니. 그러니 쉽게 막을 수 있었겠지라고 생각하고 납득은 하고 있다.

하지만 꽤나 시간을 많이 들여서 한 거였는데 아깝다. 역시 아리아의 말대로 '연륜에서 차이가 난다'고 할까. 다른 패턴을 써보기도 전에 모두 봉쇄해 버리는 실력은 확실히 굉장했다. 이 사람이 나에게 진심으로 충성을 다해온다면 정말 고맙고 행복하겠지만, 그럴 리가 없으니 하루라도 빨리 어떻게든 해야 될 텐데.

"하아……."

"많이 심심하신가 보군요."

뮤리아가 생긋 웃으면서 말했다.

"뭐, 그렇지."

"시르 공작은 많이 바쁜 것 같던데요."

"그렇겠지."

내가 동맹 비슷한 걸 맺었던 자들을 모두 부수고 다니느라 아주 바쁘다.

시작은 루시아 길드.

꽤 큰 규모의 어쌔신 길드였는데도 말 그대로 순식간에 분해되어 버렸다. 아니, 분해라는 말은 맞지 않을 것이다. 거기에 소속되어 있던 사람들은 이제 없으니까 '소멸시켰다' 는 말이 더 맞겠지.

정말 순식간이었다. 시간으로 따지면 26시간, 날짜로 하면 만 하루 정도. 그 정도 시간에 싹 밀어버린 것이다.

뭐, 군대를 사용했으니까 당연한 결과라고 할 수도 있다.

그렇기는 해도…

아무리 그래도 그렇지, 국가 정규군을, 제국의 기사들을 그런 사적인데 쓰는 경우가 어디 있겠는가. 한낱—이제 시르 공작에게는 이런 식의 말을 할 수 없어졌지만—귀족이면서 말이다.

뭐, 기사단을 움직일 때 나, 즉 황제의 목숨을 노렸던 길드라고 말해 그들을 쓸 수 있었던 거지만. 공식적으로도 그렇게 발표가 났고.

아무리 그래도 그렇지… 자신의 사병도 아닌 군대를 자신의 개인적인 일에 마음대로 데려다 쓰다니, 그것도 황제의 세력을 누르기 위해서 말이다.

확실히 시르 공작답게 아주 효율적인 방법으로 정리한 거라고 할 수 있지만 심히 불쾌한 일이다. 내가 시르 공작의 '수단' 이 되어버린 셈이니까.

하여간 이제 난 뭐라고 할 수 있는 입장이 아니다 보니 그저 한탄하고 한숨만 내쉴 뿐이었다.

이런 상황이 되니 이제 귀족들도 실권자나 다름없는 시르 공작의 눈치를 보는 건 뻔한 일.

조금이라도 잘 보이려고 선물도 갖다 바치고 한 번이라도 얼굴을 내밀어보려 하고.

아직까지는 나와 시르 공작 둘 다 그런 눈치를 보인 적 없었는데 도대체 어떻게 알아낸 건지 모르겠단 말야.

"자기 편에 있고 싶어하는 녀석들도 다루려면 한동안 정신없이 바쁠 걸."

나 자신도 비웃음인지 자조인지 모를 미소를 지어버렸다.

지금 시르 공작은 자신들을 받아달라고 모인 파리 떼 같은 녀석들을 상대하느라 꽤나 바쁠 거다.

이런 내 태도에 뮤리아는 그저 부드러운 미소를 지을 뿐 별다른 말도, 행동도 없었다.

달리 생각이 있는 건지, 아니면 아무래도 상관없다는 태도인지 알 수 없는 애매한 태도를 보이고 있다고나 할까. 더 정확히 말하자면 이 상황을 즐기는 듯하다.

내가 비틀려서 그런 생각이 드는 건지도 모르겠지만 말이다.

"재미있나 보군."

나도 모르게 비틀린 말이 나왔다.

이럴려고 했던 게 아닌데.

최근에 있었던 일들 덕분에 성격이 꼬여 버린 건지도 모르겠다.

"글쎄요. 폐하께서는 많이 불쾌하신 모양이로군요?"

"당연한 거 아닌가?"

아무리 내 실수와 잘못들로 인해 일어난 사태라고는 하지만 이런 상황이 기분 좋을 리가 없었다. 아니, 내 실수로 일어난 일이니 더 불쾌하다.

뮤리아는 내 대답을 듣더니 찻잔을 빙글빙글 돌리며 천천히 입을 열었다.

"하지만 이게 끝은 아니잖아요?"

"……!!"

순간 멈칫했다.

설마 내 계획을 다 알고 있는 건 아닐 거다. 절대 그건 아니다. 난 뮤리아에게는 내색한 적 없다. 아직 적일지도 모른다는 생각에 조심했으니까. 그런데?

"…그대, 어디까지 알고 있는가?"

"전 아무것도 모른답니다. 실은 저도 '실패'라는 소리를 듣고 식은땀까지 흘리며 겁을 먹었으니까요. 이 자리에서 추락하는 건가 싶어서 상당히 놀라고 또 겁이 났거든요."

차가운 내 물음에 뮤리아는 약간 움찔하더니 필요 이상으로 길게 말했다. 설명이라기보다 나에게 자신은 아무 일도 하지 않았다고, 멋대로 굴지 않았다고 변명하는 듯한 말이었다.

"그런데 폐하께서 잘 아시는 분이자 제 스승이라 할 수 있는 분께서 가르쳐 주셨어요. 덕분에 저도 안심할 수 있었지요. 그분은 폐하께 기다리겠다고 전해달라 했어요."

뮤리아가 내 눈치를 보며 한 말에 난 허탈하게 웃었다.

기운이 빠져 버렸다. 끙끙대며 조심했던 게 어쩐지 허무하기도 하고. 그렇게 모두에게 간파당하고 있었나 하는 생각에 묘하게 불쾌하기도 하고. 또 다 알고도 초조해하거나 재촉하는 모습이 없는 걸로 봐서 뮤리아도 꽤나 이런 힘 싸움을 잘 도와줄 수 있을지도 모르겠다는 생각도 들고.

특히 나와 그다지 친하지 않은 하네인 후작도 내 생각이나 태도를 짐작하고 있다면 다들—특히 시르 공작이—알고 있는 게 아닐까 걱정되기도 했다.

하여튼 이런저런 생각으로 기운이 쫙 빠져서 의자에 기대 버렸다.

하지만 들어서라고는 해도 다 알고도 모른 척하면서 자신의 한탄을 들어주고 있던 이 사람은…

"꽤나… 뭐랄까……."

"예?"

"아니, 아무것도."

말을 얼버무리며 슬쩍 웃었다.

확실히 이 뮤리아라는 자는 특이한 여자다. 거의 본능적으로 이런 정치 싸움을 아는 듯한 느낌도 들지만 다른 한편으로는 너무 쉽게 권력에 물들어 버린 듯한 모습을 보일 때도 있다.

"'힘이 없어지면 싫다' 는 건가."

"전 그렇게 말씀드리지는 않았는데요."

뮤리아는 애매한 웃음과 함께 대답을 하더니 확실하게 화제를 바꿔주었다. 자신이 수놓은 손수건을 들어서 나에게 보여준 것이다.

"잘했죠? 제가 한 거예요."

잘하기는 무슨… 한 번도 배운 적 없는 내가 해도 그보다는 낫겠다.

대체 뭘 수놓은 건지 알 수 없을 정도로 이상한 그림과 뮤리아가 수놓는답시고 바늘을 들었을 때부터 자신의 형체를 잃은 듯한 손수건이었던 물체.

"…그나마 발전한 건가?"

차마 칭찬은 못하고 안 열리는 입을 열어 억지로 말했다.

그러자 뮤리아는 아주 자랑스러운 듯이 고개를 끄덕였다.

"그럼요. 이번에는 바늘에 열 번밖에 안 찔렸어요."

자랑이다.

정말 뮤리아는 스라트에서 자란 것치고는 할 줄 아는 게 너무 없다. 거기서는 자수라든지, 바느질은 당연한 여성의 교양으로 교육받는다던데.

뭐, 우리 제국이야 건국 때부터 워낙 여성들의 천하여서 여성들이 집에서만 얌전히 앉아 수놓는다든지 하는 그런 데 취미있는 사람이 드물지만(대신 검술은 기본적으로 익힌다). 어째서 남성 우월주의인, 여성들을 집안에 있는 장식품 정도로 생각하는 스라트에서 자란 뮤리아가 이런 걸 전혀 못하는 걸까?

어쨌든 스라트에서는 바느질을 못하면 여자 취급을 못 받는다고 들었는데 말야. 그러니 왕족으로서 당연한 교양으로 배웠을 텐데, 어떻게 이렇게까지 못할 수 있는 건지 정말 신기하다.

확실히 뮤리아는 이리로 올 운명이었나 보다. 아무리 봐도 스라트 내에서 결혼을 했다면 꽤 힘들었을 거야.

"참, 시르 공작이 굉장한 일을 벌일 모양이라고 하던데요. 알고 계시죠?"

한참을 손수건(이었던 형체)을 들고 자랑하던 뮤리아는 갑자기 의미심장한 말을 꺼냈다.

눈까지 초롱초롱 빛내면서 굉장히 기대된다는 듯이.

"그래."

나도 시르 공작이 이렇게나 능력 좋은 줄 몰랐다.

아니, 이렇게 눈이 뒤집힐 수도 있을 줄 몰랐다고 말하는 게 맞으려나. 아니면 이렇게 정신 나간 짓을 계획할 수도 있다는 데 놀랐다고 해야 하나. 그것도 아니라면 미쳤다고 해야 되는 건지.

"도대체 어쩔 생각인 건지……."

"확실히 보여줄 생각이겠죠."

"글쎄, 자신이 관여했다는 걸 에이윈에서 알게 되면 전쟁이 날 텐데? 그럼 시르 공작의 야망도 그날로 끝이라고."

시르 공작은 지금 에이윈을 몰락시킬 준비를 하고 있다. 이 대륙의 3대대국(大國) 중의 하나인 에이윈을 말이다. 아무리 지금 에이윈의 황제가 병상에 있고 태자가 정해지지 않아서 혼란스러운 시기라고 해도 쉬운 일이 아니다.

자칫하면 역으로 이 아린드가 망할 수도 있는 일이다.

이 일로 인해 전면전이 벌어진다면 승산은 적으니까.

"정말이지 심하다니까요. 어떻게 그런 생각까지 할 수 있는 건지."

뮤리아가 작게 한숨을 내쉰다.

"다른 이들은 몰라도 나에게는 확실히 보여주고 싶었겠지, 어떤 세력을 끌어들여도 소용없다는 것을."

확실히 이상할 정도의 '본보기'다. 아무리 시르 공작이라도 타국인, 게다가 역사상으로 깊은 관계도 드문드문 있어왔던, 우리 제국과 '친하다'고 표현할 수 있는 에이윈까지 어떻게 할 거라는 생각은 전혀 못했었는데 말야. 그래서 끌어들인 것이기도 했고.

하지만 난 그 정도로 순순히 고개 숙일 사람이 아니라서 말야. 설사 에이윈이 정말 무너진다고 해도, 시르 공작이 나의 지인(知人)들을 모두 해한다고 해도 난 끝까지 살아남을 거고 내 계획을 포기하지 않을 거다.

난 절대 날 업신여겼던 자들을, 날 벌레 보듯이 했던 것들을, 내가 비굴하게 지내게 만들었던 모든 것들이 잘되게 내버려 두지 않을 것이다.

"하지만… 시르 공작은 대체 어떻게 할 생각일까?"

직접적으로 드러낼 수는 없다, 전쟁을 일으켜서는 안 되기에.

그렇다면 어떻게 에이윈을 무너뜨릴까.

"폐하, 즐거워하시는 것 같습니다만."

뮤리아가 이상하다는 듯이 말했다.

"응? 아아… 그래."

솔직히 좀 즐겁다.

대체 어떤 방법을 쓸지 기대되기도 하고.

그리고 더 중요한 건… 시르 공작의 능력이 어느 정도까지인지 알 수 있다는 거지. 먼저 적을 알아야 싸움에서 이길 수 있는 법이니까.

"그렇다는 건 저희에게는 상관없는 일이라는 거죠? 이번 시르 공작의 움직임."

"그래."

내가 고개를 끄덕여 주자 뮤리아는 조금 안심한 눈치였다. 그리고 나서 명쾌하게 결론을 내렸다.

"그럼 저희는 그냥 즐기도록 하지요. 세세한 이야기는 어차피 각자의 정보망을 이용해야 알 수 있는 일이니."

"그래, 맞는 말이다."

맞긴 하지만 나로서는 뮤리아가 저렇게 느긋하게 말할 수 있는 게 부럽다. 난 이번 일 이후부터 내가 받을 '대접' 때문에 벌써부터 심사가 뒤틀리는데.

"잠시 동안은 어떤 일이 일어나도 저는 태연하게 지낼 수밖에 없잖아요? 달리 할 수 있는 일도 없고요."

그 말에 난 허탈한 기분이 들었다.

뮤리아가 나보다 훨씬 나아 보였다. 손쓸 수도 없고, 닥치지도 않은 일로 고민하고 있는 나보다 담담하게 잘 받아들인다고 할까. 사실 뮤리아는 나 때문에 엮여 들어가는 거니까 억울할 만도 한데 말이다.

"뮤리아는… 생각보다 느긋한 타입 같아. 주변에서 어떤 일이 일어나도 꿈쩍도 안 할 타입."

"그래 보이나요?"

뮤리아는 생긋이 웃었다.

그리고는 남의 일을 말하듯이 담담하고 태연하게 말을 잇기 시작했다.

"전 한 번 당했던 것들을 오래 가슴에 담아두죠. 절대 잊지 않고, 잊은 것처럼 행동하기는 하지만 절대 잊지 않아요. '원한' 같은 마이너스 감정은 더하죠. 절대 잊지 않아요. 아니, 다르게 말하면 잊을 수 없죠. 그렇게 음침하게 기회만 살피다가 어느 순간 찬스가 오면 해치우는 것. 그게 바로 저랍니다. 잘 알아두세요."

생긋 웃으며 마무리하는 말에 약간의 광기가 느껴진 건 착각이었을까.

그래, 내 앞에 앉아 있는 저 여자는, 뮤리아는 자신의 고향인 스라트를 장난감으로 삼겠다는 이야기를 아무렇지도 않게 하는 사람이었다. 나에게 그 말을 했을 때도 레이르에게 받았던 대우를 그대로 돌려주겠다며 저렇게 웃었었지.

그런데 시르 공작에게는 별 감정도 없을 텐데 이상할 정도의 반응을 보여주는군.

아, 그런 것도 아닌가.

뮤리아는 자신에게 갑자기 생긴 '힘―권력' 을 믿고 또 지키고 싶어하고 있을 거다. 그러니 시르 공작에게 상당히 감정이 좋지 않겠지. 자칫하면 자신을 끌어내려 버릴 수도 있을 테니까.

난 피식 웃었다.

"그럼 나에게도 그런 감정이 있어?"

내 장난스러운 말에 이내 뮤리아도 웃으며 장난을 쳤다.

"어머, 몰랐어요? 지금처럼 제가 수놓은 손수건 칭찬도 안 해주시면 슬프잖아요."

그러면서 그 누더기에 가까운 천 조각을 들고 우는 시늉을 한다.

"솔직히 말해서 말이지, 이건 손수건이라고 보기에는 조금……."

"손수건이에요, 절대로."

"알았어, 알았어."

지금은 뮤리아의 말대로 태연하게, 담담하게 상황을 주시할 수밖에 없을 것 같다. 적어도 에이원의 문제가 끝나기 전까지는 확실히 내 쪽에 손을 뻗지 않을 테니까.

*   *   *

시르 공작은 느긋하게 찻잔을 들었다.

눈앞에 앉아 있는 아스티안이 눈에 들어오자 살짝 눈매가 가늘어졌다.

이 두 달 사이, 아스티안은 눈에 띄게 말랐다. 정확하게 말하자면 머리칼이 푸석푸석해지고 눈도 퀭해졌다. 완전히 병자의 안색이라고 할까?

나날이 아스티안에게 죽음의 그림자가 다가오고 있었다.

"몸이 안 좋으십니까?"

시르 공작은 속마음을 감추고 그 속에 있는 어둠만큼 다정하게 물었다.

"응? 아냐… 괜찮아. 좀 피곤한가 봐."

아스티안은 억지로 힘들게 미소를 지으며 말했다. 시르 공작이 속으로 조소를 보내는 것도 모르고 말이다.

떨리는 손을 감추며 애써 태연함을 가장하고 차를 마시는 아스티안을 보면서 시르 공작은 눈을 가늘게 떴다.

하루에 단 한 번으로 정해져 버린 아스티안과의 티타임이 끝나고 바로 서재로 향했다.

서재에서는 자신의 심복이라 할 수 있는 소녀가 기다리고 있었다.

"오셨습니까."

"음."

소녀가 무릎을 꿇으면서 정중하게 인사를 했다.

그에 시르 공작은 약간 오만한 표정으로 의자에 앉아 고갯짓으로 인사를 받으며 차가운 목소리로 물었다.

"알아보았는가."

"예. 조사한 바를 보고 올리겠습니다. 먼저 현 황제의 옆에서 비서로서 감시할 자는 루이스 자작이 좋을 듯합니다. 황제에게 감정도 있으니 보고해야 할 일을 눈감아주는 일은 없을 거라고 생각합니다. 그리고……."

시르 공작은 손을 들어 계속 이어지려는 말을 막았다.

"루이스 자작은 나에게도 감정이 있을 텐데?"

라나이트 상단을 빼앗은 건 자신도 관여했던 일이었다. 그리고 그 일 후에 사교계에도 발붙이지 못하게 한 건 시르 공작 자신이었다.

그랬기에 소녀가 추천하는 사람이 마음에 들지 않는 것이다.

아니, 마음에 들지 않는다기보다 그 루이스 자작이 자신을 위해 제대로 일을 해주겠는가 하는 생각이 드는 것이다.

"루이스 자작은 강한 이에게 붙어 자신의 안전을 꾀하려는 성격입니다. 그러니 주인님께서 확실한 힘을 보여주시면 따르리라 생각됩니다. 그리고 한때는 강한 세력이었다고는 하나 지금은 사교계에서, 귀족 사회에서 추방당하다시피 된 루이스 자작이니 '복귀' 할 수 있다는 말에 끌릴 것입니다. 라나이트 상단을 빼앗긴 것은 억울해하고 있겠지만 그녀의 성격상 과거에 매달려 눈앞의 이익을 놓치기는 싫을 테니 말입니다. 또한 루이스 자작의 재산은 주인님께 상당한 도움이 될 거라 생각됩니다."

차분한 보고에 시르 공작은 잠시 생각에 잠겼다. 확실히 루이스 자작은 그런 성향이 있었다. 강자에게 달라붙어 지내려는 더러운 성향. 그러니 괜찮을지도 모른다는 생각이 들었다.

하지만…

'처음에는 앨리언 황제도 그런 자라고 생각했었는데……'

시르 공작은 이내 머리를 흔들어 생각을 털어내 버렸다.

어차피 옆에 둘 감시자는 버리는 패나 다름없다.

그자가 배신한다고 해도 어차피 정보는 손에 들어오니까. 게다가 이미 앨리언 황제는 아무 데도 손을 못 쓸 테니까. 그리고… 아마도 황제는 그자가 감시자라는 걸 알고 있을 테니 말이다. 그자는 그저 황제에게 자신이 주시하고 있다는 것만 확실히 알려주면 된다. 그저 거기 있음으로 해서 자신이 황제가 어찌 행동하는지 다 알고 있으니 조심하라는 의미만 황제에게 전하면 되는 것이다.

그리고 늘 재정난에 시달리는 시르 공작에게 루이스 자작의 재산은 확실히 탐나는 것이었다. 물론 약간의 위험 부담은 있겠지만.

시르 공작은 루이스 자작을 끌어들이기로 결심했다.

"그래, 에이윈 상황은?"

"에이윈 황제는 얼마 안 가 병사합니다. 다음 황제로 가장 유력시되는 인물은 제2황자인 루드벨이라는 자입니다. 지도력은 다른 황자들과 별로 다를 바가 없습니다만, 그나마 현실 파악을 잘하기 때문에 영주들이 추천하고 있는 모양입니다."

계속 이어지는 보고를 머리 속에 넣었다.

보고가 끝나자 시르 공작은 손짓으로 소녀를 물러가게 했다.

처리해야 할 것이 생각보다 많았다.

첫째로는 앨리언 황제의 감시, 그리고 행동의 제한.

둘째로는 얼마 전의 소동 때 앨리언 황제의 편에 섰던 세력들의 처리.

그리고… 자신을 따르지 않을 것 같은 자들의 처리.

"후우……."

시르 공작은 자신도 모르게 한숨을 내쉬었다.

며칠 전에야 겨우 알게 된 생각 외의 카드가 신경 쓰였다.

별거 아니려니 하고 넘기려 했지만 아무래도 신경 쓰였다.

신분도 적당히 괜찮고, 여인들이 나서지 않는 나라에서 컸으니 정치에 참여하지 않을 거라는 생각. 그리고 아이를 못 낳는 몸이라는 게 마음에 들어 황제에게 그녀를 비로 맞을 것을 권했다. 그렇게 거의 강요하다시피 해서 결혼하게 했었는데.

그 뮤리아라는 황비는 의외로 만만치 않은 여자였다.

좀 멋대로 움직이는 것 같다는 생각에 조용히 있으라는 뜻으로 얼마 전에 직접 자신과 황제의 관계와 계약을 알려줬다. 그런데도 태연했다. 그리고 자신을 빤히 보면서 '자신의 그릇보다 넘치는 걸 바라면 무너진답니다. 알아두세요'라고 말하는 모습이나 태도들. 아무리 봐도 스라트에서 곱게 자란 여인 같지 않았다.

'그런 나라에서 한 번 유산했다고 했을 때 알아봤어야 하는 거였나.'

스라트의 정통 여성상과 거리가 먼 사람이라는 건 그때 알아봤어야 했다. 그리고 자신이 찾고 있는 여성상에서도 거리가 멀다는 것도.

하지만 어차피 큰 힘을 가진 패는 아니었다.

자신의 앞에서 신경 쓰이게는 하겠지만 그 이상은 할 수 없을 것이다.

시르 공작은 고개를 저었다. 그리고 슬쩍 창밖을 보았다.

아주 조용했다. 자신이 기분이 안 좋다는 걸 알고 다들 몸을 사리는지, 아니면 다들 일 안 하고 노느라 그런 건지는 모르겠지만. 조용한 게 아주 마음에 들었다.

"생각에 잠기기에는 아주 좋아."

혼잣말을 중얼거리면서 서재에서 책을 한 권 빼 들었다.

'황제가 확실히 알게 해야 한다. 자신을 도와줄 세력은 아무것도 없다는 걸 알게 해야 해. 그러니 카이스란 황자에게 역시 손을 써야 하는데…

그쪽에서 눈치 채게 되면 자칫 국가 간의 전쟁이 벌어질지도 모를 일이다. 쇠약해진 이 나라에는 관심없어, 필요도 없고. 그러니 조심하지 않으면……'

시르 공작은 건성으로 책장을 넘기면서 계속 생각을 이어갔다.

'에이윈은 황제의 절대 권력을 내세우고 있는 우리와 달리 전통적으로 중앙의 통치보다 지방 분권적인 나라다. 이걸 이용해서 어떻게 잘만 하면 내전을 일으킬 수 있을지도 모른다. 게다가 최근에는 정세가 불안정하기도 하니까 가능할지도 몰라. 확실하진 않지만… 적어도 그 내전 중에 카이스란 황자는 죽일 수 있을 터. 아니, 아니, 더 확실한 수를 써야……'

아무리 생각을 해도 결론이 나오지 않았다.

'차라리 암살을 하는 게 더 나을지도 모른다. 하지만 확실하지 않기는 마찬가지. 내가 했다는 걸 알게 되면 전쟁이 일어나게 된다. 그건 되도록 피해야 해.'

생각하면 할수록 머리가 아파왔다.

하지만 포기할 수는 없는 문제였다.

이 제국의 지배를 위해 자신의 생 전부를 바쳤다.

어머니처럼 황제의, 황족들의 그림자로 그들의 뒤를 받쳐 주는 역할은 절대 사양이었다.

리스튼 황제에게 독을 먹여 백치로 만들고, 또 황후로서 자질이 없는 샤이나를 그 자리에 앉게 하고, 자신이 손을 썼다는 걸 들키지 않게 하기 위해 직접적으로 나서지도 않았다.

그렇게 노력했는데… 그렇게 오래전부터 열심히 노력했는데 여기서 포기할 수는 없는 일이었다.

'어떻게든 해야……'

생각하면 할수록 초조해졌다.

초조해할수록 자신이 불리해진다는 건 알고 있지만, 어떻게 해도 초조함이 가시지는 않았다.

책을 내려놓은 시르 공작은 잠시 서재를 서성거렸다.

아무리 생각해도 뾰족한 수가 없었다.

평소 인간관계가 좁은 시르 공작으로서는 연락을 취할 수 있는 자들이 한정되어 있었다. 그러니 자연히 일을 도와줄 사람도 한정된다. 사람이 한정되므로 작전 역시 한정되어 있었다. 하지만 황제와 황후의 감시 역시 소홀히 할 수 없다.

'최소의 인원으로 에이원을 혼란에 빠뜨릴 수 있는 방법… 없을까? 누군가에게 조언을……!'

순간적으로 앨리언 황제나 카난 공작에게 조언을 구해볼까 하는 생각이 들 정도로 아무 생각도 떠오르지 않았다.

'내가 미쳤지. 아무리 생각이 안 나도 그렇지, 어떻게 앨리언 황제에게 조언을 구할까 하는 생각을 했을까?'

시르 공작은 아무 의자에나 걸터앉았다. 그리고 멍하니 천장을 바라보고 있다가 다시 천천히 하나씩 생각을 정리해 나갔다.

'카이스란 황자를 조용히 죽이기는 어렵다. 서열이 낮다고는 하지만 황위 계승권이 있는 자니까. 차라리 국내를 시끄럽게 해서, 그 때문에 죽은 듯이 보이게 하는 게 좋다. 그럼 지금 에이원의 정세는 어떻지? 에이원의 황제는 넉넉히 잡아도 한 달 안에 죽는다. 후계자는 결정되지 않은 상태. 얼마든지 혼란스럽게 만들 수 있다.'

여기까지 생각했을 때 누군가가 서재의 문을 두드렸다.

"누구냐."

"공작 각하, 카난 공작님께서 오셨습니다만……."

시르 공작은 순간 짜증이 치밀어 올랐다.

그렇지 않아도 에이원에 관한 문제 때문에 머리가 아파 죽을 것 같은데 또 무슨 쓸데없는 소리를 하려고 온 건가 싶은 것이다. 무슨 중요한일이 있어서 온 것도 아닐 텐데.

"…응접실로."

"예."

그렇다고 해서 안 만날 수는 없는 노릇이었다. 아무래도 카난 공작을 보고 자신을 따르는 자들도 있으니까 공공연하게 카난 공작을 멀리 할수는 없는 일이었다.

깊은 한숨을 내쉬고 천천히 응접실로 향했다.

카난 공작은 응접실에서 차를 마시며 그녀를 기다리고 있었다. 시르공작이 들어서는 걸 보고 자리에서 일어나 가볍게 목례를 하긴 했지만그리 태도가 변하지는 않았다.

"무슨 일로 왔니."

"어머, 언니도 참. 일없으면 오면 안 돼?"

평상시처럼 가벼운 어조로 말하는 모습에 자신의 예상이 맞았음을 안시르 공작은 불쾌함을 최대한 숨기며 입을 열었다.

"최근에 좀 바빠서."

일없으면 빨리 돌아가라는 의미를 담아서 말하자 카난 공작은 고개를갸웃거렸다.

"왜?"

"왜라니……."

설마 최근 황제와 자신 간의 관계를 알지도 못하는 건가 싶어서 힘이빠졌다.

하지만 카난 공작은 정말로 짐작 가는 일이 없는 듯 고개를 갸웃거릴 뿐이었다.

"하아… 리레이네, 지금 상황이 어떻게 되고 있는지 전혀 모르는 거야?"

정말 모르는 거면 상황은 심각한 건지도 모른다.

겉보기나 행동하는 모습이 좀 멍청해도, 어벙한 것 같아도 대공작가의 가주다. 그런데 그 리레이너 프 카난이 모르고 있다는 것은 다른 귀족들도 자신이 실세를 쥐고 있다는 걸 모르고 있을 가능성이 아주 큰 것이다. 자신에게 달려드는 귀족의 무리들로 봐서 실권자를 파악했다고 생각했는데 그게 아니라면 지금 상태에서 문제가 하나 더 늘어난다. 자신이 실권자라는 것을 모든 귀족들의 머리 속에 확실히 박아둬야 하니까.

지금까지는 일부러 앨리언 황제와의 관계를 눈에 안 띄게 조심했지만 지금부터는 아니니까.

"알아요, 언니. 하지만 언니가 바쁜 거랑 그거랑 무슨 상관이에요?"

다행히 알고는 있었다.

다시 국내 정리부터 해야 할 필요는 사라진 거다. 시르 공작은 조금은 안심했다, 에이윈만 정리하면 된다는 뜻이니까.

"당연히 황제의 주변 정리지."

"흐음……."

반역이나 다름없는 말에도 카난 공작은 전혀 관심이 없는 듯했다.

시르 공작은 그 모습에 오히려 안심이 되었다.

"난 그런 데 관심없어요."

카난 공작의 입에서 예상대로의 말이 나오자 시르 공작은 미소 지었다. 하지만 곧 이어 나온 말은 표정을 굳히기 충분한 것이었다.

"내가 관심있는 건 이 일로 인해서 내가 얼마나 고생해야 하는가야."

"무슨 뜻이지?"

순간 불쾌해져서 물었지만 카난 공작은 제대로 대답해 줄 생각이 없는 것 같았다.

"언니는 내가 무슨 뜻으로 이런 말을 한다고 생각해요?"

어쩐지 장난스럽게, 하지만 눈빛만은 아주 진지하게 되받아쳤다.

잠시 침묵이 흘렀다.

카난 공작은 평소처럼 태평한 표정으로 그저 느긋하게 상대의 답을 기다릴 뿐이었지만 시르 공작은 머리가 아파왔다.

지금까지 자신을 잘 따르던 녀석이 무슨 생각으로 이런 말을 하고 있는 건지 그 의도를 전혀 짐작할 수가 없었다.

"…나와 반대의 길을 가겠다는 소리는 아닐 테지."

"전 제 가문과 일족의 평안함만을 원해요. 지배자가 누구든지 그건 상관없는 일이랍니다."

담담하게 처음으로 시르 공작 앞에서 자신의 목적과 본심을 말한 카난 공작이었다.

하지만 무슨 수수께끼라도 하는 것마냥 전부 말하진 않았다.

시르 공작은 다시 생각에 빠졌다. 아무리 생각해 봐도 상대의 의도를 알 수가 없었다. 무슨 말을 하고 싶어하는 건지 짐작조차 할 수 없었다.

등으로 식은땀이 흐르는 듯한 기분이 들었다.

지금은 자신이 황제를 눌러두었지만 카난 공작이 그쪽 편에 선다면 자신은 무너지게 될 것이다.

황제도, 카난 공작도 만만한 사람이 아닌데다가 카난 공작 때문에 자신을 따라주는 자들이 상당히 많은 편이다. 자신과 달리 카난 공작은 인덕이 있는 편이니.

대체 왜 갑자기 이러는 건지 이해가 되지 않았다. 지금까지는 순진한 동생이었을 뿐인데.

'아니, 순진한 척한 건가. 내가 자신을 이용하고 있다는 걸 알면서도?'

시르 공작은 순간 이제 아무것도 모르겠다는 생각이 들었다. 멍한 표정으로 카난 공작을 보자 그녀는 방긋이 미소 짓고 있었다.

'후후후… 언니, 머리 아픈 모양이네? 답 가르쳐 줄까?'

순간 자신도 모르게 고개를 끄덕일 뻔한 시르 공작은 입술을 깨물었다. 지금 순순히 고개를 끄덕이는 건 지는 것이라는 생각이 들었다. 그런 어리석은 태도는 싫었다.

"그럴 필요야 없지."

도도하게 말하자 카난 공작은 미소 지었다.

"역시 언니야. 난 언니의 그런 모습이 좋아."

'그렇게 스스로 자신을 가두는 모습이 너무 좋아. 이용하기 쉽거든.'

속과 겉이 전혀 다른 말을 하고서 카난 공작은 일어났다. 더 오래 있으면 본심을 들킬지도 모른다는 생각이 들었기에.

"아, 가기 전에 답을 가르쳐 줄게. 난 말이지, 언니가 나에게, 그리고 우리 일족에게 시끄러운 영향이 올 일을 하지 말아달라고 말하려던 것뿐이었어. 과민 반응 보이지 마."

단순한 대답을 하고 응접실을 나가는 카난 공작의 뒷모습을 응시했다.

그렇게 조용히 있던 시르 공작은 카난 공작이 문을 닫고 한참이 지나고 나자 자신도 모르게 울컥하여 마시던 찻잔을 집어 문으로 던져 버리고 말았다.

챙강!

잔이 날카로운 소리를 내며 깨지고 나서야 정신이 들었다.

"이런……."

혀를 차며 부서진 찻잔 조각을 보다가 시녀를 불러 치우게 했다.

그리고 다시 서재 쪽으로 걸음을 옮겼다.

이제 더욱 신중해져야 했다. 카난 공작도 이용하기 쉬운 사람이 아니라는 걸 자신이 증명하고 갔으니까 앞으로는 그에 합당한 대우가 필요했다. 지금까지처럼 웃어주면서 머리를 쓰다듬는 정도로는 부족했다.

"대체 뭘 원하는 건지 알아봐야겠군."

시르 공작은 아마도 카난 공작은 그 일로 온 것일 거란 생각이 들었다. '일족의 평안함을 위해 합당한 대우와 대가가 필요하다' 라는 말을 전하기 위해 온 것이라고.

그러니 그 '대가' 에 대한 교섭이 필요했다.

"하지만 그전에… 에이윈부터 처리해야겠지."

시르 공작은 조금은 과감해지기로 했다.

어차피 일이 잘못된다 해도 뒤집어씌울 수 있는 사람이 있다. 현 황제는 아직 살아 있고 섭정도 안 두었으니까. 그의 심복으로서 일했던 척하면 될 문제다.

"집사! 키에르 집사, 어디 있나!"

그녀가 소리쳐 부른 지 얼마 안 되어 30대 후반의 남자가 뛰어들어 왔다.

"부르셨습니까, 공작 각하."

"에이윈에 대한 정보가 필요하다. 돈은 얼마가 들어도 좋아. 믿을 수 있는 사람에게 조사를 시켜라."

"예."

집사가 공손히 인사를 하고 나가는 걸 보며 시르 공작은 입술을 깨물었다.

자칫하면 자신이 고립될지도 모른다는 불길한 생각이 들었다.

*   *   *

황후궁을 차지하고 있는 뮤리아는 오늘도 느긋하게 티타임을 가지고 있었다.

얼마 전 황제와 시르 공작의 1차 전이 끝난 후 시르 공작이 자신을 찾아와서 이미 다 알고 있는 '황제와 시르 공작과의 계약'을 떠벌렸다. 시르 공작은 나름대로 못 박아둔다는 생각으로 그랬겠지만 다 알고 있던 뮤리아로서는 재미있는 해프닝에 지나지 않았다.

황후궁에서 거의 나가지 못하고 단조로운 생활만을 하고 있는 뮤리아에게 정보나 다른 사람과의 만남은 즐거운 일이었다. 하여튼 그 후 시르 공작이 자신에게 감시를 붙였다는 건 온몸으로 느끼고 있었다. 관찰하는 듯한 시선이 느껴지기도 했으니까.

하지만 뮤리아는 일일이 그런 데 신경 쓰며 살 수는 없다며 관찰을 하든지 말든지 평소의 일상생활에 충실하고 있었다. 다음에 틈이 나면 누군지 잘 관찰해야겠다는 생각을 하면서.

그래도 티타임만은 방해받기 싫은지라 주변을 모두 물리고 조용한 분위기에서 차를 즐기고 있었다.

"폐하께서는 뭐라 말씀하시던가요?"

자신의 말동무이자 꽤나 황제께 충직한 사람인 하네인 후작의 말에 뮤리아는 작게 미소 지었다.

"글쎄요, 저에게는 도통 말씀을 안 해주시니 알 수 없지요."

뮤리아는 반은 맞고 반은 틀린 말을 했다. 자신이 지금까지 배우고 또 느낀 바에 따르면 함부로 말을 퍼뜨리는 건 좋지 않았기에 조금은 조심하기로 한 것이다. 또 하네인 후작에게 그렇게 하라는 주의도 들었다. 너무 기분에 취해 말을 하는 듯하니 좀 조심하라고 말이다.

'하네인 후작에게야 조심할 필요가 없겠지만.'

뮤리아는 어색하게 웃었다.

그 모습에 하네인 후작은 그저 한숨만 한 번 내쉬었을 뿐 더 이상 말을 하지는 않았다.

"참, 도리스. 제가 최근에 아주 재미있는 말을 들었는데요."

"무슨……?"

하네인 후작이 흥미를 보이자 뮤리아는 씩 웃었다.

"시르 공작께서 에이윈에 특별한 관심을 보인다고 하더군요. 어떻게 생각하세요?"

"무슨……."

하네인 후작이 조심스럽게 되물었다.

뮤리아는 여전히 관심없는 듯 딴청을 부리며 말을 늘어놓았다.

"글쎄요, 여행이라도 가시려는 건지 아니면 아는 분이 그쪽에서 실종이라도 되셨는지 강한 힘을 가진 영주들부터 조사하고 계시다 하더군요. 왜 그럴까요?"

"아무래도 그 황자 탓이겠지요. 큰일이야 있겠습니까. 그래도 상대가 에이윈인데 말입니다."

하네인 후작의 정론에 뮤리아는 안타까운 듯이 과장되게 말했다.

"어머나! 하네인 후작, 상상력이 빈곤하시네요."

의외의 말에 하네인 후작의 표정이 미묘하게 변했다.

처음 황성으로 올 때 외에 한 번도 '하네인 후작' 이라고 부르지 않던 뮤리아 황비가 새삼 그 호칭을 쓰는 것도 그렇지만, '상상력' 이라는 말이 걸렸던 것이다.

"아직도 모르시겠어요? 시르 공작은 분명히 에이윈에 실력 행사를 하려는 거라고요. 즐겁지 않아요?"

"어째서 그렇게 생각하십니까?"

하네인 후작의 생각에는 절대 그럴 리가 없었다.

군사력이나 경제력 모두가 이 제국과 비슷한 나라다. 그런 에이원을 잘못 건드렸다가 전쟁이라도 나게 되면 손해가 막심하다. 이기든지 지든지 먼저 전쟁을 건다면 비난을 피해갈 수가 없는 것이다. 그런데 왜 에이원을 건드리겠는가.

"저도 자세히 들은 건 아니에요. 다만 그렇지 않을까 하고 상상하고 있는 거지요. 폐하의 태도나 시르 공작의 행동들로 생각해 본 것뿐이에요."

말한 자신도 이상하다는 듯이 웃는 뮤리아의 모습을 보던 하네인 후작은 순간 엄청난 생각이 들었다.

"황위를 빼앗지 않은 이유… 라는 거로군요."

"예?"

뮤리아는 모르겠다는 듯이 고개를 갸웃거렸다.

하네인 후작은 천천히 자신의 생각을 말하기 시작했다. 어차피 계약이 어긋났을 때 시르 공작은 앨리언을 누르고 황제가 될 수 있었을 것이다. 물론 반발이 아주 심하기야 했겠지만 못 이룰 정도의 일도 아니었다. 무엇보다도 4대 공작가의 둘이 힘을 합쳤으니.

그렇게 어느 정도 반발을 감수한다면 괜히 계속 신경 쓰고 힘 뺄 일이 없어지는 거다. 잘못하면 앨리언이 황제로 있던 시기보다 훨씬 문제가 많아질 수도 있겠지만 시르 공작은 꽤나 수완이 좋은 사람이니 반란이니 하는 말이 안 나오게 잘할 수도 있었을 것이다. 다시 말하자면, 시르 공작은 지금 황제 자리를 빼앗을 수도 있었다는 것이다.

그런데도 아직 앨리언을 황제의 자리에 그대로 두는 이유는…

자칫 에이원의 일이 잘못되었을 때 대신 책임을 지게 하기 위해서라고도 볼 수 있는 것이다.

전부 짐작과 예상이지만 말이다.

"예에?"

뮤리아는 하네인 후작의 설명에 황당한 듯한 표정이었다.

"이 가정으로 생각해 본다면, 황후님의 생각이 아주… 틀린 생각은 아니로군요."

"그, 그래요?"

"폐하께서는 앞으로 어찌할 생각이라십니까? 에이윈의 일에 폐하께서도 손을 쓰시는 것이 좋을 듯한데요."

하네인 후작이 신중하게 나오자 뮤리아는 피식 웃었다.

이번 일로 죽어도 등 돌리지 않을 사람과 그렇지 않은 사람이 구분될 거라는 황제의 말이 맞아 들어가고 있는 것이다. 그리고 하네인 후작은… 배신은 안 할 사람이다.

뮤리아는 기분 좋게 웃으면서 가볍게 말했다.

"시르 공작의 능력이 어느 정도나 되는지 구경이나 하자고 하시던걸요. 저도 그럴 생각입니다. 재미있을 것 같지 않아요?"

"그렇습니까. 하지만 잘못된다면……."

하네인 후작은 여전히 걱정을 버리지 않았다.

"폐하께서 아주 잘못되지는 않을 거라고 하시더군요."

"하지만……."

"거기까지."

뮤리아는 하네인 후작의 말을 멈춘 다음 차를 권했다.

"한 잔 더 하시겠어요?"

"아닙니다."

하네인 후작은 경험상 뮤리아가 더는 이야기하지 않을 거라는 걸 알고 화제를 바꾸었다.

"그나저나… 자수에는 진척이 있으셨습니까?"

최근에 뮤리아가 빠져 있는 '자수'에 관해 묻자 그녀는 매우 복잡한 표정을 지었다.

"최근에 드디어 손수건에 자수를 놓을 수 있게 되었다는 건 아실 거예요. 하지만 그 이상으론 진척이 없어요. 아니, 드디어 손수건의 원형을 가까스로 보존하면서 수를 놓을 수 있게 되었다고나 할까요? 그게 다예요."

"그렇군요."

하네인 후작 역시 당연한 걸 자랑하는 뮤리아에게 칭찬을 해야 할지 말아야 할지는 알 수가 없는지 애매한 표정을 지을 뿐이었다.

그렇게 하네인 후작과 심각한 이야기보다 이런저런 신변상의 잡다한 이야기를 하며 티타임을 즐기고 있을 때 시녀가 다가왔다.

"황후마마, 편지가 왔습니다만……."

조심스러운 어조에 뮤리아가 고개를 돌려보니 스라트 출신의 시녀가 편지를 담은 쟁반을 받쳐 들고 있었다.

"그래, 알았다."

편지를 받아 개봉한 다음 시녀를 돌려보냈다.

그리고 편지를 읽는 뮤리아의 눈에는 묘한 희열이 가득 차기 시작했다.

"황비님?"

"아무것도, 아무것도 아닙니다, 도리스. 아주 즐거운 편지예요. 그것 뿐이랍니다."

확실히 즐거운 내용이 가득했다.

스라트에서 지낼 때 늘 자신을 하녀와 같이 취급하던, 아니, 하녀들보다 훨씬 아주 아랫것으로만 보던 레이르는 자신에게 목숨을 구걸하고 있었다. 그리고 지난번에 온 그라딘 숙부님의 편지에는 제발 황제가 자신을 스라트의 왕으로 인정하게 도와달라며 빌었었다.

'왕족'인데다 '남자'라는 이유로 온갖 걸 다 누리고 그게 당연하다고 여기던 자들이, 있는지 없는지조차 모르게 묻혀 지내던 여자에게 말이다.

통쾌하고 유쾌했다.

황제께서 스라트의 일을 자신에게 맡겨주신 것이 너무나 감사했다.

"도리스, 하나만 물어봐도 돼요?"

"예? 물론입니다. 제가 답할 수 있는 것이라면 답해 드리지요."

"그리 어려운 게 아니랍니다. 그저 도리스라면 어찌했을지 묻고 싶은 것뿐이니까요."

하네인 후작은 난처한 표정이었다.

저런 식의 말이 나온 이후 제대로 된 말을 한 적이 거의 없었다.

"당신이라면 자신을 벌레 보듯 했던 자들에게 복수할 기회가 주어졌을 때, 순식간에 끝내지는 않겠지요? 천천히 애태우게 하며 고통을 주고 싶겠지요?"

그나마 정상적인 말이기는 했지만 하네인 후작은 아무 대답도 하지 않았다.

지금 뮤리아는 뭔가를 묻고 싶은 게 아니라 그저 '말'을 하고 싶어하는 거라는 걸 바로 알 수 있었으니까.

누군가가 들어주고, 대답해 주기를 바라는 것이 아니었다. 그냥 혼잣말에 가까운 말이었다. 그것도 광기 어린 혼잣말.

"순식간에 끝낼 수는 없겠지요. 나에게 했던 것 이상을 되돌려주지 않으면 안 돼요. 할 수 있을 때 해야겠지요. 설사 그 여파로 고향이 사라진다 해도……."

약간 광기 어린 목소리로 말을 잇던 뮤리아는 작게 미소 지었다.

"그렇겠지요?"

속으로는 절대 아니라고 생각을 하지만 고개를 끄덕여 줄 수밖에 없는 상황이었다.

"하지만 폐하께 누가 되는 일은……."

그러면서도 충고를 잊지 않는 하네인 후작에게 뮤리아는 평안한 미소를 지었다.

"물론이에요. 모든 걸 도와주신 분이니까요, 의도하셨든 의도하지 않으셨든지 간에. 폐하께서는 제 복수를 도와주셨어요. 그러니 제 생을 다 바쳐 도울 것입니다. 걱정 마세요."

하지만 하네인 후작으로서는 걱정이 안 될 수가 없는 노릇이었다.

뮤리아는 청순하고 소심해 보이던 처음 모습과 달리 상당히 명랑하고 유쾌한 사람이었다. 막 뮤리아를 알게 되었을 때는 다행이라고 여겼던 부분이었다. 그리고 곧 그녀의 엽기성도 알게 되면서 처음에 괜히 걱정했다는 생각으로 허탈해했을 때까지만 해도 괜찮았다.

하지만 황제께서 스라트의 일을 맡기면서부터 그녀 안에 잠들어 있던, 아주 정밀한 광기를 보게 되면서 정말 질려 버렸다.

여기까지는 자신이 그 대상이 아니니 넘어갈 수 있다고도 생각했었다. 하지만 그 광기가 황제께 향하게 되면 어찌할까 싶어 매일이 걱정인 것이다.

뮤리아는 그런 하네인 생각을 알고는 있었다.

하지만 그녀가 편한 만큼 자신을 숨길 수가 없었다. 그래도 하네인 후작에게 지금껏 거짓말을 한 적은 없었다.

한마디로 말하자면, 황제를 배신할 생각은 절대 없다는 것.

"가끔은 말이에요, 도리스."

"예?"

다시 차분해진 뮤리아가 자조 어린 미소를 짓고 있었다.

"황제 폐하를 속이고 있는 것 같아 미안해요."

"황후마마……."

뭐라고 해야 할지 몰라 아무 말도 하지 못하고 가만히 있었다.

"물론 폐하께서도 저에게 숨기시는 게 많으니 피장파장이지만."

"그렇군요."

하네인 후작은 속으로 나름대로 잘 어울리는 부부라고 생각했다.

적당히 떨어져서, 상대가 숨기려 하는 걸 억지로 파고들지 않고, 말해줄 수 있는 건 모두 털어놓고 이야기하고.

서로를 나름대로 믿고 있다는 증거가 아닐까.

숨기는 부분이야 못 믿어서라고 하기보다 조심하기 위해서, 혹은 별로 좋은 모습이 아니어서니까.

혹시라도 이런 말을 한다면 둘 다 절대로 아니라고 하겠지만 말이다.

"참, 이제 가실 시간이 아닌가요?"

"아……."

하네인 후작도 그제야 정신이 든 듯 자리에서 일어나 인사를 했다.

"즐거운 시간이었습니다, 황후마마."

"예, 다음에도 또 이런 시간을 가지지요."

하네인 후작이 자신의 일을 하기 위해 총총히 사라진 후 뮤리아는 시녀에게 종이와 펜을 가져오게 하여 그 자리에서 답장을 썼다. 쓰는 내용은 어제의 그라딘 숙부께 보낸 편지와 똑같았다.

최선을 다해 도와드리기는 하지요. 당신이 저에게 구걸하는 모습이 상당히 저를 즐겁게 하니까요. 하지만 공은 공, 사는 사겠지요. 당신은 저에게 무엇을 해주실 수 있으십니까? 합당한 대가가 필요합니다.

뮤리아는 좋아서 도와주는 게 아니라 비굴한 모습에 즐거워서 도와주고 있다는 점을 확실하게 써서 보냈다. 물론 대가를 청구하는 것도 잊지 않았다.

*　　　*　　　*

시르 공작은 막 조사를 끝낸 자료들을 몇 번이나 읽어보았다.

성격과, 재력, 군사력을 바탕으로 자신의 계획에 도움이 될 자들을 추려내고 있는 거다.

"생각보다 상황이 좋군."

다들 비슷비슷한 생각을 하고 있는 모양이었다.

이 상태라면 자신이 그렇게 크게 개입하지 않아도 가능할 것 같았다.

서류를 모두 집사에게 건넸다.

아무 말도 하지 않았지만 집사는 그간의 경험으로 무언의 명령을 시행해 서류를 모두 난로에 넣어 소각했다.

"이제… 타이밍인가."

의자에 기대어 눈을 감았다.

난로에서 종이가 타는 소리만 서재를 가득히 채우고 있었다.

그런 고요한 분위기 속에 눈을 감고 조용히 생각을 정리하기 시작했다.

에이원은 이 나라와 비슷할 정도로 오래된 역사를 가진 나라였다. 역시 오래된 나라는 안에서부터 썩기 시작하는 법. 영주들이 황제를 무시하고 제멋대로 움직이기 시작한 지 100년이 넘어가고 있었다. 에이원은 원래가 지방 분권의 국가.

그래서인지 지방에는 황제보다 더한 권력을 가진 대영주들도 있었다. 하지만 지금은 자신 위에 황제가 있다는 이유로 더한 권력과 힘을 가진 영주들이 그 허수아비 황제에게 굽실거리고 있다. 이런 상황이니 힘이 강한 영주들의 불만이 없을 수 없었다.

이걸 잘 이용한다면…

그런데 그런 생각들을 미처 다 정리하기도 전에 밖에서 요란스러운 발소리가 들리더니 이내 문이 벌컥 열렸다.

"공작 각하, 아스티안님께서 쓰러지셨습니다."

시르 공작은 천천히 눈을 떴다.

아무것도 모르는 무례한 시녀라면 혼을 내서 내보낼 생각이었지만 들어온 인물을 보고 생각을 바꾸었다.

들어온 시녀는 자신의 유모 딸인 로레타였다. 같은 젖을 먹으며 자신과 자매처럼 자라 자신의 생각을 모르지 않는.

아마 급히 온 것엔 무슨 이유가 있을 거라는 생각에 입을 열었다.

"언제?"

"3시간 전입니다. 의사가 말하길, 오늘이 고비라고 합니다. 의사가 아스티안님 곁을 지키고 있습니다. 아스티안님께서는 공작 각하를 찾고 계시고요. 아무래도 가셔야 할 것 같습니다. 대외적인……."

뒷말을 흐렸지만 무슨 말인지 알 수 있었다.

혹여 한 집에 있으면서, 그것도 서재에 있으면서 자신의 남편이 죽어가도 가지 않았다는 말이 새어 나간다면 대외적인 이미지가 문제될 것이다.

"알았다."

그녀의 말에 걸음을 옮기기 시작하자 로레타는 조심스럽게 작은 목소리로 질문을 했다.

"혹시 의사가 알아채면 어떻게 하지요?"

"돈은 됐다 뭐 하라는 거지?"

어찌 보면 장난스러운 시르 공작의 말에 로레타는 살풋 웃었다. 그리고 만약을 위해 '약'을 가져오겠노라며 어디론가 가버렸다.

시르 공작은 아스티안이 누워 있는 방의 방문 앞에서 심호흡을 했다.

마음을 굳히고 조용히 문을 열자 의사와 그 의사를 도와주는 시녀 둘, 그리고 누워 있는 아스티안이 보였다.

"상태가 많이 안 좋은가."

의사에게 고압적인 자세로 질문하자 늙은 의사는 연신 고개를 조아리며 상황을 설명했다.

"예, 그것이… 좀 안 좋은 상황입니다, 공작 각하. 만약을 생각하셔야겠습니다."

시르 공작으로서는 그 '만약의 사태'가 일어나면 대환영이었다. 이제 아스티안은 필요가 없으니까.

그것을 알 리가 없는 의사는 연신 머리를 조아릴 뿐이었다. 혹시나 남편을 잃게 된 공작의 화풀이가 자신에게 향할까 걱정하면서. 하지만 시르 공작은 짐짓 심각한 표정을 지었을 뿐 아무 말도 하지 않았다. 그리고 아스티안에게 시선을 돌렸다.

"의식은?"

"좀 전까지는 의식이 있으셨습니다만… 지금은……."

의사가 말끝을 흐리자 시르 공작은 한숨을 내쉬었다. 그리고는 침대 옆으로 의자를 가져오게 하여 거기에 앉았다. 시녀들을 모두 물러가게 한 후 꽤 차분한 목소리로 질문했다.

"살 가능성이 얼마나 되지?"

담담한 말에 의사는 의아한 표정을 지었지만 곧 대답했다.

"…없다고 생각합니다."

공작의 생각을 눈치 챈 것이다. 오랫동안 의사 노릇을 하면서, 그것도 이런 대귀족의 주치의를 하면서 자연스럽게 알게 된 것이다.

부부란 꼭 사랑하는 사이가 아니며, 어머니라 해도 자식을 죽이는 경우도 있다는 것을. 그리고 그런 경우는 드문 것이 아니라는 것 역시 알고 있었다.

의사는 몸을 사리기로 결심했다.

쓸데없는 소리를 하다가 죽으면 자신의 가족은 누가 돌보겠는가.

"그런가."

시르 공작은 그 자리에서 웃고 싶은 걸 눌러 참았다.

낮은 노크 소리가 들리더니 로레타가 어떤 음료가 든 잔을 쟁반으로 받쳐 왔다.

그 분위기에 의사는 움찔했다.

혹시 자신을 죽이려 하는 걸 수도 있겠다는 생각이 든 것이다.

입을 막기 위해서.

귀족들에게야 평민 하나의 목숨은 소모품에 불과할 테니.

의사는 바들바들 떨면서 시르 공작 쪽을 바라보았다. 그런 반응을 재미있게 지켜보던 공작은 차분하게 입을 열었다.

"난 그대를 믿는다, 오랫동안 우리 집안의 주치의였던 가문이니."

"아, 알겠습니다, 공작 각하."

"가보거라."

"가, 감사합니다."

의사가 인사를 몇 번이나 하며 사라진 후 시르 공작은 작게 웃었다.

"킥, 꽤나 순진한 사람이로군. 어떻게 해야 할지는 알고 있겠지, 로레타."

"예, 공작님. 이미 다 지시해 두었습니다."

공손히 대답하는 로레타의 목소리에 시르 공작은 안심했다.

아마 오늘 밤 그 의사의 자택에는 강도가 침입하여 그를 죽이고 사라질 것이다. 그리고 아카데미에서 공부 중인 그 딸 역시 사라지겠지. 시끄럽게 떠들 수 있는 입은 사라져야 하는 법이다.

"으, 으음… 루이네?"

아스티안이 힘없는 목소리로 자신의 이름을 불렀다.

잠시 생각에 잠겨 있는 사이 깨어난 모양이다.

"깨셨습니까."

"으, 으응……."

"누워 계십시오."

시르 공작은 일어나려는 아스티안을 말로 만류했다. 겉으로는 어디까지나 아주 다정한 모습으로.

일어나려고 끙끙거리던 아스티안은 아무래도 힘이 드는지 일어나길 포기하고 누운 그대로 시르 공작을 보았다.

"미안. 그런데 의사는?"

아까까지만 해도 옆에 있었는데라고 하면서 주위를 둘러보는 모습에 시르 공작은 미소 지었다.

이 사람을 싫어하는 건 아니다. 아니, 오히려 좋아한다고 할 수 있을 것이다. 내가 가지지 못한 순수. 내가 갖지 못한 진실된 상냥함. 나와는 거리가 먼 착함……

나와는 상반된 존재.

그래서 좋아했다, 내가 될 수 없는 모습을 가졌기에.

"약을 주고 갔습니다. 지금 드시겠습니까?"

그러면서 로레타에게 손짓을 했다.

"응. 먹을게."

로레타는 잔을 들어 아스티안에게 다가갔다.

조심스럽게 아스티안이 약을 마시는 것을 도와주고 로레타는 몇 발짝 물러섰다.

"쉬십시오."

"응……."

아스티안이 잠드는 것을 확인하고 시르 공작은 일어섰다.

서재를 향해 가면서 이런저런 생각이 떠올랐다.

확실히 자신은 아스티안을 사랑한다. 어떻게 생각해 봐도 결론은 같았다. 아스티안을 사랑한다는 것은… 같았다.

하지만 이렇게 행동하는 이유는…….

'난 어쩔 수 없는 존재이기 때문이겠지, 사랑보다 힘이 우선인. 권력을 사랑하는… 그런 역겨운 사람이니까.'

시르 공작은 다시 서재로 가서 에이원의 황제로 가장 유력하며 상황 판단을 잘한다는 2황자 루드벨에게 보낼 편지를 작성했다. 물론 자신의 서명은 넣지 않았다. 그리고 카에르를 시켜 뽑은 몇 명의 사람들에게 전달할 지령도 완성했다.

그러고 나자 로레타가 서재의 문을 두드렸다.

'드디어 시간이 된 건가.'

조용히 문을 열고 들어온 로레타는 약간 낮은 목소리로 '보고'했다.

"아스티안님께서 돌아가셨습니다."

"그래……."

자신의 목소리가 낮아졌음을 느낀 시르 공작은 미소 지었다.

하지만 그런 걸 모를 로레타가 아니었다.

폼으로 오랜 친구가 아니었다. 아무래도 로레타는 같은 젖을 먹고 같이 자란, 어찌 보면 자매 같은 사람이었으니까.

로레타는 조용히 손을 뻗어 시르 공작을 감싸 안았다.

"이번만 자신의 감정에 솔직해지세요."

그 말에 시르 공작은 자신도 모르게 눈물이 나왔다.

곧 시르 공작은 로레타의 어깨에 얼굴을 묻고는 조용히 울었다.

사랑했다. 하지만 어쩔 수 없었다.

그는 너무 순진했다, 자신이 어떻게 이용당하는지도 몰랐으니까.

순진하게 황태후 샤이나의 말대로 움직이기도 하고, 순수한 마음으로 누님인 시에라에게 가서 쓸데없는 말을 하기도 했다.

그런 식으로 예측치 못할 행동을 하는 바람에 계획이 틀어진 게 한두 번이 아니었다. 앞으로도 계속 이런 식이 된다면 수습하기 힘들 게 뻔했다. 그러느니 차라리 없는 존재가 되는 게 나았다.

그래서였다.

하지만…

죽이고 싶진 않았다. 절대 처음부터 죽이려고 했던 건 아니었다.

처음엔 그저… 그저 현실을 가르쳐 주고 싶었다. 그렇게 함부로 행동하면 안 된다는 것을……

하지만…

그는 여전히 순수했다. 아니, 멍청했다. 어리석었다.

그저 '혈연'이라는 이유로 시에라와 앨리언이 싸우는 모습을 보지 못하겠다고 했다. 최선을 다해 막겠다고. 뿐만 아니라 시르 공작 역시 앨리언에게 충성했으면 한다는 말도 안 되는 소리를 했다. 그리고 행동으로 옮기려 했다.

곤란했다.

시에라와 앨리언을 엮는 것까지는 시르 공작 자신에게는 아무 상관 없는 일이었다. 그리고 가능한 일도 아니었다. 둘이서 화해한다는 건 있을 수 없는 일이었으니까. 하지만 황제에게 충성하라는 식의 말을 하고 다니면 곤란했다.

아스티안은 자신의 남편인고로 자신을 따르는 자들에게 그것이 곧 시르 공작의 뜻인 것처럼 비칠 게 뻔했다.

그럴 수는 없었다.

그건 자신의 세력이 약해지는 일이었다.

더 이상 난처한 일을 벌이기 전에 조용히 시켜야 했다.

이제는 이미 후사도 있으니 상관없다는 생각에 로레타에게 지시해서 그가 마시는 차에 조금씩 조금씩 독을 탔다.

"난……."

"알아요, 루이네님."

로레타는 아주 예전에 시르 공작이 어머니의 작위를 이어받기 전처럼 다정하게 이름을 부르며 위로해 주었다.

그렇게 시르 공작은 잠시 로레타에게 몸을 기대고 있었다.

운 시간은 아주 잠깐이었다.

이내 눈물을 닦고 멀쩡한 평소의 '시르 공작'으로 돌아온 그녀는 약간은 오만한 표정으로 로레타에게 명령했다.

"황성에 사람을 보내어 장례 때문에 며칠 출석하지 못한다는 말을 전하도록 해."

"알겠습니다, 공작 각하."

로레타가 나가고 나서 그녀도 밖으로 나섰다.

일을 해야 할 시간이었다. 황성으로는 가지 않아도 할 일은 쌓여 있으니까.

아스티안의 장례 문제로 한동안 황성에 출석하지 못했던 시르 공작은 오랜만에 황제와 만나기 위해 집무실로 향했다.

황제의 집무실 안에는 평소와 같은 인원이 있었다. 아리아와 제노시아, 그리고 앨리언 황제.

앨리언 황제는 시르 공작을 보고 의외라는 듯 눈을 크게 뜨더니 이내 살풋 웃었다.

"오랜만이로군, 시르 공작. 일단 애도를 표한다고 해야 하나?"

저 어린 황제는 자신의 감정은 전혀 모르고 있었다.

자신이 아스티안의 죽음을 바라고 있었다 생각하고 있다.

그런 생각이 들자 시르 공작은 순간 울컥했다.

"폐하께서 그런 말씀을 하실 줄은 몰랐습니다."

"음? 그럼 애도를 표할 필요가 없다는 건가?"

능글맞게 웃는 저 앨리언 황제를 자신답지 않게 한 대 패고 싶다는 생각을 한 시르 공작은 최대한 인내심을 발휘해서 기분을 눌렀다.

"…잊고 계신 것 같아 말씀드립니다만, 그는 저의 남편이었습니다. 저의 반려자였습니다."

"호오, 그랬나? 그대의 입에서 그런 말이 나올 줄은 몰랐는걸?"

앨리언의 도발 아닌 도발에 바로 걸려들고 말았다.

아픈 곳을 찌른 것이다.

"당신이 무얼 안다고……!!"

"글쎄. 하지만 본인의 손으로 죽여놓고 그렇게 버림받은 듯한 반응은 신기하군 그래."

평소처럼 돌려 말하는 게 아닌 노골적인 앨리언 황제의 말에 순간 멈칫했다.

그리고 이내 냉정을 되찾았다.

'알고 있을 거라고 예상은 했었지만… 저렇게 노골적으로 말할 줄은

몰랐군.'

　평소라면 절대 저런 모습을 보이지 않았을 것이다.

　저 앨리언 황제도 나름대로 자신의 페이스를 잃고 있다는 생각에 조금은 안심이 되었다. 자신만 흐트러졌다면 불리한 일이니까.

　"그렇습니까."

　"그래. 그대가 흐트러진 모습은 아주 오랜만이야. 왠지 유쾌한걸."

　시르 공작의 머리에 저 철없는 황제는 아직도 자신이 처한 상황을 잘 모르는 거라는 생각이 스쳐 갔다.

　그리고 현실을 일깨워 주겠다는 생각을 했다.

　"그렇습니까. 전 폐하의 현 상황이 가장 유쾌한데요."

　앨리언 황제의 표정이 굳어졌다. 그리고 그의 뒤에 서 있던 제노시아는 자신의 허리에 찬 검에 손을 가져갔다. 여차하면 움직이려는 것처럼.

　"그런가."

　앨리언 황제는 싸늘한 미소를 지었다. 하지만 여기서 물러설 그가 아니었다.

　"그렇다니 다행이군. 나만 유쾌해하고 있는 건가 싶어서 조금 미안했거든. 그대도 유쾌하다니 잘되었어."

　"…에이원의 황자와는 아직도 연락을 하시는지 모르겠군요."

　시르 공작은 일단 한발 물러서기로 했다.

　그녀가 화제를 바꾸자 앨리언은 싸늘한 표정을 바꾸지 않고 대답했다.

　"카이스란 황자 말인가? 가끔 편지를 주고받는 사이였지. 그런데 왜 그에게 관심을 가지는지 모르겠군. 이제 독신이 되어서 그런가."

　다 짐작하고 있으면서도 쓸데없는 소리를 하는 앨리언의 말에 시르 공작은 화가 났다.

　"글쎄요. 하지만 에이원이 어떻게 되는지 잘 봐두십시오. 그리고 어느 곳이라도 당신의 편이 되어줄 수 없다는 것을 뼈저리게 느끼십시오."

앨리언에게 경고를 한 시르 공작은 집무실을 나왔다. 그리고 똑바로 걸어 황비의 궁으로 향했다.

그 철없는 여자에게도 더욱 확실하게 못 박아두는 것이 좋겠다고 생각했기 때문이다.

시르 공작은 지금, 자신이 평소 같은 여유 없이 다급하게 굴고 있다는 걸 조금도 느끼지 못하고 있었다.

자신의 궁에서 느긋한 모습으로 책을 읽고 있던 뮤리아는 그녀를 보더니 의아하다는 표정을 짓고는 책을 덮었다. 하지만 자리에서 일어나거나 환영의 말을 하지는 않았다.

다만 앉은 자세 그대로 올려다보면서 나긋나긋한 어조로 독설을 내뱉을 뿐이었다.

"오랜만이로군요. 해방을 축하드린다고 할까요?"

이 여인은 앨리언 황제보다 심한 독설을 알고 있다 생각한 시르 공작은 입술을 깨물었다.

그 모습을 보던 뮤리아는 살풋 웃으면서 자리를 권했다.

"앉으시지요, 시르 공작."

"그러지요, 황후마마."

시르 공작은 약간 오만하게 말하면서 의자에 앉았다.

그런 모습을 유심히 보던 뮤리아는 태연하게 입을 열었다. 무서움을 모르는 어린아이처럼 천진하게.

"아이가 아버지를 찾을 나이가 아니라 다행이로군요. 하지만 이제 한 3년만 지나면 물어볼 텐데 어떻게 대답하실 생각인지 모르겠네요. 설마 진실을 이야기하지는 않을 테고."

아직 수도로 오지도 않은, 막 태어난 시르 공작의 아이를 입에 담은 뮤리아는 명랑하게 웃었다. 그리고 자신의 뒤에 있던 시녀에게 말을 걸었다.

"리타 헤워드에게 좀 오라고 하세요."

지명받은 시녀의 이름 때문에 시르 공작은 속으로 깜짝 놀랐다. 하지만 겉으로는 어디까지나 태연하게 뮤리아의 말을 맞받아쳤다.

"황후마마의 형편에 제 걱정까지 해주실 능력이 될 줄 몰랐습니다. 감사드려야겠군요."

"어머, 그런가요? 하지만 알아두세요, 그래도 황제는 저의 남편인 앨리언님이시며 당신은 공작이라는 것을. 그리고 언제 상황이 바뀔지 모른다는 것을."

뮤리아의 의미심장한 말에도 시르 공작은 미소를 띠었다.

아직 철이 없어 함부로 말하는 것뿐이라고 생각하는 것이다.

곧 뮤리아가 부른 시녀가 다가왔다.

"부르셨습니까, 황후마마."

"왔군요, 리타 헤워드. 자, 시르 공작. 저에게 보내신 이 시녀는 별로 쓸모가 없더군요. 행동이 빠릿빠릿하지 못한 게 거슬려요. 공작께서 보내신 나머지 다른 애들은 거슬리기는 하지만 일은 잘하니 그냥 데리고 있도록 하지요. 앞으로는 알을 잘할 수 있는 아이를 보내주세요."

방금 뮤리아가 한 말대로 리타는 시르 공작이 뮤리아의 감시와 행동 제한을 위해 잠입시킨 사람 중 하나였다.

리타는 얼굴이 하양게 변했다. 어떻게 들켰는지 알 수가 없었던 거다.

"다 돌려보내려다가 다른 애들은 그나마 재미있을 것 같으니 곁에 두려고요."

"…그렇습니까."

시르 공작 역시 들켰다고 생각해 본 적이 없었기에 당황했지만 애써 태연하게 대답했다.

"참, 겨우 나 하나를 상대로 일곱 명이나 잠입시키는 건 너무한 거 아닌가요? 제가 과분한 평가를 받고 있다고 좋아해야 하나요? 좋게 평가받았으니 환영해 줘야 하지 않느냐고 말해 준 사람도 있기는 하지만 난 조금 불편할 뿐 환영하고 싶지 않네요. 그래도 정말 시르 공작이 그렇게 생각해 줄 줄은… 과대평가해 주어서 기쁘다고 말해야 할까요."

뮤리아의 말에 시르 공작은 더 놀랐다.

잠입시킨 인원을 정확하게 알아낸 거다.

하지만 뮤리아의 입장에서는 솔직히 별거 아닌 일이었다.

자신이 시집올 때 있었던 문제 때문에 정치에 참여하지 못하는 데다가, 지금은 시르 공작 때문에 앨리언 황제도 아무것도 하고 있지 않다. 덕분에 할 일이 아무것도 없어서 늘 가만히 앉아서 책을 읽거나 차를 마시는 것밖에 할 수 없다.

게다가 자신에게는 행동의 제한까지 걸려 있어서 별 이유 없이 자신이 지내는 황후궁 밖으로 나가기도 힘들었다.

그렇게 멍하니 있는 일이 많은 뮤리아로서는 사람들을 관찰하고 놀리는 게 유일한 소일거리라고 할 수 있었던 것이다. 덕분에 쉽게 알아낼 수 있었지만. 시르 공작이 보낸 자들은 행동과 눈빛이 조금 달랐으니까. 게다가 자신 주변에 스라트 출신의 시녀들이 많았기에 더 쉽게 알아낼 수 있었다.

스라트의 시녀들과는 달리 눈을 빛내며 영리한 눈을 한 채 뭔가를 알아내려는 듯이 돌아다니는 자들을 찾으면 되는 거였으니까.

다시 말해서 뮤리아의 경우에는 자신이 잠입한 자들을 알아낸 게 마치 자신이 특별히 조사한 것처럼, 시녀들 사이에 자신의 심복이 있어서 다 알아내는 것처럼 말하고 있는 점만이 굉장할 뿐이다.

"어머? 시르 공작, 몸이 안 좋은가요?"

태연하게 물으며 뒤에 서 있던 리타에게 시선을 주자 그녀는 깜짝 놀랐는지 움찔했다.

"뭐 하고 있는 거지? 네 '주인님' 께서 아프시잖아?"

"괜… 찮습니다, 황비님."

"어머, 그런가요. 어쨌든 이 아이는 쓸모가 없으니 데려가 주세요. 앞으로는 일 잘하는 아이를 보내주세요."

방긋이 웃으면서 시르 공작을 배웅한 뮤리아는 그녀가 안 보이자 작게 웃었다.

"정말… 자신이 세상에서 제일 잘난 줄 알고 있어서 쉽다니까."

늘 시르 공작은 자신이 뮤리아보다 훨씬 우월하다 생각하고 있다. 그 때문에 오히려 뮤리아가 시르 공작을 파악하기가 쉬워지는 거다. 너무 얕보고 있어서 조금만 도발해도 바로 걸려드니.

한편 시르 공작은 꽤 화가 난 상태였다.

자신이 보낸 자들도 꽤 교육받은 사람들이었다.

자신의 저택에서 7, 8년 정도 교육을 시켰으니까 확실하다. 이런 잠입을 하도록 자신이 교육시켰으니까. 그런데 이렇게 쉽게 알아낼 줄은 몰랐던 것이다.

먼저 자신의 저택으로 돌아가기 위해 마차가 있는 곳을 향했더니 그 '리타 헤워드' 가 자신을 기다리는 모습이 보였다.

"뭐지?"

"저… 황후마마께서……."

"됐다."

더는 들을 필요가 없었다. 자신에게 말했다시피 '돌려보내는' 것이리라.

시르 공작은 마차에 올라타며 리타에게 차가운 눈빛을 보냈다.

"감히 돌아오겠다는 것이냐?"

"그것이……."

리타는 아무 말도 못하고 고개를 조아릴 뿐이었다.

시르 공작은 그녀에게 경멸의 눈빛을 던지고는 마차에 올라탔다.

저런 쓸모없는 녀석을 다시 데려갈 이유는 눈곱만큼도 없었던 것이다. 쓰레기를 집에 가져갈 필요는 없으니까.

마차 안에서 시르 공작은 잠시 눈을 감고 생각을 정리했다.

뮤리아가 기분 나쁘게 굴고 있기는 하지만 아무 힘도 없는 녀석이었다. 신경 쓸 가치도 없는. 독설을 내뱉으며 발악을 하기는 하지만 아무것도 할 수 없으니 더 그러는 것이라고 생각한 시르 공작은 비웃음이 담긴 미소를 지었다.

그리고 앨리언 황제…

그는 에이윈이 무너지는 모습을 보면서 절망을 느낄 것이다. 그걸로 충분하다.

시르 공작은 이상하게 피로를 느꼈다.

*　　　*　　　*

에이윈에서 황제의 사망과 동시에 세력이 강한 영주들이 수상한 움직임을 보이기 시작했다.

각자의 영지에 틀어박혀 꼼짝도 안 하는 것이다. 그것도 황제의 장례까지 불참하겠다고 알려왔을 정도였다.

상황이 이렇게 되니 당연히 황자들은 머리가 아플 수밖에 없다.

"그들이 대체 무슨 생각을 하고 있는 건지 모르겠군 그래."

좀 거칠게 말하는 제1황자 케인의 말에 루드벨은 눈살을 찌푸렸다.

"뻔한 것 아니겠습니까, 형님."

"반역이라도 하려 한단 말인가?"

"실은 얼마 전부터 그런 조짐이 있었습니다."

"뭐라고?"

케인은 자리에서 벌떡 일어나 루드벨을 보았다. 루드벨은 어깨를 으쓱하더니 차분히 자신이 얻은 정보를 말해 주었다.

"저도 우연히 알게 된 겁니다. 꽤 큰 세력들이 움직이고 있더군요. 중앙의 힘이 약해서 그런 거겠지만요. 사병은 아바마마께서 생존해 계실 때의 세 배 가까이 늘었습니다. 그 영지에 검문도 강화했고 수도에 있던 가신들과 친지들도 영지로 돌아오게 했더군요."

"…왕이 되겠다는 건가?"

"확실하진 않지만… 그게 가장 가능성이 높은 일 아니겠습니까."

"끙……."

케인은 신음 소리를 내며 자리에 앉았다.

에이윈은 중앙의 힘이 약하다. 건국 초부터 중앙의 권력이 약하고 영주들이 강했지만 그게 대를 이어 내려오면서 그 현상이 더욱 두드러지고 있었다. 게다가 영지의 방어는 각자에게 맡겼기에 중앙의 군대는 약해지고 영주들의 군대는 강해졌다.

그러다 보니 지방 영주들은 그 세력이 강하고 또 사병들도 많이 거느리고 있다. 몇몇 영주들 같은 경우는 황제보다 더한 권력을 가지고 있을 정도이고.

그런 만큼 하나가 아니고 여럿이 왕이 되겠다고 움직이기 시작한 지금 중앙으로서는 막기가 힘들다.

더욱이……

"왜 하필 지금인 거냐."

지금처럼 황제가 없는 시기에는 더 더욱.

아니, 황제의 자리를 두고 형제들이 다투고 있는 지금으로서는 막지 못한다.

황제의 이름으로 병력을 모으지 못할 뿐 아니라 황실을 따라주는 영주들도 몇 개의 파로 나뉘어질 위험이 있다.

"그래서 내게 말하는 거냐."

그래서 루드벨은 지금껏 앙숙이나 다름없던―똑같이 황제 자리를 노리고 있었으니까―케인에게 와서 지방의 움직임을 가르쳐 주는 것이다.

"예, 지금 저희끼리 싸운다면 우리가 노리는 걸 다른 자에게 빼앗길 것이 뻔하지 않겠습니까."

"그렇지……."

케인 역시 그나마 '머리'가 있는 자여서 쉽게 말을 받아들였다.

하지만 다른 형제들의 반응은 달랐다. 어디까지나 자신이 알아서 한다는 태도들이었다. 공통적으로 하는 말이라면.

'지금 그렇게 말하고는 나중에 당신이 황위를 가져가려는 걸 누가 모를 줄 알고?'라고 할까. 물론 틀린 말은 아니었다. 루드벨은 내전의 혼란 와중에 황위를 가져갈 생각이었으니까.

케인 역시 그 생각을 모르지는 않았다. 다만 지방 영주들을 누르는 게 먼저라고 판단했을 뿐.

"넌 어디서 그런 정보를 얻었지?"

케인이 의심스럽다는 듯이 묻자 루드벨은 어깨를 으쓱했다.

"우연히, 입다. 아린드에서 내전 비슷한 게 일어나서 그 조사를 하던 중에 알게 된 문제니까요."

"아린드에 내전?"

아린드는 절대 황권의 국가다. 황위 계승 시마다 영주들의 입김에 따라 내전이 일어나곤 하는 에이윈과는 달리 국내는 굉장히 조용한 나라.

"또 속국에서 문제가 일어난 것인가."

"아닙니다. 그곳의 공작 하나와 황제가 좀 다툰 모양이더군요."

"별문제는 아니었나 보군."

"아마도……."

앨리언 황제가 있었다면 '아주 큰 문제야'라고 친절하게 가르쳐 줬겠지만 그들은 아무것도 모르고 있었다. 아린드의 중앙은 자신들의 정보를 철저하게 외부와 차단하고 있었으니까. 시르 공작의 세력에 관해 전혀 모르고 있는 것이다.

에이윈은 늘 나중에 강한 세력이 확연하게 드러나고 아린드의 소란이 모두 끝나고 나서야 알게 되곤 했다.

"일단 다시 한 번 영주들에게 아바마마의 장례에 참석하라는 말을 하겠습니다. 이번에도 거부한다면 확실한 것이겠지요."

"…루드벨."

막 나가려던 루드벨은 자신의 이름을 부르는 소리에 멈춰 섰다.

"예, 형님."

"넌 황제가 되고 싶은가?"

고요한 어조인 케인의 말에 루드벨은 멈칫했다. 그리고 특유의 포커페이스로 미소 지으며 몸을 돌려 케인을 응시했다.

"그건 왜 물으십니까?"

"난 황제의 재목은 아니다. 그리고 너도 아니지. 아바마마의 자식 중에 황제의 자리를 제대로 감당할 녀석은 없어. 하지만 적어도 너와 나는 어리석지는 않아."

"……."

루드벨은 조용히 다음 말을 기다리고 있었다. 그런 루드벨을 본 케인은 슬쩍 웃었다.

"사실 황자들 중에는 네가 다음 황제라고 지목받고 있었지. 아바마마로부터도, 다른 몇몇 귀족들로부터도."

"확실한 건 아니었습니다."

"아니, 지금부터 난 널 따르겠다. 우리끼리 싸울 수는 없는 일이니까."

거기까지 말한 케인은 앉은 그대로 조용히 루드벨을 올려다보았다.

"지금은 에이윈을 유지하는 게 더 중요하지, 내 개인의 욕망보다는. 그러니 널 돕겠다. 넌 이 나라가 유지될 수 있게 해라. 그게 내가 너와 힘을 합치는 조건이다."

의외의 말에 루드벨은 눈을 크게 떴다. 그리고 작게 미소 지으며 입을 열었다.

"그렇게 하지요."

자신에게는 전혀 불리할 것이 없는 조건이었으니까. 하지만 케인으로서는 어쩔 수 없는 선택이었다. 괜히 버티다가 흡수당하는 것보다 멋진 척하면서 돕는 게 훨씬 이로운 일이니까 말이다.

루드벨은 곧 '태자(太子)'의 권한으로 모든 영주들에게 선황의 장례에 참석하라는 전문을 보냈다.

몇몇은 황실 내부의 정리가 끝났다 생각하고 받아들였지만 다른 몇은 전혀 받아들일 의사가 없었다.

"그래 봤자 나에게 미치지 못한다."

"내 힘이 더 강하다."

"언제까지나 내가 황실에 눌려 있을 줄 알았는가."

"이빨 빠진 것도 아닌 이미 죽은 사자다. 그 밑에 있어봤자 아무 도움도 되지 않아."

자신들과 같은 생각을 하고 움직이려는 자들이 많다는 것은 생각도 하지 못한 채.

이런 생각 자체가 누군가의 계략에 의해 유도된 것이라는 것도 모른 채.

움직이기 시작했다.

*　　　　*　　　　*

난 시르 공작이 벌인 일에 대한 보고를 들으며 황당하다는 생각이 들었다.

"생각하면 할수록 대단한 사람이야, 시르 공작은."

어떻게, 대체 어떻게.

간단한 정보 조작과 선동만으로……

"에이원의 내전이라… 일이 커지는군요."

한 나라에 내전을 일으킬 수 있었던 것일까.

"시르 공작은 어떤 반응인가?"

"자택 내에서의 생활은 잘 모르겠습니다만, 일단은 평소와 다름없어 보입니다."

그런가.

하긴 그 정도 일로―한 나라의 운명이 달린 일을 '그 정도'라고 취급하는 나도 이상하지만―태도를 바꿀 시르 공작이 아니지.

하지만…

"생각보다 굉장하군."

"예, 정말 가능할 줄은 몰랐습니다."

시르 공작이 내게 '에이원이 어떻게 되는지 잘 봐라'고 한 이후부터 특별히 신경을 썼었다. 그전에도 신경 썼지만.

하여튼 그 이후로 더 자세히 조사하도록 해뒀었다.

시르 공작이 한 말은 기분 나쁘지만 이번 일은 시르 공작이 어느 정도의 재량을 가진 사람인지 분석해 볼 좋은 기회이기도 했으니까.

그리고 그때의 경고대로였다.

내전.

그것도 네 명의 영주가 일어났다지. 각자의 나라를 세우겠다고.

중앙 정부, 그러니까 황실에서는 그걸 막을 힘이 없다. 한 명 정도라면 어떻게 막을 수 있겠지만 넷이나 되니까.

이 상태대로라면 에이원은 무너진다.

그 네 명에게 흡수되어서 에이원은 분열되어 버리겠지.

이후 에이원은 다섯 개의 나라로 나뉘게 될 거다.

"시르 공작… 정말 엄청난 짓을 저질렀어."

세력이 있는 자들을 조금만 부추기고, 황실에 있는 자들의 이목을 조금 가려주고, 민심을 조금만 일그러뜨려서 이런 짓을 해내다니.

굉장한 사람이다.

뭐, 어차피 내버려 둬도 에이원은 원래 불안정해서 100년 안에 이런 일이 일어날 거라고 예상하는 사람들이 몇 있었지만 대단한 건 확실하다.

"역시 시르 공작을 상대하려면 보통 방법으로는 무리인가."

"이쪽도 조금 교활해질 필요가 있겠지요."

카나이의 말에 나도 고개를 끄덕였다.

애초에 정공법으로 하면 상대가 안 되는 사람이었다. 조금씩 발 밑을 파고들어 가는 수밖에.

"맞아요. 아군을 만들면 되는 거잖아요? 시르 공작은 혼자니까."

아리아는 태평스러운 소리를 했지만 난 그렇게 쉽게 풀릴 거라고 생각할 수가 없었다.

시르 공작이 저렇게 화려하게 본보기를 보인 이상 아군을 만들기라는 것은 어려우니까.

"키나이, 에이윈 황실은 어떤 반응을 보일 것 같은가?"

"일단은 루드벨 황자를 중심으로 모이는 것 같습니다만 영주들의 대다수가 황실보다는 이번에 반기를 든 사람들을 지지하고 있습니다. 자기 편한 쪽으로 붙었다고 할까요. 덕분에 중앙군은 더 더욱 약해졌습니다. 이대로 간다면 반기를 든 자들을 인정하는 게 더 나을 겁니다."

"나라를 유지하려면… 인가."

"예, 반기를 든 넷이 함께 수도로 몰려간다면 하루 정도밖에 못 버틸 거라고 생각됩니다."

함께 몰려간다고? 그렇다면…….

"그 넷은 현재 동맹 관계인가?"

"예. 먼저 에이윈으로부터 떨어져 나오는 걸 목적으로 삼아 서로를 동지처럼 여기고 있는 것 같습니다. 저희들이 예상하기로는 반란에 성공하여 각자 나라를 가지게 되어도 한동안은 동맹 관계를 유지할 것으로 보입니다."

흐음, 확실히 에이윈은 망하겠군. 아니면 소국으로 그 명맥만 잇겠지. 한때는 대륙 3대 강국이니 어쩌니 하는 말이 나오던 나라인데 말야. 좀 불쌍한걸.

"참, 카이스란 황자는 어떻게 하고 있는가?"

아무리 한 번 쓰고 버릴 카드로 이용했던 사람이지만 신경이 안 쓰일 수는 없었다. 이번 일은 내 책임도 약간은 있는 거니까.

"일단은 루드벨 황자 밑에 있습니다."

"그래?"

"아, 루드벨 황자는 얼마 후에 대관식을 올린다고 합니다. 아무래도 황제라는 이름이 병사들에게 명령을 내리기 편할 테니까요."

"다른 황자들이 가만히 있었나?"

선황이 죽을 때까지 서로 황제 하겠다고 싸우던 자들이 순순히 받아들일 리가 없는데.

"1황자인 케인이 루드벨을 지지하고 나섰습니다. 때문에 일부는 순순히 받아들였습니다. 그리고 나머지는 따로 움직일 듯합니다."

"황실이 두 개로 분열되는 건가."

"예."

이럴 때 황실까지 분열이라… 정말 난장판나겠군.

내 생각대로 다음날부터 에이원은 꽤 상황이 급박하게 돌아가기 시작했다.

그 네 명의 영주들이 국기와 국가 명을 만들고 건국을 선포했다. 그리고 서로 동맹을 하겠다는 의사도 밝혔다.

이렇게 되자 다급해진 에이원 황실에서는 일단 경고장을 보내고—반기를 든 자들은 그 경고장을 가지고 간 사람은 목을 잘라서 성문 밖에 걸어났다고 한다—루드벨의 대관식을 치렀다. 하지만 루드벨에게 고개 숙일 수 없다고 판단한—이라기보다 그러기 싫어서였을 거다—몇몇 황족들은 따로 나가서 대관식을 올렸다고 한다.

다 같이 힘을 합쳐도 막을 수 없다는 말이 나오는 판에 둘로 나뉘어졌으니 막기 힘든 건 당연지사.

그 네 영주들은 자신들은 지금부터 에이원으로부터 '독립'을 했다고 선포하고 자신들이 멋대로 정한 영토의 경계선에 병사들을 배치했다.

그런 태도에 막 즉위한 루드벨은 '왜 이렇게 나오느냐'는 식으로 부드럽게 협상을 제시했지만, 다른 한쪽은 무조건 '그 독립 국가는 반역'이라고 말하며 강경하게 나오기 시작했다.

황실이 둘로 갈라져 버렸으니 남은 영주들(중앙—루드벨 쪽—에도, 반란—좋은 말로는 독립—에 가담하지 않았던 영주들)도 중앙에 더 붙어 있을 수 없다고 판단을 내리고는 자기 좋을 쪽으로 달려가 무릎을 꿇었다. 그리고 서로 먼저 손대지 않은 채 계속 대립 상태만 이어져 갔다.

"에이윈 황실은 진압에 나서겠죠?"

"당연하지, 아리아."

진압하지 않고 이 상태대로 시간을 보내고 있을 리가 없다. 그건 '독립'을 인정한 게 되니까. 하지만 그렇다고 해서 그 넷을 모두 제압할 군사력은 없을 터.

"에이윈 황실이 어떻게 나올지 구경하는 것도 상당히 재미있겠어."

"하지만 황자들은 생각이 있는 걸까요? 이럴 땐 다 함께 힘을 합쳐야 할 텐데."

난 그건 아마도 시르 공작의 입김이 작용한 결과라고 생각한다. 루드벨과 대립할 만한 자에게 군사력과 돈을 약간 대줄 테니 함께하지 말라는 식으로 꼬셨을 거라고 말이다. 루드벨이 황제가 되면 당신에게 안 좋을 거라고. 그렇게 은근히 속삭였겠지. 확실하진 않지만.

"하지만 폐하, 저희도 이렇게 구경만 하고 있을 때는 아니라고 생각해요."

드물게 제대로 된 말을 한다.

"아아… 그렇지. 시르 공작이 제국 내에서 멋대로 굴기 전에 해둘 일이 있었지."

"제가 도울 수 있다면 돕겠습니다."

당연히 도와야지. 왜냐하면…

"리나이트 상단. 맡아줄 거지?"

"…예?"

아리아가 얼빠진 표정을 지었다.

"시르 공작이 리나이트 상단에까지 손을 뻗게 할 수는 없어. 아무래도 시르 공작은 자금이 좀 많이 달리는 것 같으니까 말야. 그러니까 손을 쓸 수 있을 때 써두고 싶다."

"그, 그런가요?"

잘만하면 금력(金力)으로 시르 공작의 목을 조일 수도 있다. 그러니 리나이트 상단은 완전히 내 지배 하에 두는 게 좋다.

"지금은 카난 공작이 맡고 있지만… 알잖아, 카난 공작이 시르 공작과 꽤나 각별한 사이라는 걸."

"그래서 제가 맡아야 한다는 말씀이세요? 하지만 그게 쉽지는 않을 텐데요."

"어차피 카난 공작은 맡기 시작했을 때부터 '임시'라는 딱지가 붙어 있었어. 귀찮은 걸 극도로 싫어하는 사람이니 순순히 내놓겠지."

"하지만… 시르 공작이 가만히 있을까요?"

"그러니까 지금 해야지."

지금은 시르 공작은 에이원의 문제로 정신이 없을 거다. 아무리 자신은 정보 조작과 은폐 정도만 신경 쓰고 있다지만, 그리고 이제 거의 손쓸게 없다지만 아직 끝난 문제가 아니니까 꽤 정신없는 상황일 거다.

그러니 이때 은근슬쩍 리나이트 상단의 소유주를 바꿔놔야겠지.

"괜찮을까요……."

"이미 카난 공작에게 지시해 놨다. 그러니 넌 인수만 제대로 받으면 돼."

"예."

아리아는 대답하면서도 뭔가 미심쩍다는 표정이었다.

그러더니 순간 뭔가 생각난 듯이.

"앗! 제가 리나이트 상단을 운영하게 되면… 설마… 이제 황궁에 오지 말라는……."

쿡. 역시 그 말이 나오는군.

"시녀 일이나 가디언의 일만 하지 않게 되는 거지, 와도 상관은 없어. 하지만 되도록이면 자제해. 할 말이 있을 때만 오고."

"하지만……."

아리아는 할 말이 있는 듯했지만 이내 순순히 고개를 끄덕였다.

"예, 그렇게 하겠습니다."

하지만 여전히 불만은 있는 듯 툴툴거리고 있다. 그 모습을 보며 작게 웃었다.

"폐하께서는 결말이 어떻게 될 거라고 생각하십니까?"

"음? 제노시아, 에이윈에 관심이 깊은 모양이야."

내가 장난을 걸자 제노시아는 살짝 눈살을 찌푸렸다.

"그게 아니라……."

"아아, 그럼 아주 확실한 예상을 말해 주지. 그 넷은 확실히 나라를 세울 수 있을 거다. 에이윈은 막지 못해. 지금 둘로 갈라진 녀석들이 하나로 합쳐지지 않는 한 에이윈의 이름은 이제 없어지겠지. 서로 쓰려고 하다가 다른 국가 명을 가져올 테니까. 그렇지 않다면 에이윈은 이번에 떨어져 나간 넷으로 인해 아주 작은 소국으로서 그 명맥만 이어갈 것이다."

내 말에 키나이 역시 공감하는 듯한 표정이었다. 워낙 무표정해서 확실히 알 수는 없지만 아마도 내 예상이 맞을 거다. 하지만…

"역시 그 넷이 동시에 일어난 건 이상해. 많이 수상하다고."

그건 내가 모르는 것도 있다는 말이다. 이래서야 시르 공작을 분석하려던 계획은 반밖에 성공 못하는 게 되는데…

"예, 그렇긴 합니다만 더 이상의 조사는 불가능하다고 합니다."

"그런가."

확실히 타국인데다 전쟁 중이니 정보를 모으기 더 힘들겠지. 아깝긴 하지만 여기서 멈춰야 하는 걸까.

"시르 공작 자택에는 감시자를 보내기 힘들 거고."

"예, 대부분의 사람이 대를 이어 일하니까요."

아주 좋은 방법이로군. 배신자가 생길 가능성도 적고 말야. 하지만 나에게는 별로 좋은 상황은 아니로군.

"카이스란 황자는 계속 연락하길 원합니다만, 어떻게 하시겠습니까?"

"아? 이제 필요없어."

"예."

키나이가 대답하고 가버렸다. 그리고 나서 아리아는 좀 묘한 표정을 지었다.

"카이스란 황자가 약간 불쌍하네요."

"뭐가?"

"아주 간단하게 버림받는 것 같아서요."

원래 이런 거라고. 필요가 없으면 버리는 거고, 도움이 된다 싶으면 끌어안는 거지. 뭘 새삼스럽게.

그리고 나도 마찬가지지. 시르 공작과의 일이 성공하지 않는 한 언젠가 쓰레기 처리되듯이 처리돼 버리겠지. 그렇게 되고 싶지 않아서 움직인 거고.

하지만…

자칫하면 지금 처분될 것 같단 말야.

조심해야 되는데.

다음날, 여느 때와 마찬가지로 집무실에 앉아 있었다.

군이 평소와 다른 점을 말하라면 아리아가 카난 공작에게 상단을 인수받기 위해 나가고 없다는 점이라고 할까? 그래도 나름대로 평화로운 집무실의 분위기가 마음에 안 들었던지 시르 공작이 나타났다.

"뭐지, 시르 공작?"

"…드릴 말씀이 있어 왔습니다."

· 또 무슨 소리를 하러 왔나 싶어 기분이 안 좋았지만 내색하지 않고 웃었다.

"호오, 대체 무슨 할 말이 있는지 모르겠군."

내가 비꼬고 있다는 걸 눈치 챘는지 시르 공작의 눈썹이 꿈틀거렸다. 그리고 이내 공작 역시 미소를 띠었다.

"아직까지는 당당하시군요."

아직까지는이라… 멋진 반격이로군. 지금부터는 그럴 수 없다는 건가.

"에이원에 대한 건 알고 계시리라 생각되는군요. 무엇보다 정보에는 확실하고 빠른 분이시니까요. 황후마마 역시 그렇고 말입니다."

'정보에는' 이라고? 그럼 다른 데에는 확실하지 않은 사람이라는 거냐고 말하고 싶긴 하지만 지금은 조용히 있는 게 좋을 듯하다.

조용히 시르 공작을 응시하고 있자 그녀는 승리감을 느낀 모양이다.

야비해 보이는—내 눈에만 그런 건지도 모르겠지만—미소를 지으며 낮게 나에게 '경고' 를 했다.

"알아두십시오, 당신은 이제 인형일 뿐이라는 것을. 그리고 이런 미래를 선택한 게 바로 당신이라는 것도."

"그렇게 생각하나?"

태연자약하게 말을 받아치자 잠시 멈칫한 시르 공작은 얼굴에서 미소를 싹 지웠다.

"어떻게 말씀하셔도 마찬가지. 이제 당신을 도와줄 자는 없습니다. 대체 누가 당신을 도와줄 수 있다고 생각하죠? 뮤리아 황비? 그런 어린 여자가 무슨 수로 당신을 도울 수 있을까. 장난치는 것 말고는 할 줄 아는 것도 없는 여자인데. 아니면 하네인 후작? 그녀가 나에게 대항할 정도의 힘을 가지고 있다 생각하고 있는 건 아니겠죠? 리튼 공작 역시. 그는 나라가 제대로 운영된다면 쓸데없는 데 신경을 쓰지는 않을 겁니다."

쌓인 것이 많은 듯 말을 토해낸 시르 공작을 잠시 보고 있던 나는 작게 웃었다.

지금 자신의 페이스가 흐트러지고 있는 건 시르 공작이다, 내가 아니라.

어쩌면 이 싸움, 승산이 꽤 있는 건지도 모르겠다는 생각이 들었다.

"글쎄, 그거야 나도 모르지. 하지만……."

뒷말은 일부러 하지 않았다. 하지만 시르 공작도 나도 아주 잘 알고 있다. 난 여기서 포기하지 않을 거라는 것. 절대 인형으로서는 살아가지 않을 거라는 것을.

시르 공작은 조용히 날 보더니 마지막 경고를 하고 돌아섰다.

"마음대로 하십시오. 다만 당신을 살려두는 건 이번까지뿐이라는 것만 충고해 드리지요."

"쓸데없는 충고야."

다음에 패배하는 건 당신이 될 거다.

에이원의 일은 일주일 만에 결말이 났다.

예상외로 빨리 끝났다는 생각에 신기하기도 하고 재미없다고 생각했는데 키나이에게 그 내용을 들어보니 꽤나 흥미로웠다.

다들 생각 외의 짓들을 잘했던 거다.

루드벨은 공식적으로 자신들은 '에이윈'을 계승하겠다는 의사를 밝혔다. 그렇다고는 해도 이전과는 모든 것이 달라지게 되겠지만 일단 이름만은 이은 거다.

하여튼 신생 에이윈―이전의 에이윈과는 많은 점이 다르니까―은 자신들에게서 빠져나간 신생 독립국 넷을 인정하고 대등한 조건에서 동맹을 맺었다… 고 자신들이 봐주는 것처럼 공식 선언을 하긴 했지만, 봐준 쪽은 에이윈이 아니라 이번에 독립한 녀석들이었을 거다. 그쪽의 군사력이 월등하니까. 단언컨대 그들이 군대로 밀었다면 에이윈은 꼼짝없이 멸망했다. 아주 확실하게 말이다.

난 그런 소리들을 듣고 신생 에이윈이 아마 '대등한 조건의 동맹'을 내걸어 자리 잡을 때까지 이런저런 원조를 받을 생각일 거라 여기고 있다.

아마 나 말고 다른 나라들도 마찬가지로 생각하고 있을 거다.

나나 다른 나라의 입장에서 보면 '에이윈이 아주 비굴하게 살아남는다'는 소리가 절로 나오는 상태인 것이다. 그러느니 차라리 망하는 게 낫지 않겠냐고 말할 정도로.

하지만 난 꽤나 좋게 보고 있다. 우선 그런 상황에서도 '에이윈'의 명맥을 잇겠다는 것도 가상해 보이고―나 같았으면 다 때려치우고 가버렸을 거다―또 예전처럼 영주들의 눈치 보며 황제 대접받느니 속 편하게 작은 영토를 가지고 제대로 된 왕으로 대접받는 게 나을 테니.

어쨌든 그들은 그런 식으로 나름대로 공존 관계를 유지하는 쪽으로 결심을 굳힌 것 같았다. '신생 독립국'들로서도 자신들의 모국인 에이윈을 친다는 건 좀 꺼려지는 일일 테니까.

그런 마음 때문에 나름대로 서로 협상한 셈 친 거라고 할까. 아니면 다른 생각이 또 있는 건지도 모르지.

하지만 다른 황자들이 통치하는 쪽은 어리석은 선택을 했다.

신생국들을 절대 인정할 수 없으며, 그들을 인정한 에이윈 역시 '적'이라고 나오면서 자신들의 국호를 '라이너'로 칭하고 따로 국가를 세워 버렸다. 아마도 곧 망할 거라고 생각되지만.

솔직히 군사도 얼마 없으면서 네 나라, 아니, 다섯 나라나 '적국'으로 선포하는 건 '죽여달라'는 소리나 다름없으니까 말이다.

하여간…

"루드벨은 꽤나 처신을 잘하는군."

내 말에 키나이는 못마땅한 표정이었다.

"왜 그러지?"

"그렇게 살 바에야 죽는 게 낫지 않을까요?"

그 말에 난 쓰게 웃었다. 마치 나에게 하는 말 같아서.

"키나이, 살아 있어야 내일을 도모할 수 있는 법이야."

마치 키나이에게 지금 내 행동을 변명하듯이 말했다.

앞으로 얼마 동안은 황제로서 대우를 못 받게 될 거다. 그렇게 비굴하게 지내야 하는 거다.

하지만 아직 끝나지는 않았어. 두고 보라고, 난 기필코 살아남을 거다. 그리고 날 업신여겼던 자들에게 복수할 거야. 날 도와주지 않았던, 내가 비굴하게 행동하도록 만들었던 모든 것들을 화염 속에 사라지게 만들어 줄 거라고.

이건 내가 어린 시절을 유폐의 탑에서 지내며 온몸으로 익힌 것이다. 지금 비참하더라도 가능성이 있다면 살아서 그 '가능성'에 모든 것을 걸어야 한다는.

그런데 직접적인 군사 충돌은 한 번도 없었는데 카이스란 황자가 죽었다는 것은 역시 시르 공작이 손을 썼다는 소리겠지? 꽤나 번거로운 짓을 했군. 난 더 이상 그 녀석을 상대할 마음이 없었는데 말야. 내가 힘든 게 아니니까 상관없지만.

전쟁터에서 포로가 된 자들에게는 비슷한 질문을 한다.

"죽음을 선택하겠느냐, 삶을 선택하겠느냐."

이 질문 아닌 강요에 기사들은 주로 말한다. '나의 긍지를 위해 죽음을 선택하겠다'라고. 그리고 그 선택이야말로 옳은 것이라고.

하지만 평민들은 말한다, 살려달라고. 그리고 죽음보다는 비참한 삶이 낫다고 말한다.

때문에 귀족들은 평민들이 아무 생각도 없고 긍지도 없는 어리석은 자들이라 평가하고 그렇게 대한다.

뭐가 옳다고 생각하는가.

죽음이냐, 삶이냐 하는 문제는 무거운 주제다.

경우에 따라 다르겠지만 대부분의 사람들은 삶을 택한다.

그 삶이 죽음보다 못하더라도.

그것이 인간의 본성이며 나아가 생명을 가진 모든 존재의 본성이다.

자신을 유지하며 자신의 종족을 유지하려는 본능.

하지만 몇몇의 사람들은 말한다. 더러운 본능이라고. 긍지도 없고 자존심이 없는 이들이 선택하는 더러운 본능일 뿐이라고. 그러나 그렇게 말하는 이들은 죽음의 의미를 생각해 보았을까? 또 삶의 의미를 생각해 보았을까?

죽음의 의미란 무엇인가. 그것은 먼저 이 세상과의 영원한 이별이며 사랑하는 모든 이들과의 결별을 뜻할 것이다. 그리고 다음을 준비하는 과정이기도 하다.

그럼 삶의 의미란 무엇인가? 살아간다는 건 무얼 의미하는 것일까? 그것은 자신에게 부족한 점을 보충하기 위해 노력하는 행동일 것이다. 그리고 서로 싸우기 위함이 아닌 서로 이해하고 사랑하는 과정일 것이다.

―국립 아카데미의 교양 교과서 「삶과 죽음. 그 의미」中에서.

또 다른 일상

에이원의 일, 아니, 에이원의 분열과 동시에 내 일상은 약간 달라졌다. 자의에 의해서가 아니라 타의에 의해서.

그로 인해 내 하루는 꽤나 단조로워졌다. 제노시아가 깨워주거나, 혹은 스스로 아침에 일어나면 오래지 않아 새로 온 시녀장인 로레타라는 여자가 들어온다.

"일어나셨습니까."

뻔히 눈을 멀뚱히 뜨고, 게다가 일상복까지 입고 서 있는 걸 보면서 왜 그런 말을 하는가 싶기는 하지만…

"그래."

일단은 대답해 준다.

아침부터 괜히 시비 걸어 힘 뺄 이유는 없으니까.

그리고 시녀장은 시녀들을 지휘해 침대 시트를 바꾸고 방을 정돈한다. 만약 내가 그때까지 옷을 갈아입지 않았다면 옷을 가져다 준다. 물론 갈아 입혀지는 건 내가 질색하므로 건네주기만 한다. 그리고 내가 옷을 갈아입고 나면 아침 식사를 가져와서 다 먹을 때까지 옆에 서 있는다. 시중을 들어준다는 명목으로.

그렇지만 정말 시중을 들어준 적은 없다.

그저 내가 먹는 걸 보고 있을 뿐.

마치 내가 가리는 음식이 있는가 감시하듯이 말이다.

그리고 나서 정무 회의에 참석한다.

몸만.

참석이야 하지만 요새는 거의 듣고만 있는 실정이니까.

회의 내내 뭐라고 할 권한조차 없는 것처럼 입을 다물고 있다. 귀찮아서이기도 하지만 내가 무슨 말을 한다고 들을 분위기도 아니다.

전부 시르 공작의 생각에 따르는 말들만 나오고 다른 의견이 없어서 회의는 금방 끝난다.

시르 공작이 나와서 말을 하거나 하지는 않지만—최근에는 얼굴 보기가 힘들다. 카난 공작이야 매일 만나는 듯하지만—전부 시르 공작의 생각이라는 건 쉽게 알 수 있다. 왜냐고? 당연한 일이다. 모두들 어쩌면 그렇게 똑같은 말들만 하는지… 그 정도로 똑같은 소리를 하려면 누군가가 시키지 않으면 불가능하니까.

집무실에 돌아오면 형식뿐인 서류들이 조금 쌓여 있다. 황제의 인장이 꼭 필요한 것이나, 혹은 단순 보고 서류.

그리고…

"오셨습니까, 폐하."

시르 공작의 심복이 되어버린 루이스 자작이 나에게 인사를 건넨다.

루이스 자작은 나와 시르 공작에게 꽤나 원망이 깊을 텐데 대체 시르 공작이 어떻게 구슬린 건지는 모르겠지만, 지금 루이스 자작은 아주 충실한 시르 공작의 개가 되어 있다.

하여간 저렇게 사람을 끌어들이는 능력은 좀 배우고 싶군 그래. 어떻게 자신을 적대하는 자를 끌어들일 수 있는지.

"그래."

날 도와주기 위해… 라고 하지만 사실은 내 행동을 감시하기 위해 시르 공작이 내 비서 일을 하도록 보낸 것이다.

일은 금방 끝난다.

도장만 찍고, 혹은 그냥 읽어만 보면 되는 것들이니까. 그리고 일이 끝나고 나면 정오까지는 책을 읽으며 시간을 보낸다. 루이스 자작은 감시를 위해 끈질기게 붙어 있다.

점심을 먹고 나면 뮤리아에게 가서 시간을 보낸다. 뮤리아와 하네인 후작과의 티타임 시간까지.

그 후에는 집무실에서 빈둥거리다가 다시 내 방으로 간다.

저녁때 마지막으로 로레타가 왔다 가고 나면 시르 공작이 알고 있는 내 일과는 끝이다.

하지만… 보통은 키나이가 시르 공작이 추진하고 있는 것들이나 근황들을 보고하기 위해 왔다 간다.

키나이의 보고가 끝나면 난 잠자리에 들고 제노시아는 내 침대 근처 의자에서 잠이 든다…….

이게 내 하루 일과다.

지루하기 짝이 없을 정도로 매일이 똑같다.

매일이 지루한 중에 집무실에서 놀고 있는데 로레타가 차를 가지고 들어왔다.

솔직히 고백하자면 로레타가 가져오는 것들은 의심이 가서 먹고 싶지는 않다. 독이 들었을지도 모르니까.

하지만 지금으로서는 내 입에 들어가는 건 모두 로레타의 손을 거치고 있으니 굶어 죽고 싶지 않으면 먹을 수밖에.

이래 죽으나 저래 죽으나 똑같다 생각하고 말이다.

"고맙군."

로레타는 살짝 목례를 하고 한두 걸음 물러섰다.

늘 그렇듯이 그렇게 한두 걸음 물러선 다음 몸을 돌려서 집무실을 나갈 거라고 생각했는데, 그 자리에서 꼼짝도 않고 가만히 서 있었다.

"뭐지?"

"시르 공작님의 따님이 오늘 수도로 온다고 합니다만."

무슨 소린지 알겠군. 만나지 않을 거냐고 묻는 거겠지.

"아직 걷지도 못하는 꼬마를 만나서 뭣 하겠는가."

"예, 알겠습니다."

로레타가 나가고 나자 루이스 자작이 기분 나쁜 미소를 지었다.

"드디어, 입니까?"

"루이스 자작, 입 좀 다물었으면 하는데."

루이스 자작은 나에게 쌓인 것이 많은지—당연한 거겠지만—보좌로 온 이후로 기회가 닿을 때마다 내 속을 긁고 있었다.

지금 역시 마찬가지. 시르 공작에게 대략적인 상황을 들은 루이스 자작은 그 아이가 어떤 의미인지 알고 저런 말을 하는 거다.

"어머나, 혼잣말이었는데 거슬리셨습니까?"

"글쎄. 하지만 쓸데없이 혼잣말을 하는 버릇은 좋지 않지."

나도 무시하면 되는 일이기는 하지만,

"흐응… 이상한 데 신경을 쓰시는군요."

"루이스 자작만큼은 아니지."

그렇지만 '짜증나고 기분 나쁘다'는 기분보다 '따분함을 없앨 수 있다'는 생각이 더 커서 늘 상대해 버리고 만다. 미안한 마음도 있어서 좀 무례하게 굴어도 내버려 두고 있고.

루이스 자작은 이런 내 생각을 알고 있는지 모르겠지만.

아마도 모를 거라고 생각한다. 그리고 평생토록 눈치 채지 못하겠지. 다만 자신의 뒤에 있는 시르 공작 때문에 함부로 못하고 있다 생각하겠지.

난 왜 이런 사람에게 죄책감을 느끼고 있는 건지.

"대체 왜 그대가 시르 공작의 딸에게 그렇게 관심을 보이는 건지 모르겠군."

"몰라서 묻는다고 생각되지는 않습니다만?"

"아아, 그러고 보니 루이스 자작에게 딸이 있다고 했던가. 그래서 그리 관심이 남다른 모양이로군."

아무것도 모르겠다는 듯이 대꾸해 줬더니 이내 얼굴을 일그러뜨린다.

"큭… 제 아이와는 상관없는 일입니다."

아무리 명목상의 황제요 집권자라지만 좀 너무하는군. 형식만이라도 대접은 해줘야 하는 거라고.

"그렇게 생각하나?"

"무슨 뜻이신지요."

루이스 자작과 적당히 놀았다는 생각에 자리에서 일어났다.

새로운 정보를 들었으니 뮤리아에게 가볼 생각이었지만…

루이스 자작이 날 가로막았다.

"무슨 뜻이십니까?"

"뭘 말인가."

"저의 아이에 관한 말씀이 무슨 뜻인지 여쭙는 겁니다."

꽤나 반응이 재미있군.

하지만…

"무례하군."

"예?"

"황제인 나의 앞을 가로막다니. 루이스 자작, 그대의 생각이 궁금하군."

내 말에 루이스 자작이 멈칫하는 사이 그녀를 지나쳐서 집무실을 나왔다.

뭐, 사실 날 지금처럼 대하는 자는 루이스 자작만이 아니다.

어차피 실권자는 시르 공작이고 난 그녀와 대립하고 있고, 그러다 보니 나에게 제대로 예를 갖추기보다 시르 공작에게 숙이거나 혹은 지금 루이스 자작처럼 시르 공작의 밑에서 날 무시하는 자들이 생기는 거다. 그전과 다름없는 태도를 보이는 자들도 간혹 있고, 어쩔 줄 몰라 하는 녀석들도 있긴 하지만 지금 내가 황제로서 지내지 못하는 건 사실이다.

좀 비참한 상황이기는 하지만…

난 머리를 흔들어 생각을 털어내 버렸다. 깊이 생각해 봤자 지금은 어쩔 수 없는 일인 거다.

언제는 내가 제대로 대접받았던가. 어렸을 때부터 유폐의 탑에서 보통 귀족들보다 못하게 지냈는데.

그렇게 생각하며 그저 무시해 두는 게 좋겠지.

모르는 척 덮어두고…

"뮤리아."

뮤리아는 여전히 정원에 앉아 책을 읽고 있었다.

내가 온 걸 안 뮤리아는 자리에서 일어나 가볍게 목례를 했다. 그리고 장난기있는 미소를 지었다.

"한가하시네요."

"뭐, 그런 셈."

의자에 앉자 뮤리아는 시녀를 시켜 차를 내오게 하고 자신도 자리에 앉았다.

"그런 셈이 아니라 정말 할 일이 없으시잖아요."

다른 녀석들이 이런 말을 하면 기분 나쁘겠지만 뮤리아가 그런 말을 하면 재미있을 뿐이다.

음흉한 마음이 없으니까 그런 걸까?

"뮤리아도 한가한 거 아닌가."

"그렇죠. 그리고 전 원래부터 한가했어요."

장난기있게 빛나던 뮤리아의 눈이 조금 가라앉았다.

"요즘은 완전히 시르 공작 세상이더군요."

"그렇지."

"저야 상관없는 일이지만 폐하께서는 조금 곤란하신가 보더군요."

"그렇게 곤란하진 않아."

"그런데 시르 공작도 참, 본인은 나오지도 않고 모든 걸 조종하다니. 꼭 소설에 나오는 악당들이 말하곤 하는 '흑막' 같다는 생각이 든다니까요."

장난처럼 말이 오고 갔다. 가볍게, 아무것도 아닌 것처럼.

어조가 가볍다고 해서 내용까지 가벼운 건 아니었다. 너무 심각해서 오히려 가벼운 어조로 말하고 있다고 할까. 말의 내용은 아주 어두운 주제였다.

"그렇다고는 하지만 폐하께서는 어쩔 생각이신지……."

뮤리아는 뺨에 손을 대고는 고개를 갸웃하며 꽤 귀여운(!!) 포즈를 취했다. 분명 뮤리아가 아니었다면 굉장히 귀여웠겠지만.

"뮤리아, 안 어울려."

"그런가요."

금세 원래의 모습대로 돌아와 생긋이 웃는 뮤리아.

이 정도의 말에 꿈쩍할 사람이 아니라니까.

"참, 시르 공작의 아이가 수도로 온다고 하던데요. 알고 계시나요?"

뮤리아의 말에 난 작게 고개를 끄덕였다.

"여자 아이라는군요. 제가 알고 있는 바에 따르면, 아이는 아버지인 아스티안님도 어머니인 시르 공작도 닮지 않았대요. 그래서 시르 공작이 바람피워서 낳은 아이가 아니냐는 말이 있던걸요."

"그런 건 다 어디서 듣는 거야?"

태어난 지 얼마 되지도 않은 아이에 대한 정보를 대체 어디서 모았을까? 카나이야 원래 자신의 일이 정보 수집이니 당연하다고 생각하지만.

"비. 밀. 입니다. 가르쳐 드리면 재미없잖아요."

"흐음……."

늘 그렇듯이 일단은 넘어가 주기로 했다.

서로에 대해 깊게 파고들지 않는다. 상대가 감추려는 걸 억지로 알아내지 않는다… 라는 게 우리 사이의 불문율 같은 거였으니까.

"그 아이… 아직 이름도 안 지었다지요?"

"나보고 짓게 하려는 생각인 것 같은데… 아무래도 사람들의 이목이 있을 테니까."

입양하게 할 때 조금이라도 자연스러워 보이도록 말이다.

내가 이름을 지어주고 또 황성에 자주 데리고 오거나 해서 내가 좋아서 입양하는 것처럼 보이게 할 생각이겠지. 어차피 지금은 시르 공작의 세상인데 굳이 그럴 필요까지 있을까마는.

"그럼 이름을 생각해 둬야겠네요."

"그렇겠지."

하지만… 솔직히 생각나는 게 전혀 없다.

난 잠시 고민하다가 짓궂은 표정을 지었다.

"뮤리아도 생각해 봐야 하는 것 아닌가?"

"예?"

"그 아이의 어머니가 되는 거잖아."

"어, 어머나……."

뮤리아는 모르겠다는 듯이 시선을 외면했다.

하지만 여기서 포기할 내가 아니지.

"그래, 역시 딸이라니까 내가 짓는 것보다 어머니 될 뮤리아가 짓는 게 나을지도 모르겠는걸. 그럼 맡길게."

"폐하아… 전 그런 거 못해요."

뮤리아가 애원조로 말했다.

"나도 몰라. 이름 같은 거 지어본 적… 있구나."

그러고 보니 세레나의 이름은 내가 지어준 거였다.

하도 오래된 일이라서 잊고 있었어.

"그럼 경험자이신 폐하께서 지어주시는 게 낫겠네요."

"흠……."

"일단은 딸이니까요. 사랑스러운 이름으로."

뮤리아의 말에 난 쓴웃음을 지었다.

"사랑스러운 이름? 그럴 필요가 있을까?"

"어머나?"

그 말에 뮤리아는 고개를 갸웃하더니 의미심장하게 미소 지었다.

"필요없어지는 건가요?"

무시무시한 말을 하는군.

확실히 뮤리아와는 통하는 게 있어서 좋다. 아리아라면 아무것도 모르고 '당연히 예쁜 이름을!!'이라고 주장할 텐데. 요즘이야 자주 만나지는 못하지만 리나이트 상단을 움직이다가 별의별 걸 다 봐서인지 생각이 많이 바뀐 것 같긴 하다.

"필요없어진다기보다… 뭐, 그전에 뮤리아와 나 사이에는 절대 자식이 없을 것 같으니까 그 아이를 후계자로 하는 게 낫지 않아?"

그 말에 뮤리아는 쓰게 웃었다.

"그렇긴 하죠. 하지만 말입니다, 시르 공작의 아이라면 약간은 문제가 되지 않을까요?"

"글쎄, 그건 나 하기 나름. 그리고 시르 공작의 아이이기에 더 나을 수도 있어."

의미심장하게 말했더니 금방 눈을 반짝인다.

"무슨 일이 일어나나 보죠."

"글쎄, 아직은 모르지."

그건 일이 아주 잘 돌아갈 경우의 이야기다. 자칫하면 모두 내 망상이 되어버리겠지만.

"그것보다 그 아이, 언제쯤 온대요?"

"모르나? 알고 있을 거라 생각했는데."

솔직히 별걸 다 알고 있길래 당연히 아는 줄 알았다. 그래서 물어보러 온 건데.

"알긴 하지만……."

역시 알고 있었군.

"언제 온다던가?"

내 말에 뮤리아는 깜짝 놀란 모양이다.

"모르세요?"

"음, 로레타가 한 말이라서."

뮤리아도 그 '로레타'를 알고 있다. 그래서인지 그녀는 고개를 끄덕이더니 자신이 알고 있는 걸 전부 말해 주었다.

"어제저녁에 영지에서 출발, 도착은 9일 후라고 해요."

"9일? 거기서 여기까지는……."

5일 정도밖에 안 걸린다고 알고 있는데 왜 그렇게 늦게 도착하는 거지?

"아, 그게 아무래도 태어난 지 3개월 정도밖에 안 된 어린아이니까 힘들지 않게 천천히 여행하려는 모양이에요."

"그런가."

그 아이가 도착하고 나면 좀 힘든 일이 있을지도 모르겠다는 생각에 머리가 아파왔다.

하지만 아직까지는 내가 손쓸 수 있는 일이 없다.

"힘내세요."

재미있어 죽겠다는 표정을 한 뮤리아의 말을 들으며 힘없이 웃는 수밖에.

그리고 저녁때가 되자 기분 나쁜 눈으로 날 보던 루이스 자작과 헤어져 침실로 돌아왔다.

오늘은 키나이가 올 일도 없고 해서 바로 잘 준비를 하는데 로레타가 갑자기 침실로 들어왔다.

"또 무슨 일인가."

조금 짜증이 난 나는 불쾌한 기색을 감추지 않고 물었다. 쓸데없는 일이면 당장 꺼지라는 식으로. 하지만 로레타라는 여자는 그런 데 꿈쩍할 여자가 아니었다. 역시 시르 공작의 심복답다고 할까. 하긴 내가 화를 내 봤자 무섭기나 하겠냐마는.

"시르 공작님께서 편지를 전해 드리라고 하셔서 기다리고 있었습니다."

그렇게 말하고는 품에서 편지를 꺼내 테이블에 올려놓고 한두 걸음 물러선 다음 목례를 하고 나가 버렸다. 편지를 읽는지 안 읽는지 확인도 하지 않고 말이다.

알아서 하라는 듯이, 마치 자신들에게 손해 될 것은 전혀 없다는 듯이.

난 한숨을 내쉬었다.

"제노시아, 저거 무슨 내용일 것 같아?"

"글쎄요. 전 잘 모르겠습니다."

불쾌한 기분이기는 하지만 그렇다고 해서 안 읽을 수도 없는 노릇인지라 억지로 편지를 들어 거기에 찍힌 인장을 보았다.

확실히 시르 공작가의 문장.

그 문장에 난 더 기분이 나빠지는 걸 느끼면서 편지를 개봉했다.

제 아이이자 곧 폐하의 아이가 될 아이가 수도로 오고 있습니다.

그 아이가 수도에 도착하자마자 폐하께서 친히 부르시고 이름을 내려주셨으면 합니다.

그리고 성대한 연회를 열었으면 합니다.

이것은 계약의 일부입니다.

설마 거부하지는 않으시겠지요.

아무래도 시르 공작은 간단한 말로 사람의 복장을 뒤집어 버리는 기술을 가지고 있는 모양이다.

'설마 거부하지는 않으시겠지요'라고? 거절할 수도 없는 상황으로 만들어놓고는!!

아무리 어느 정도 예상한 일이라지만 불쾌하다.

"역시 이렇게 나오는군."

"예?"

"아무것도 아냐."

시르 공작이 공식적으로 '이 아이에게 이름을 내려달라' 라고 요구해도 되겠지만, 굳이 내가 나서서 해달라 시키고 있다. 아마도 몇 가지 효과를 노리고 있는 거겠지.

첫 번째로는 제국 내의 사람들에게 내가 시르 공작의 아이에게 특별한 관심이 있는 것처럼 보이게 하기 위한 것. 그리고 두 번째는 귀족들에게 마치 내가 시르 공작에게 잘 보이기 위해 이런 일을 하는 것처럼 보이게 하려고. 마지막은… 내가 차후 그 아이를 입양하더라도 어색해 보이지 않게 하기 위해서.

그리고 눈에 띄지 않을 자잘한 부수적인 효과도 있겠지.

꽤나 치밀한 계획을 세웠군. 기분 나쁘게도 말야.

자신이 한 말대로 나에게 '인형' 으로서 움직이라 이건가? 내가 좋든 싫든 그렇게 하라고? 시키는 대로 얌전히 따르거나 하라 이건가.

난 나도 모르게 손에 힘이 들어가서 편지를 구겨 버렸다.

"…잠이나 자야겠군."

지금은 멋대로 하게 내버려 두겠다, 루이네 켈 시르. 하지만 오래가지는 않을 거라는 걸 명심해 두는 게 좋아.

다음날, 난 편지에 써 있던 대로 지시를 내렸다. 지시만 내렸을 뿐 나머지 일은 모두 뮤리아에게 떠맡겨 버렸다.

"미안하지만, 해줘. 가만히 있기 심심하다며?"

라는 말로.

그리고 시간이 아슬아슬하니 힘들 거라는 말도 덧붙여서 해줬더니 뮤리아는 어처구니가 없다는 표정이었다.

그런 표정을 짓기는 했지만 본인도 그다지 싫지는 않은지 이내 선선히 고개를 끄덕여 주었다. 아니, 싫다기보다 약간 흥미가 있었던지 꽤나 적극적으로 나왔다. 평소에 많이 심심했던 모양이다.

나 또한 하릴없이 지루한 하루하루이기는 해도 그 딴 일을 하고 싶지는 않았다.

예상외로 뮤리아는 아주 능숙하게 사람들을 부려서 제대로 시간을 맞춰 연회 준비를 해냈다. 도착하기 전날 저녁에 아슬아슬하게 말이다.

그동안 난 그 아이에게 줄 이름을 고민해야 했다.

아무 이름이나 붙여주고 싶기는 하지만 보는 눈들도 많은 데다가 어떤 의미로든 '역사'에 남을지도 모를 이름을 이상하게 지어줄 수는 없는 일이 아니겠는가.

한참을 끙끙거린 끝에 꽤 그럴듯한 이름을 하나 지을 수 있었다.

내가 지은 이름은 헤레니안 켈 시르.

언젠가 들었던 요정—아니, 정령이었던가?—의 이름을 썼다.

그 이름을 가지면 행복해진다니까. 적어도 괴로움이 찾아오기 전까지는 행복한 게 좋지 않겠는가.

그래야 머리가 평화에 젖어서 급한 일이 생겨도 빠릿빠릿하게 움직이지 않을 테니까 말야. 어쩔 줄 몰라 하며 아무것도 하지 못하도록.

좋은 의미도 포함되어 있긴 하지만.

아주 조금.

그 아이에게 '헤레니안'이라는 이름을 붙여준 지 10일 정도 지난 날이다.

아무 일도 없는 따분한 일상에 지쳐 세레나에게 잠시 놀러 오게 했다. 그리고 세레나를 기다리면서 집무실에서 책을 읽고 있었다. 그런데 아주 뜻밖의 손님이 집무실을 찾아왔다.

"시에라 누님, 오랜만이로군요."

일단은 누나라고 되어 있는 여성이니 존칭을.

시에라 역시 날 끔찍이도 싫어하긴 해도 꼬박꼬박 말을 높여준다.

"그렇군요, 폐하."

그러면서 옆에 있는 루이스 자작을 날카롭게 노려본다.

"이건?"

"아아… 신경 쓰지 마십시오."

나야 태연히 대답했지만 '이 사람' 도 아니고 '이것' 으로 불린 루이스 자작은 울컥한 모양이다. 그래도 일단은 참는 듯했다. 다른 누구도 아닌 황족인 시에라가 그렇게 말한 거니까 말이다.

함부로 대할 수 없었겠지. 시르 공작에게 지시받은 것도 없을 테니까 말야.

저 루이스 자작이야말로 시르 공작의 말 잘 듣는 인형 같다. 일단 참으려는 루이스 자작과 달리 시에라는 노골적으로 적의를 드러냈다. 마치 사라지라는 것처럼.

좀 재미있는 상황인지라 즐거운 마음으로 둘의 대치를 구경했다.

하지만 루이스 자작은 시에라의 상대가 되지 못했다.

시에라가 무시하듯이 보던 눈길에 불쾌함이 섞이기 시작하자 알아서 고개 숙여 버린 것이다. 꼭 고양이 앞의 생쥐처럼. 내가 저러면 끝까지 대들었을 텐데. 참… 난 대접받지 못해 서럽군 그래.

그 상황을 더 구경하고 싶기는 하지만 나도 시에라의 얼굴을 오래 보고 싶지는 않았다.

"무슨 일로 왔는지 물어봐도 될까요?"

그 말에 시에라는 루이스 자작에게 흘낏 시선을 주었다.

그러자 루이스 자작은 알아서 집무실을 나가 버렸다.

"쿡쿡……."

내가 킥킥거리며 웃자 시에라는 불쾌한 기색을 감추지도 않고 나에게 말했다.

"뭐가 그렇게 재미있습니까, 황제."

"아아, 그냥요."

이런 내 반응이 더 더욱 마음에 들지 않는지 미간을 모으고 있던 시에라는 곧 노골적으로 한숨을 내쉬었다.

"즐거워할 신세는 아니라고 생각합니다만."

"역시 그 문제로 오신 겁니까."

내가 미소 짓자 시에라는 기분이 가라앉은 듯했다.

"자리도 권하지 않으시는 겁니까."

"평소에는 권하지 않아도 잘 앉지 않으셨습니까."

그렇게 말하며 나도 일어나 시에라와 마주 볼 수 있는 곳에 앉았다. 굳이 자리를 옮길 필요는 없지만 그래도 누님인 시에라에 대한 최소한의 예의이다. 서로 존중하든, 죽이고 싶어하든 간에.

시에라는 그런 날 아니꼽다는 듯 보고 있다가 이내 내 맞은편에 앉았다. 그리고 한참 동안 날 가만히 보고 있을 뿐 아무 말도 하지 않는 거였다.

"용건이 있는 거 아니었나요?"

빨리 말하라는 의미도 포함해서 조금은 거만하게 말했다. 듣는 사람이 재수없다고 여길 정도로.

그랬더니 시에라가 꿈틀하더니 태연히 입을 열었다.

"…용건이 있기는 했습니다. 하나 지금의 당신에게는 없을지도 모르겠군요."

"하하, 시르 공작 때문인가 보군요."

"당연한 거 아닌가요."

불쾌함이 가득히 담긴 말이었다.

마치 그 자리는 시르 공작이 앉혀준 거야? 라고 말하고 싶은 듯이.

내가 과민 반응을 보이는 건지도 모르겠지만.

"그렇게 생각하고 있군요."

집무실 가득히 침묵이 내려앉았다.

난 싱글싱글 웃으면서 시에라의 다음 말을 기다릴 뿐 아무 말도 하지 않았다. 그리고 시에라는 그런 내 태도가 마음에 들지 않는 듯 미간을 찌푸리고 있을 뿐이었다. 그리고 한참 만에 꺼낸 말은 따분한 말이었다.

"내가 잘못 알고 있었다는 생각에 기분이 나쁠 뿐입니다. 나와 맞서던 게 시르 공작이 앉힌 인형일 뿐이었다니 말입니다."

어느 정도 예상했던 말.

하지만 불쾌했다.

"너무 멋대로 말씀하신다고 생각지 않으십니까."

조용히 분노를 담아 노려보자 시에라는 평상시의 오만한 표정으로 날 보았다. 내가 어떤 반응을 보이든지 상관없다는 듯이.

"그럼 아닌가요?"

"마음대로 생각하시죠."

일일이 말을 받아줘야 할 필요는 없다고 나 자신을 달래며 퉁명스럽게 말했다.

하지만 시에라는 이 말에 뭔가 짐작해 버린 듯했다.

"흥, 아직은 살아 있다… 이겁니까?"

시르 공작이나 시에라나 뮤리아. 모두 남의 속을 긁는 데는 탁월한 재능이 있는 모양이다.

"보고도 모르시는지."

"흥."

시에라는 잠시 날 빤히 보고 무슨 생각을 하는 듯 가만히 있었다. 그리고 이내 작게 미소 지었다.

그런 시에라의 반응에 의아해졌다. 평소라면 오만하게 하고 싶은 말만 꼬아서 말하고는 가버렸을 사람이 왜 이러고 있는 건가 싶었던 것이다. 그래서 시에라가 입을 열기 전에 먼저 말했다.

"…시에라 아멜리아 펠 아스힌드. 그대가 지금 대체 무슨 말을 하고 싶은 건지 정확히 해줬으면 하는데요."

시에라는 내가 자신을 풀 네임으로 부르자 더 더욱 미소가 짙어졌다.

"별거 아닙니다, 몇 가지 제안이 있어서 찾아왔을 뿐."

"제안?"

또 거래인가.

솔직히 좀 지긋지긋하다. 황제가 될 때부터 거래니 제안이니 하는 것들밖에 없었으니까. 그리고 본심을 말하자면 절대 저 제안이라는 걸 받아들이고 싶지 않다고 할까.

하지만…

"받아들이시겠습니까?"

"어떤 건가에 따라서."

지금 아쉬운 건 내 쪽.

시르 공작이 언제 날 죽이겠다고 나올지 모르는 상황이니.

"쿡… 역시……."

시에라는 만족한 듯 고개를 끄덕였다.

그리고 슬쩍 제노시아 쪽으로 시선을 돌렸다.

"주변에 듣는 귀는 없겠지요."

나에게 말을 하는 것 같기는 하지만 제노시아에게 묻는 말이었다.

"예."

제노시아의 대답에 시에라는 조심스러운 어조로 그 제안을 입에 담았다.

"방금 말한 제안이라는 것은 별거 아닙니다."

그리고 나온 말은 기분 나쁠 정도였다.

시르 공작이나 시에라 모두 사고 회로가 비슷한 모양.

"그걸 어떻게 믿지?"

"…제가 먼저 움직이도록 하지요."

의외였다.

제안 자체는 말을 꺼냈을 때부터 어느 정도 예상했었지만 자신이 먼저 행동으로 보이겠다는 건 확실히 의외다.

보통이라면 상대가 먼저 하기를 기다리는데.

상대가 확실히 해준다는 보장이 없으니, 안전을 위해서 말이다.

"의외로군."

난 속마음을 그대로 말해 주었다.

의심이 된다는 걸 숨기지도 않고.

"그런가요."

시에라는 어느 정도 예상했다는 듯한 반응이었다.

당연한 건가.

"하지만 아무 조건 없이 먼저 움직이겠다는 게 아닙니다."

"흐음……."

역시.

아무 조건 없이 먼저 행동해 주겠다면 의심해야 할 일이지.

"제 조건은 '그림자' 입니다."

순간 무슨 소린지 알아듣지 못했다.

"그림자?"

"정확히는 그 정보력이지요, 황제만이 이용할 수 있다는 그 방대한 정보량."

그런가. 그러고 보니 시에라의 정보력은 형편없었다.

엉터리 소문이 90%라는 사교계의 소문에 의지해야 하는 일이 많을 정도로 말이다. 덕분에 그 사교계의 소문을 잘 이용하기도 하지만. 하여간 그런 이유로 그 정보력이 조건이라…

나에게 손해 되는 일은 아니다, 정말로 그 정보력만이 조건이라면.

"정보력이 필요하다라… 다른 건 전혀 필요없나 보지요."

과연 그런 건 아니었는지 아무 대답도 하지 않는다. 날 가만히 보고 있을 뿐.

"정확히 말하지 않으면 모르지, 내가 독심술을 쓸 줄 아는 것도 아니고."

그러자 시에라는 별로 내키지 않는 듯한 어조로 입을 열었다.

"훗날을 위해서. 그렇게밖에 말씀 못 드리겠군요."

호오… 자신이 황제가 되었을 때를 대비해서 미리 '그림자' 의 인정을 받겠다는 건가? 아무리 죽어 지낸다고는 하지만 현재 황제인 날 앞에 두고 너무하는군. 이렇게 되면 내 쪽이 조금 불리한데.

"흐음… 그럼 내가 한 가지 더 제시해도 되겠지요?"

"폐하께서 조건을 제시하실 정도로 형편이 좋은 줄은 미처 몰랐군요."

가시 돋친 말에 난 부드럽게 미소 지었다.

"'그림자' 의 정보력을 쓰고 싶다면 내 쪽에서 너무 많은 걸 내주는 것 같아서 말입니다. 쓸데없는 정보를 알아내려 하실 수도 있는 걸 테니까요."

시르 공작이나 자신에 관한 일이 아니라 '나'에 대한 정보를 모아서 나를 몰아세울 수도 있지 않느냐는 의미를 담은 말에 시에라는 눈을 가늘게 떴다.

부정도 긍정도 아닌 모습.

그렇다는 건 내 생각이 맞았다는 거겠지. 나를 구석으로 몰 정보도 모을 생각이었다는 것.

"그런가요……."

솔직히 그건 미리 키나이를 단속하면 되는 일이다. 시에라에게 나에 관한 말은 절대 꺼내지 말라고.

하지만 그걸 지금 말해 줄 필요는 없는 것. 어떻게든지 내 쪽이 유리하게 협상을 이끌어낼 필요가 있으니까 말이다.

가만히 서로를 마주 보다가 시에라가 먼저 한숨 쉬듯이 입을 열었다.

"뭘 요구하시려는 건지 알고 싶군요."

그 말은 그 내용에 따라 들어주겠다는 것.

"샤이나."

"음?"

"황태후 샤이나의 목숨."

솔직히 나와 원한 관계에 있는 사람은 아니다.

아니, 아니었다.

하지만 지금으로서는 나도 꽤나 원한이 쌓여 있는 사람이다.

날 천시 여기고, 인정하지 않고, 날 죽이고 싶다는 듯이 그렇게 대했으니까.

"호오… 복수입니까?"

시에라가 재미있다는 듯이 웃었다.

반응을 보아하니 응할 것 같군. 그래도 저 말은 틀렸다. 어머니야 원래부터 샤이나와 사이가 안 좋았던 것 같지만 그런 것과 난 전혀 상관없으니까. 어머니를 사랑하기는 하지만 '복수' 라든가 하는 것과 난 인연이 약간 멀다. 난 쉽게 사는 걸 더 좋아하니까 말야.

"좋을 대로 생각하시지요."

굳이 생각을 고쳐 줄 필요는 없겠지.

난 작게 웃었다.

잠시의 시간이 흐른 후 시에라는 천천히 고개를 끄덕였다.

"받아들이지요. 솔직히 저도 그 여자는 거슬리니까."

태연한 표정으로 차가운 말을 내뱉었다.

난 얼굴 근육을 움직여 부드러운 미소를 만들어냈다. 그렇게, 시에라와 나의 거래는 성립이 되었다. 사실 내가 도와주는 이유는 부수적인 효과들과 샤이나의 목숨 말고도 하나 더 있다. 바로 '그림자' 에 대한 시험. 어느 정도까지 정보를 조작할 능력이 되는지 알아보고 싶었다. 앞으로 내가 일을 벌이려면 아주 중요한 부분이니까. 분명 반란씩이나 하려면 상당히 움직임이 클 거다. 그러니 그걸 정말로 숨길 수 있는지 지켜볼 생각이다. 가능하다면, 나중에 내 일도 더 쉽게 끝날 테니까.

루이스 자작은 집무실 문 근처에 있었는지 시에라가 집무실을 나가자 바로 들어왔다.

"밖에 서 있느라 고생했겠군."

"지금 폐하만큼은 고생하고 있지 않습니다."

정말 잘도 말한다, 원래대로였다면 내 앞에서 고개도 못 들 녀석이.

시르 공작의 힘을 그렇게나 믿고 있는 건가. 루이스 자작도 한심하지만 난 더 한심하다. 이런 대우나 받고 있어야 하다니.

난 속으로 한숨을 내쉬면서 다시 책으로 시선을 돌렸다. 책이나 읽을 생각으로.

하지만 루이스 자작이 눈을 기분 나쁘게 빛내며 내 쪽으로 한 걸음 다가오는 걸 보고 다시 책을 덮어야 했다.

"할 말이 있는가."

"시에라님과 사이가 안 좋은 걸로 알고 있었는데, 아니었나 봅니다?"

루이스 자작의 생각을 알 만하다. 시르 공작에게 보고할 거리가 생겼다는 마음에 기분이 좋은 모양이지. 날 감시하면서 눈에 띄는 것들을 보고하라고 했을 테니까. 내가 시에라와 화해했다면 최고의 정보일 거다, 시르 공작에게 자신의 가치를 높일 수 있는.

하지만 참 한심하군. 내가 순순히 '진실' 을 대답해 주리라 생각하는 걸까.

"지금 상황으로 따지면 나빠지는 않게 되는 셈이지. 시에라가 노리는 것이 이제 나에게는 없으니까."

약간 말을 돌려서 대답해 주었다.

지금처럼 시르 공작이 권력을 가진다면 굳이 시에라와 싸울 필요가 없다는 말. 하지만 이건 거짓말이다. 굳이 루이스 자작에게 진심을 말할 필요가 없으니 이렇게 말한 거지만 사실대로 말하자면 어떤 상황이 돼도 시에라와 사이 좋게 지낼 생각은 없다. 지금까지 당해온 게 있는데 어떻게?

그렇게 당하고도 '자, 이제 상황이 달라졌으니 과거는 다 잊고 사이좋게 지냅시다' 라는 건 불가능하다고. 바보같이 생각이 없거나 성인군자가 아닌 한 말이지. 그리고 난 속이 좁다는 소리는 들을지언정 마음이 넓다는 소리는 들을 수 없는 성격이니까.

"그렇습니까."

루이스 자작의 눈이 빛났다.

좋은 걸 알아냈다는 생각인 모양인데. 이거, 혹시 말에 숨겨진 다른 뜻은 눈치도 못 챈 건가? 불안한걸.

"설마 방금 한 말이 무슨 뜻인지 모르는 건가."

"무슨 뜻이십니까?"

루이스 자작은 기분 나쁘다는 어조로 대답했다. 하지만 보아하니 정말 모르고 있는 것 같았다.

나참, 시르 공작도 멍청하군. 아니면 쓸 사람이 그렇게 없었나. 감시자라고 보냈으면 머리 회전이 좀 빠른 사람을 보냈어야 할 게 아냐. 바보같이.

"후, 모르나 보군."

난 루이스 자작을 약 올리기 위해 일부러 한숨을 내쉬었다. 그리고 말 뜻을 친절하게 설명해 주기 시작했다.

"시르 공작에게 시에라의 목적이 뭔지 안다면 내 말을 알 수 있을 거라고 말해라."

"무, 무슨 뜻이십니까?"

루이스는 식은땀을 흘리며 대답했다.

아닌 척하고 싶은 모양인데, 눈에 너무 확실하게 보인다. 이런 사람이어서 리나이트 상단을 빼앗기 쉬웠던 거지만 말야. 다시 또 겪어보니 어쩐지 힘이 빠지는걸.

"내가 모를 거라고 생각했나, 루이스 자작 그대가 시르 공작이 보내서 왔다는 걸 말이지. 내 감시를 위해서."

"아닙니다!!"

정곡을 찔리자 루이스 자작은 목청껏 소리 질렀다.

"됐네. 아닌 척해도 상관은 없어. 하지만 내 말은 그대로 전해야 할걸. 자네 멋대로 생각해서 해석한다면 전혀 다른 뜻이 나올 것 같으니까 말이지."

멍청한 녀석. 내 정보에 의하면 남은 재산으로 다시 상단을 만들려 하고 있다던데, 제대로 할 수나 있을지 걱정되는군.

난 다시 책을 집어 들었다, 더 이상 상대할 필요를 못 느꼈기에. 하지만 한 장도 읽기 전에 다시 집무실의 문이 열렸다.

이번에는 내가 기다리는 사람이었다. 반갑지 않은 사람도 함께 왔지만.

"세레나."

"오랜만이에요, 오라버니."

세레나는 명랑하게 인사하더니 자신을 여기까지 안내해 온 로레타를 손으로 가리키며 나에게 시선을 주었다.

설명해 달라는 뜻이겠지.

"이름은 로레타. 현 황제궁 시녀장. 보통은 내 시중을 들고 있는 사람."

"흐음……."

간단한 설명에 로레타는 목례를 했지만 세레나는 별 관심 없는 듯했다. 그리고 로레타는 목례 후 차를 가져오겠노라며 나가 버리고 집무실에는 나와 제노시아, 그리고 세레나와 루이스 자작이 남았다.

그러자 세레나는 따분한 듯이 기지개를 켰다.

"아아, 오라버니를 뵈러 오는 일이 갑자기 까다로워진 느낌이 들어요."

"기분 탓 아냐?"

세레나의 말이 기분 탓이 아니라는 건 잘 알고 있다.

실제로 얼마 전부터, 더 정확히 말하자면 한 달 전부터 좀, 아니, 많이 까다로워졌다는 건 아주 잘 알고 있다. 시르 공작이 내가 만나는 사람이 누군지 알기 위해서, 그리고 만남을 제한하기 위해서 절차를 몇 개 더 만든 것이다.

"절대로 아니라고요. 분명 2개월 전에 만나러 왔을 때만 해도 이 정도
는 아니었어요."

세레나가 단호하게 말하며 루이스 자작 쪽으로 시선을 주었다. 나가주
었으면 했던 모양이지만 시에라처럼 기세로 밀어내지는 못했다.

"저 사람은 누구죠?"

"전……."

"아, 루이스 자작. 내 보좌."

세레나의 말에 루이스 자작이 자기소개를 하려는 걸 잘라 버리고 내가
대신 말해 주었다. 길고 긴 귀족들 특유의 자기소개를 듣고 싶은 마음은
없으니까.

그러자 세레나는 방긋이 웃었다.

"그럼 루이스 자작, 자리 좀 피해줬으면 하는데. 설마 그 정도 눈치도
없는 건가?"

아주 노골적인 말에 루이스 자작은 멈칫하더니 내 쪽으로 시선을 한
번 준다.

허락을 구하기 위함도 아니고 왜 날 보는지는 모르겠지만.

하여간 내 쪽으로 시선을 주던 루이스 자작은 고개를 설레설레 젓더니
난처한 듯한 어조로 세레나에게 사정을 했다.

"전 폐하의 곁에 있는 것이 일이옵니다. 설마 제가 들으면 곤란하신
이야기입니까?"

나름대로 대답을 유도해 내고 싶었던 것 같은데 잘못 짚었어. 세레나
는 내 계획에 대해 아무것도 아는 게 없어.

루이스 자작의 말에 세레나는 눈을 가늘게 뜨고 한동안 그녀를 응시했
다.

"루이스 자작, 자네 설마 지금 황족 간의 이야기를 엿듣겠다는 건가."

"예? 그건……."

황족 간의 사사로운 이야기를 엿듣는다는 건 무례한 일이다.

"폐하께서 아무 말 없으시다 하여 지나치게 무례하지 않은가."

맞는 말이다. 하지만… 평소 세레나답지 않게 강하게 나가는걸.

"세레나, 거기까지 하거라. 그리고 루이스 자작, 세레나의 말대로 자리를 피해주게. 나에게 할 말이 있는 듯하니."

"하지만……."

루이스 자작은 나가기 힘든 모양이다.

그렇겠지, 시르 공작에게 지시받은 것이 있을 테니.

"잊고 있는 모양이군, 루이스 자작. 세레나는 지금 신관이다."

정치와 아무 관련이 없다는 의미로 말을 했지만 루이스 자작은 알아들은 것 같지 않았다. 대신 막 차를 가지고 들어오던 로레타가 알아들어 주었다. 탁자에 차를 내려놓은 로레타는 곱게 인사를 하고는 루이스 자작에게 눈짓을 하더니 같이 나갔다.

그 모습을 보던 세레나는 기분이 나쁜 듯했다.

"뭐예요, 저 사람. 태도가 굉장히 무례한데요."

"그럴 만도 하지."

"예? 무슨 뜻이세요?"

세레나는 자리에 앉으며 되물어왔다.

"내가 데려와 보좌로 앉힌 사람이 아냐."

여러 가지 뜻이 담긴 그 말에 세레나는 고개를 갸웃하더니 이내 모르겠다는 표정이었다. 그리고 잠시 생각하더니 답을 알아낸 듯이 환하게 웃었다.

"못 믿을 자라는 건가요?"

"그런 말이기도 하지."

못 믿지. 암, 당연히 못 믿는 게 맞는 거 아닌가. 시르 공작에게 내 근황을 보고하기 위해 옆에 있는 사람인데 어떻게 믿으란 말야?

세레나는 잠시 더 생각하더니 포기했다는 제스처를 했다. 도저히 모르겠는 모양이다.

난 살짝 웃으면서 책을 한쪽으로 밀어두었다. 세레나에게 정치적인 이야기를 해주고 싶지는 않지만, 아무래도 내 일이니까 대충은 알고 있어야 될 것 같았다.

"시르 공작과 내 일, 들었어?"

"에… 노턴 대신관님께 대충 들었어요. 그런데 일반 신자들, 그러니까 평민들은 아무것도 모르는 모양이던데요. 시르 공작이 평민들은 모르도록 손을 쓴 것 같아요. 왜 그런 데 신경을 쓰는지는 알 수 없지만요."

알고는 있군. 그런데 노턴이 말해 줬다라……

하긴 하네인 후작의 남편이니까 꽤 알고 있겠지. 믿을 수 있는 사람이기도 하니까 지금은 그냥 내버려 둘까? 나중에 문제가 생기거나 하면 터치하기로 하고.

"그것 때문에 내가 좀 곤란한 상황이라는 것도?"

"음, 대충은 알아요. 하지만 노턴님은 나와는 전혀 상관없는 문제라는 듯이 말씀하시던데요. 아닌가요?"

아주 속 편하게 사는 동생이다. 오빠의 고민을 좀 나눠가면 어디가 덧나냐. 하여간 태평스럽다니까.

"그렇긴 해. 하지만 아주 모르면 곤란하니까 확인하는 거야."

그래도 다행이라는 생각이 든다. 이런 일에 연관되어 좋을 것이 없으니까, 최근에는 세레나가 신관이 되어 신전으로 들어간 게 정말 다행이라고 느껴진다.

어지간하면 신전에는, 신관들에게는 손댈 수 없으니까 안전하다. 그 점이 무척 안심이 된다.

"곤란한 거예요? 아… 내가 멋대로 굴면 안 되니까?"

"그렇기도 하고."

세레나가 날 보면서 웃었다.

"아리아 언니는 어디 심부름 갔어요? 안 보이는데."

"음. 몰랐어? 이제 궁에서 일 안 해."

"그래요?"

그건 그렇고, 밖으로 나간 로레타와 루이스 자작은 어디 있는 걸까? 어쩌면 문밖에서 귀를 기울이고 있을지도 모르겠다는 생각이 드는군. 그런다고 해서 소리가 들리지는 않겠지만. 아니, 어느 정도 큰 소리라면 들리려나? 안 해봐서 모르겠군. 아리아와 있을 때 한번 해보는 건데 그랬어. 들린다면 조심해야 하니까.

"아, 그런데 아까 소개해 준 그 로레타라는 사람 말이에요."

"음?"

"좀 특이한 사람이던데요. 황제인 오라버니의 시녀라면 몰락 귀족이거나 대를 이어 황궁에서 일해왔거나 한 거잖아요? 한마디로 루이스 자작보다 신분이 높을 수가 없는데, 아까 보니까 루이스 자작을 끌고 나가는 듯하던데… 그 사람, 누구예요?"

세레나의 호기심으로 가득 찬 말에 난 힘없이 웃었다.

"쓸데없는 부분에서 예리하구나."

설명하기 곤란한 만큼 눈치 채지 말아줬으면 했는데.

이걸 어떻게 설명해 주어야 하려나.

"꼭 알아야겠어?"

"몰라도 상관이야 없겠지만, 궁금해요. 신전에서 생활해서 내가 오라버니보다는 귀족들에 대한 평민들의 태도를 잘 아는데, 내가 아는 바로는 절대 저런 태도를 보이지 않을 거라고요."

"흐음… 그냥 호기심을 접어주면 안 될까."

"왜요?"

세레나는 정말 모르겠다는 듯이 고개를 갸웃거렸다.

"네가 알 필요가 없는 일이라고 하면 알아듣겠지?"

"…복잡한 일인 모양이네요."

세레나는 알아들은 건지 고개를 끄덕이고는 더 이상 묻지 않았다. 그리고는 이내 신전에서의 일들을 이야기하기 시작했다. 그러다가 문득 생각난 듯 손뼉을 쳤다.

"아참, 잊을 뻔했네."

그렇게 중얼거리더니 품속에서 편지를 꺼냈다.

"일주일 전쯤에 왔던 거지만… 오기가 귀찮아서 계속 가지고 있었어요. 죄송해요."

혹시 나간 사람이 밖에서 들을까 봐 걱정되는지 약간 목소리를 낮춰 말하면서 편지를 건네주었다.

이렇게 주의하는 모습을 보니 아까 내가 한 말을 어느 정도 알아들었던 모양이다.

그 편지는 약간 낡은 종이에, 겉봉에는 아무것도 쓰여 있지 않았다.

"음?"

순간 누가 보낸 건지 생각이 나지 않아 고개를 갸웃하며 편지를 볼 생각을 안 하자 세레나가 답답하다는 듯이 작게 소리쳤다.

"드레이크!"

"아……."

난 편지를 품 안에 넣었다.

"3일 뒤에 한 번 더 올게요. 답장 쓸 거면 그때 주세요."

세레나가 윙크하며 그렇게 말하고는 가려는 듯이 일어날 채비를 했다.

"벌써?"

"음… 실은 승급 시험 때문에 좀 바쁘거든요."

세레나는 멋쩍은 듯이 웃었다.

"지금 내 직책은 정식 신관들 중에서도 수련 신관이거든요. 이번에 합격하면 그 '수련' 이라는 딱지를 떼는 거죠."

잠시 설명하고는 명랑하게 웃었다.

"나야 합격이 당연하지만요."

"그래……."

그리고 자리에서 일어나려다가 아직 마시지 않은 차를 보고 단숨에 마셔 버렸다. 그리고 정말 가겠다는 듯이 자리에서 일어났다.

"그럼."

세레나가 진짜 신관처럼—신관인 게 맞긴 하지만—기품있게 신관 의복을 살짝 잡고 인사를 건넸다.

"나의 신께서 당신의 앞길을 밝혀주시기를 빌겠습니다."

갑자기 웬…

싶긴 하지만 지금으로서는 가짜 신관의 축복이라도 그 '축복' 이라는 게 절실하니까 일단 받아두도록 하지. 특히 전쟁을 다루는 신을 모시는 신관이니까.

그렇지만…

"…진짜 신관 같군."

"예?"

"아니, 아무것도."

세레나가 집무실을 나가자 바로 로레타와 루이스 자작이 들어왔다.

역시 밖에서 귀를 기울이고 있었나 보다.

로레타는 아무 상관 없다는 듯 태연히 찻잔을 치웠지만 루이스 자작은 약간 호기심 어린 표정이었다. 그런 표정을 하고 있다고 해서 내가 '무슨무슨 일이 있었어'라고 말해 줄 필요는 없지만.

난 그 둘에게 전혀 신경 쓰지 않고 다시 책을 들었다. 아무리 할 일이 없다지만 더 이상 루이스 자작을 상대해 주고 싶지는 않다.

그나저나… 한동안 잊고 있었군, 하도 여러 가지 일이 많아서. 내 일만으로도 정신없었으니까. 드레이크가 편지라… 무슨 일이 있는 걸까?

조금 걱정이 되었다.

하지만 저 둘이 있는 데서 편지를 볼 수는 없는 일인지라 밤까지 참아야겠지.

시간이 가는 게 이렇게 느리다고 여기기는 처음인 것 같았다.

겨우 밤이 되어 로레타가 방을 나가고 나서 키나이가 들어왔다.

"특별한 일 있나?"

"특별한 정보는 없습니다. 다만 시에라 쪽에서 '그림자'를 찾으려는 모양입니다만. 알고 계신 거 있으십니까."

질문이기는 하지만 마치 '알고 있지'라고 말하는 것 같다.

"아아… 실은 말이네, 시에라가 '그림자'를 잠시 쓰고 싶다더군."

그렇게 운을 띄우고 낮에 있었던 이야기를 간단하게 들려주었다. 알아서 나에 관한 건 안 새어 나가게 입 단속하라는 말도 덧붙여서.

키나이는 잠시 생각하는 듯하더니 신중하게 고개를 끄덕였다.

"그럼 제 밑에 있는 녀석을 하나 붙여두겠습니다. 그리고 확실히 입 단속도 해두겠습니다. 또… 시에라에 대한 걸 자세히 조사해 오겠습니다."

역시 키나이.

"그래."

"헤레니안을 보셨습니까?"

시르 공작과의 계약을 잘 아는 키나이는 그 아이에게 존칭을 쓰지 않는다. 하여튼 갑작스런 키나이의 말이 의아하긴 했지만 난 고개를 저었다. 실제로 본 적은 한 번도 없다. 다만 얼마 전에 키나이와 뮤리아로부터 시르 공작도, 아스티안도 닮지 않았다는 소리만 들었을 뿐.

내가 모른다는 반응을 보이자 키나이는 재미있는 장난감을 발견한 어린아이마냥 짓궂은 미소를 지었다.

"귀족들 사이에 무슨 소문이 돌고 있는지 아십니까?"

"소문?"

미간을 모으며 되물었다.

키나이의 표정을 보건대 절대 나에게 좋은 소문은 아닐 듯했다. 하긴 최근 소문들 중에 나에게 좋은 소문이 어디 있겠냐마는.

"최근 사교계에서는 폐하께서 헤레니안의 이름을 내려주신 이유가 그 아이가 폐하의 딸이기 때문이라는 소문이 있습니다."

"뭐, 뭐?!"

황당하다. 어째서 그런 소문이 나는 거지?

제노시아 역시 황당한 듯한 표정으로 키나이를 응시하고 있었다.

"그 이유는 말입니다, 눈동자 때문입니다."

키나이는 아주 재미있다는 표정이었다.

"눈동자?"

"예. 폐하의 청보랏빛 눈동자 탓입니다. 드문 색이니까요."

거기까지 들은 난 소문의 이유를 알 수 있었다.

여기까지 듣고도 모르면 바보겠지.

"그 꼬마, 혹시…….."

"예, 청보랏빛 눈을 타고 태어났습니다. 게다가 특이하게도 머리칼은 뮤리아 황비를 닮은 듯한 푸른색입니다."

기가 막히는군.

난 멍청히 키나이를 응시했다.

"거짓말이지?"

"폐하께 거짓을 고할 생각은 추호도 없습니다."

아주 재미있어 죽으려고 하는군.

그런데 어째서 그 녀석이 그런 눈 색을 타고 태어난 거야? 분명히 내 기억에 의하면 시르 공작 가계(家系)에는 그런 색의 눈을 지닌 사람이 없었을 텐데? 어째서, 왜, 그런 색이 나온 거지? 게다가 머리칼은 또 왜!!

분명 시르 공작은, 또 그전의 공작이었던 사람은 머리칼도, 눈도 갈색 계통이었던 것 같은데.

그래, 머리칼이야 아스티안의 할머니가 푸른색이었다고 알고 있으니 혹시 나올 수도 있었겠지만 내 눈 색은 정말 드문데. 대체 어째서?

"대표적인 소문을 말씀드리자면 '그 헤레니안이라는 아이는 폐하와 시르 공작의 아이다. 서로 사랑하는 사이가 아닐까' 는 것과 '헤레니안님은 폐하와 황비 사이에서 낳은 아이다. 한데 인질로 시르 공작에게 보냈다' 라는 소문이 있습니다."

둘 다 기분 좋은 소문은 아니로군. 아니, 두 번째 건 아주 최악이야. 한마디로 살고 싶어서 자식을 팔았다는 말이잖아. 너무한 거 아냐? 아무리 내가 시르 공작에게 눌려 있다지만… 그리고 아무리 내가 내 안전을 최우선으로 하는 성격이라지만 설마 내 핏줄을 그렇게 버리겠는가.

아니, 정말로 내가 자식이 있었다면 지금 이러고 있지 않을 거다.

아이는 부모를 보고 자라는 법. 난 나의 아이에게는 숨죽이며 사는 법을 가르치지는 않을 거다.

　내가 살아온 것처럼 몸을 웅크리며 살아가는 방법은 가르치지 않는다.

　나 자신이 지금 내가 죽도록 싫으니까.

　하지만 난 자식이 없으니까, 아이가 없으니까 이러고 있는 거다.

　기회를 노리며 숨죽이고.

　비굴해 보여도 목숨을 부지하면서.

　세레나가 정치에 끼어들지 못하게 하는 이유는 이런 힘 싸움의 여파에 다칠지도 모른다는 생각 때문이니까. 지금 아리아를 굳이 리나이트 상단을 맡으라며 황궁 밖으로 보낸 이유도 더럽기 그지없는 싸움에 최소한만 개입하게 하고 싶어서였다. 그러려면 황궁 안보다 밖이 더 나으니까.

　그들이, 내가 사랑하는 이들은 되도록이면 다치지 않았으면 한다.

　그러니 아직은 포기할 수 없다. 황제로서 좀, 아니, 많이 비굴하게 지내고 있긴 하지만 혹시라도 지금 내가 시르 공작에게 눌린 이 상태로 죽게 되면 아리아나 세레나 모두 다칠 테니.

　적어도 내가 죽을 때는 시르 공작 역시 이 세상에 없어야 한다고 생각한다.

　"내게 자식이 있었다면… 지금 상황은 상당히 달라졌을 거야."

　내 복잡한 표정에 키나이는 웃음기를 지우고 제대로 된 보고를 시작했다.

　"시르 공작은 아직 이 소문을 모르는 상태입니다. 로레타가 되도록 그런 소문들이 시르 공작에게 닿지 않게 나름대로 단속을 하고 있는 듯합니다."

　"그래?"

　허탈하다, 허탈해.

　어째서…

"그럼……."

키나이의 인사를 받지도 않고 생각에 잠겼다.

아무리 이복형제인 아스티안의 피가 섞여 있다지만, 그리고 시르 공작이 나와 먼 친척이라 할 수 있지만 그 아이가 어떻게 나와 같은 색의 눈을 지녔다는 거지? 알 수 없는 일이로군.

키나이가 인사를 하고 간 지 한참이 되어서야 정신을 차릴 수 있었다.

"아아… 편지."

헤레니안의 일 때문에 잊어버릴 뻔했다.

난 잘 넣어두었던 편지를 펼쳤다.

오랜만입니다. 잘 지내시죠.

그게, 일단 사람을 맡아가지고 있으니 정기적으로 보고를 드려야 할 것 같아서 말입니다.

실비아 씨는 아주 잘 지내고 있습니다.

계속 산에 둘러싸인 나라에서 살았던 것치고는 바다에 융화되는 게 꽤 빠르더군요.

뱃멀미도 없이 하루 만에 갑판 위를 돌아다니는 걸 보니 타고난 뱃사람 같았습니다.

보통은 배의 흔들림 때문에 돌아다니기 어려워하는 법인데 말입니다.

계속 파란 물결만 있을 뿐인데도 지루하네 하는 말도 하지 않고 확실히 배에 적응하더군요.

굉장한 아가씨예요. 아니, 그게 아니라… 하여튼 병도 안 걸리고 잘 지내고 있습니다.

다만 가끔씩 음식을 가려서 곤란하긴 하지만 말입니다.

뭔가 횡설수설하는 느낌의 편지다.

게다가 '보고'라니?

편지 덕분에 잠시나마 마음이 평안해지는 느낌이다.

그나저나 잘 지낸다니 다행이로군.

아주 잠깐 잊고 있었다지만, 보내면서 꽤 걱정했는데. 그리고 드레이크의 배에 그대로 있겠다고 했다는 말을 들었을 때도 걱정했고. 그리고 갑자기 세레나가 편지를 가지고 왔을 때도 걱정했다. 무슨 일이 생겼나 싶어서.

"다행이야."

내 말에 제노시아도 살짝 미소 지었다.

굳이 답장은 필요없을 듯하다.

그저 그대로, 평화롭고 즐겁게 지낸다면 그걸로 족하니까.

그 아이, 헤레니안이 수도로 돌아오고 약 보름 정도가 지나면서 날 대하는 귀족들의 태도가 약간 변했다. 다행히 키나이에게 그 소문을 미리 들어서 그 이유는 쉽게 짐작할 수 있었지만.

아마도 혹여 정말로 나와 시르 공작이 사랑하는 사이거나 한다면 날 잘못 건드려서 좋을 것 없겠다는 생각이었겠지.

태도가 좀 변해서 얼마 전처럼 노골적으로 날 무시하거나 하는 일이 없어지긴 했지만, 난 그때보다 지금이 더 기분이 나쁘다. 그 태도는 한마디로, 나보다는 시르 공작이 무서우니까 고개 숙여주는 것이 아니겠는가. 무시해도 정도가 있는 법인데.

내가 이 이야기를 하면서 뮤리아에게 신세 한탄을 하자 그녀를 깔깔거리고 웃었다. 그리고는,

"그래도 최소한의 예를 갖춰주는 게 좋지 않아요? 그럼 화낼 일도 적

을 테니까요. 그 소문에 대한 건 잊어버리면 되고."

라면서 별거 아니라는 듯이 간단하게 말했지만 난 그렇게 편하게 생각되지가 않는다.

무엇보다 한 번 들었던 일을 자기 편의에 따라 '잊어버리면 된다'는 부분이 불가능하기도 하니까.

특히 기분 나쁜 일은 더 더욱 잊기 힘들지. 뭐, 뮤리아의 말처럼 괜찮은 일도 있긴 하다. 그런 쓸데기없는 소문을 그대로 믿은 루이스 자작이 슬금슬금 내 눈치를 보기 시작한 거다.

사교계에 떠도는 소문을 잘 믿는 사람인데다 나와 시르 공작이 굳이 부정하지를 않아서 정말로 믿어버린 눈치다. 시르 공작이야 워낙 바빠서 아직 그 소문에 대해 몰라 아무 말이 없는 모양이지만. 유일하게 그 정신 사나운 소문이 득이 된 경우라고 할까?

하여튼 덕분에 전보다 배는 편해진 집무실에서 차를 마시며 책을 읽는 것이 일상생활이었다.

할 일도 없고 또 한동안은 그 소문을 제외하면 신경 쓰일 일도 없으니까.

며칠 이러고 있으려니 처음처럼 그 소문이 싫지는 않았다. 어차피 그 소문은 시르 공작이 알게 됨과 동시에 끝일 거다. 시르 공작이라면 확실하고 단호하게 부정할 테니까. 그리고 다시 헤레니안이 오기 전의 생활로 돌아갈 거다.

아니지, 어쩌면 이런 소문도 시르 공작이 노리고 있던 '효과'일지도 모른다. 왜 그러는 건지는 모르겠지만 말이다. 하여간 시르 공작이 알 때까지는 나도 모른 척할 생각이다. 그때가 되면 저절로 어느 쪽이었는지—효과를 노릴지 아니면 부정을 할지—알게 될 테니까. 그러니 그때까지 느긋하게 즐기기로 결심했다.

그런 기분으로 조용히 책을 읽고 있는데 레비스가 슬그머니 나타났다.

"무슨 일인가?"

"별일은 아닙니다만……."

레비스와 이야기하는 건 꽤 오랜만인지라 책을 덮고 한쪽으로 밀어두었다. 오랜만에 대화를 즐길 생각으로.

그런데 레비스가 꺼낸 말은 그가 그런 말을 꺼내리라고 한 번도 생각해 보지 않았던 것이었다.

"폐하, 최근에 사교계에 떠도는 소문을 알고 계십니까."

"소문? 어떤……."

짐작 가는 바가 있기는 하지만 시치미를 뗄 수밖에 없었다.

알고도 부정하지 않고 가만히 있었다면 사실이라 부정하지 않은 거라고 오해받기 아주 좋은 일이니까.

그 말에 옆에 있던 루이스 자작은 자신도 듣고 싶은지 귀를 쫑긋 세우고 경청하고 있었다.

레비스는 내가 정말 모른다고 생각했는지 조심스럽게 입을 열었다.

"그… 시르 공작의 아이에 대한 소문 말입니다."

직접적으로 말하기는 껄끄러운지 거기까지 말하고 슬며시 내 눈치를 본다.

내가 전혀 모르겠다는 듯한 반응을 보이자 레비스는 조금 당황한 듯하더니 잠시 망설였다.

"흠… 그게 말입니다, 그 아이가 폐하의… 흠, 아이라는……."

레비스가 멋쩍은 듯이 헛기침을 하며 한 말에 난 놀랐다는 표정을 만들어냈다. 억지로 만들어낸 거라서 과장되어 보일지도 모르겠지만 태연해 보이는 무표정보다야 낫겠지.

"하아?"

레비스는 내 반응을 어느 정도 예상했는지, 아니면 내가 알고도 모르는 척을 하고 있다는 걸 아는 건지 아무 반응이 없었다.

하지만 루이스 자작에게는 내 반응이 의외였던지 고개를 갸웃거렸다. 그리고 인내심이라고는 없는 사람답게 바로 질문을 했다.

"모르고 계셨던 겁니까, 아니면 거짓 소문입니까?"

저런 질문에 반응한 건 내가 아니라 레비스였다.

"무례하군, 루이스 자작. 황제 폐하께 무슨 말을 하는 건가."

"리튼 공작님……."

내가 말할 때는 귓등으로 흘려듣더니만 레비스의 말은 무시할 수 없는 듯 당황했다.

하지만 이내 사근사근한 상인 특유의 미소를 띠었다.

"불쾌하셨다면 사과드리겠습니다. 하지만 너무 궁금하군요. 사교계 전체가 알고 있는 소문을 폐하께서 지금까지 모르고 계셨다는 게 말도 안 된다는 생각이 들어서 말입니다."

꽤나 노골적으로 물어오는군.

"글쎄, 난 원래 그런 소문들에 신경을 안 쓰니까 잘 모르지."

느긋하게 대답하자 레비스는 그냥 받아들이려는 듯 의자에 등을 기댔다.

루이스 자작은 뭔가 말하고 싶은지 입을 빠끔거렸다. 하지만 레비스 앞에서 그럴 수는 없다고 생각했는지, 아니면 나름대로 알아서 결론을 내린 건지 결국 입을 다물었다.

"그렇군요. 폐하께서는 그런 자잘한 소문에는 신경 쓰지 않으시니까요."

"헛소문이 너무 많아서 말이지."

"하긴, 사교계란 곳은 말 부풀리기를 너무 좋아해서……."

그리고 한동안 느긋하게 이런저런 이야기를 나누었다.

레비스는 시르 공작이 나선 이후로 나를 대하는 태도가 달라지지 않은 몇 안 되는 사람에 속한다.

다른 녀석들은 대체 무슨 생각인지 모르겠지만 레비스야 '중립'이니까 이런 행동을 하는 거라고 생각한다.

오래전부터 시르 공작과 나의 일에는 끼어들지 않겠다고 확실히 말해 왔었다. 리아나 이모님의 입김이 약간 들어간 결과이기도 하고.

레비스가 할 일이 많다며 자신의 집무실로 가버리고 나자 루이스 자작이 조금 날카로운 눈초리로 날 쳐다봤다.

무례하니 어쩌니 하며 소리치고 싶기는 하지만… 어쩐지 재미있는 말이 나올 것 같다는 생각이 들어서 내버려 두기로 했다.

물론 이상한 말로 내 신경을 건드리겠지만, 그래야 나도 루이스 자작에게 뭐라 할 수 있다.

아무 이유 없이 화를 낼 수는 없어서 참고 있었지만, 사실 나도 그간 그 소문 때문에 스트레스 쌓인 게 있으니 풀어야 하지 않겠는가.

"즐거우셨겠네요."

"뭐가 말인가."

"며칠 동안 꽤 대우받지 않으셨습니까, 그 이상한 소문 때문에."

호오, 그냥 내버려 뒀더니 정말 해야 할 말과 하지 않아야 할 말을 가리지 않는군. 게다가 자신이 멋대로 착각했던 걸 누구에게 덮어씌우는 거야.

"무슨 의미인지는 모르겠지만 상당히 불쾌한 말이로군, 루이스 자작."

"헤레니안님이 당신의 아이라는 소문을 굳이 부정하지 않으신 이유, 그 때문이 아닙니까?"

"이유? 처음으로 웃기는군."

난 바보라도 알 수 있을 정도로 노골적으로 루이스 자작을 비웃었다.

"그대가 무슨 착각을 했을지는 짐작이 가네. 하지만 나보고 그대가 멋대로 생각하고 착각한 것까지 책임지라 이건가."

"…알고 계시지 않았습니까. 제 생각, 아니, 폐하의 말씀대로 착각한 것을 말입니다."

"상대할 수가 없군."

알고도 모른 척한 게 맞긴 하지만 굳이 밝힐 이유는 없다. 그리고 못 알아챈 게 나쁜 거라고. 굳이 뭘 따지고 있는 건지 원. 이거, 스트레스가 더 쌓일 것 같다.

"내가 전에 그대에게 그리 좋지 않은 일을 하여 그동안 말하는 걸 들어주었더니 점점 예의를 잊는 것 같군. 그리 어리석으니 시르 공작의 인형이 되었겠지만 말이야. 그대의 신분과 처지를 한 번 더 생각하고 말하는 습관을 기르라 충고하고 싶군 그래."

거기까지 말하고 난 책을 펼치는 걸로 더 이상 상대하지 않겠다는 의사를 표현했다.

루이스 자작은 기분 나쁜 듯 씩씩거리더니 아니꼽다는 듯이 날 보고 있다가 집무실 문을 열고 나가 버렸다. 그렇게 루이스 자작이 나가고 나서 난 천천히 책을 내려놓았다.

확실히, 처음 루이스 자작이 내 보좌라는 이름을 달고 감시를 위해 여기 왔을 때는 약간의 죄책감을 가지고 있었다. 그래서 좀 무례하게 굴어도 그냥 넘어가 주었었다. 나와 시르 공작의 탓으로 한 사람의 인생이 뒤틀렸다는 약간의 죄책감으로.

물론 그런 데 일일이 신경 쓸 수 없다는 건 잘 알고 있다. 그래도 루이스 자작은, 저 사람은 내가 즉위하고 나서 직접 찾아가 내 편으로 만들었던 사람이기에 좀 특별하게 느끼고 있었었다.

하지만 지금은 아니다.

"싫군, 저 여자."

"폐하……."

낮은 목소리로 으르렁거리듯이 말하자 제노시아는 걱정스러운 표정이었다.

난 이제 루이스 자작에게 좋은 감정은 조금도 없다. 이 상황은 루이스 자작이 만들어낸 것. 정말 마음에 들지 않는다, 멋대로 지껄이는 것이.

마음에 들지 않아, 시르 공작이 뒤에 있다는 이유로 함부로 구는 것이.

마음에 들지 않아, 자신의 위치마저 잊은 듯이 대드는 모습들이.

하지만 정말 마음에 들지 않는 건…

이런 대우를 받으면서도 조용히 숨죽여야 하는 나 자신이다.

싫다, 정말로.

하루라도 빨리 시르 공작을 실각시키고 싶다. 아니, 아예 이 세상에서 없애 버리고 싶다. 이 세상에 살았다는 증거 자체를 없애 버리고 싶다.

미간을 찌푸리며 생각에 잠겨 있다가 문득 고개를 돌리니 날 걱정스러워하는 눈빛으로 보고 있는 제노시아가 보였다.

"걱정 마라, 제노시아."

난 다시 책으로 손을 뻗었다. 하지만 계속 책을 읽고 싶은 마음이 전혀 없었다.

이 불쾌한 기분을 어떻게든지 날려 버려야겠다는 생각만 들 뿐.

잠시 고민하던 나는 뮤리아에게 향했다.

아무래도 내 기분을 바꿔줄 사람은 그녀밖에 떠오르지 않았다.

내가 이렇게 인간관계가 좁은 줄 몰랐군 그래.

시간 많은 지금 가벼운 이야기나 나눌 수 있는 친구 하나 사귀어둘까?

속으로 투덜거리면서 뮤리아에게로 갔다.

드물게도 뮤리아는 다른 사람과 함께 있었다, 그것도 아주 의외의 인물과.

"미스트 백작? 여긴 어쩐 일이지?"

"제국의 빛이신 황제 폐하를 뵙습니다."

내가 온 걸 본 미스트 백작은 자리에서 깍듯이 인사를 했다.

뮤리아는 그런 모습을 보더니 싱긋 웃으면서 농담을 건넸다.

"어머, 전 보이시지도 않나봐요?"

"그럴 리가. 하지만 그대가 미스트 백작과 친하다는 이야기는 지금껏 들어본 적 없어서 말이지. 의외야."

"후훗. 오래전부터 가끔씩 함께 티타임을 가지는 정도일 뿐이랍니다. 그동안 묘하게 시간이 맞지 않아 못 만나셨을 뿐이지요."

그런가.

그건 그렇고, 무슨 수로 미스트 백작과 친해졌는지 모르겠군. 사교성이 없다는 평이 따라다니는 사람인데 말야. 주변에 두는 사람도 없다는 소리도 들었었는데. 물론 어릴 적부터 친구인 사아라 후작은 예외겠지만.

하지만 내가 어떻게 생각하든지 간에 미스트 백작은 생각 이상으로 뮤리아와 친한지 좀 쑥스러워하는 표정을 보여줬다. 그리고는 자리에서 일어났다.

"그럼 전 물러가겠습니다."

"어머나?"

갑자기 미스트 백작이 일어난 게 싫은지 뮤리아가 다시 자리를 권했다.

"더 계시지 않고……."

"아닙니다."

아마도 내가 와서 가는 모양이다. 하네인 후작이야 가끔 이렇게 함께 차를 마신 적이 있지만 미스트 백작은 없으니까. 그리고 미스트 백작의 성격과 생각으로 볼 때, 아무리 이름뿐일지라도 '황제'인 나와 차를 마신다는 건 있을 수 없는 일이리라.

그러고 보니 더 이상하군. 미스트 백작은 신분에 대해서 철저한 편인데 어떻게 뮤리아와 함께 차를 마시고 있을 수 있었지? 이상한 일인데.

미스트 백작 정도 되는 사람이 뮤리아의 쓸데없는 언변에 말려든 것도 아닐 테고… 다음에 알아봐야 하는 걸까.

미스트 백작이 가버리자 뮤리아는 섭섭한 듯한 표정이었다.

"아아… 오랜만의 티타임이었는데 가버렸어요."

"미안하군."

"아니에요. 폐하께서는 이야기 상대가 필요하신 듯하니까요."

섭섭한 표정을 지운 뮤리아는 생긋 웃으며 장난을 걸어왔다.

"자아, 오늘은 고민 상담입니까, 아니면 신세 한탄인가요?"

"내가 그런 이야기밖에 안 했던가."

그 말에 난 쓴웃음을 지었다.

"꼭 그랬던 건 아니었지만, 대부분 그랬지요."

"흠, 그럼 앞으로는 조심해야겠는걸."

그런데 오늘도 신세 한탄하러 온 건데.

나, 뮤리아에게 행동 패턴을 거의 읽혀 버린 모양이다.

다시 뭔가 말을 하려던 뮤리아는 시녀가 차를 가져오자 그대로 입을 다물었다. 그리고 아무것도 아닌 척 웃으면서 차를 권하다가 그 시녀가 사라지고 나서야 질문을 던졌다.

"그런데 무슨 일이 있으셨어요?"

"별로."

"어머나?"

"실은 신세 한탄하러 왔어."

"역시."

작게 미소 지었다.

"그럼 무슨 문제인가요?"

"아아… 딱히 하나의 문제가 있다기보다 이것저것."

그래, 문제는 시르 공작이나 루이스 자작만이 아니다. 시르 공작을 따르는 귀족들, 그리고 속을 알 수 없는 카난 공작, 중립을 선언해서 나에게 손을 내밀지 않을 레비스, 도움이라고는 안 되는, 그래서 양쪽 모두에게 논외인 루벤트 공작.

세력가들은 시르 공작이 날뛰는 게 아니꼬워 내 편에 서준다고는 하나 어디까지나 내가 힘든 상황이다. 6대 세력가들은 겉으로, 다시 말해 눈에 띌 정도로 나설 수 없으니까.

"그러게 처음부터 확실하게 잡았어야죠. 절 보세요."

"그런가."

태연하고 느긋하게 대답은 했지만 속으로는 동감하고 있다.

뮤리아는 자신에게 보냈던 시르 공작의 첩자들이 함부로 굴지 않게 해뒀다.

지금처럼 다른 이들과 차를 마실 때나 뭔가 편지를 쓸 때, 기를 써서 듣거나 알아내려고 하지 않고 다른 보통의 시녀들처럼 뮤리아의 명령에 따라 방해되지 않게 멀리 물러서 있는 걸 보면 확실하게 알 수 있다.

처음에야 기를 쓰면서 엿들으려고 했었지만 그런 녀석들은 나중에 뮤리아가 따로 무슨 방법을 써서 혼내주었던 모양이다.

하여튼 그래서 지금은 다들 그냥 시키는 대로 하는 모양이었다.

아마도 처음에 어떤 아이 한 명을 대표로 시르 공작에게 돌려보내면서 강하게 나갔던 게 효과가 있었다고 생각된다. 이제 서로 안 들키기 위해 끙끙대며 눈에 띄지 않으려 노력하고 있겠지. 이미 뮤리아는 누가 시르 공작이 보낸 이인지 다 알고 있는데도 불구하고 말이다.

"아, 그런데 알고 있겠지?"

설마 이 뮤리아가 모르고 있으리라고는 생각 안 한다.

"뭘요?"

"소문."

어차피 저번에 한 번 같은 일로 이야기를 했으니 지금 내가 말하려는 걸 모를 리가 없었다.

특히나 정보 모으는 게 취미인 뮤리아가.

"아아……."

뮤리아는 재미있다는 듯 눈을 빛내며,

"그러니까 시르 공작의 아이와 폐하와의 관계에 대한 소문 말씀이시지요?"

라고 운을 띄우더니 내가 모르고 있는 것까지 하나하나 늘어놓기 시작했다.

"시르 공작과 폐하께서 사랑하는 사이였다는 말과 또 그 아이는 저와 폐하의 자식이라는 것, 그리고 시르 공작과 불륜 관계였다는 소문. 그것 때문에 아스티안이 화가 나서 독약을 마시고 자살한 거 아닌가 하는 소문도 있지요."

"별게 다 있군."

어째서 아스티안에 대한 것까지 나오는지 모르겠군 그래.

"호호호, 소문을 아무도 부정하지 않으니까 더 심하게 소문이 나는 거지요. 아직 시르 공작은 모르고 있지만요. 아마 시르 공작이 알면 꽤 큰 구경거리가 생길 겁니다. 전 아주 기대하고 있어요."

"왜 그렇게 생각하지?"

그리고 뭘 기대한다는 거야? 나도 시르 공작이 아직 그 소문에 대한 건 모른다 생각하고 있긴 하지만. 내 생각에는 시르 공작은 그저 단순하게 소문을 부정하고 넘어갈 것 같은데 말야.

"그야 당연한 게 아닙니까. 이미 죽었지만 자신의 사랑하는 남편과 자신 사이의 아이에 대한 불쾌한 소문이 기분 좋을 리가 없겠죠."

"사랑하는? 그건 아닌 것 같은데."

아스티안을 죽인 건 시르 공작이다.

방해된다는 이유로 죽여 버렸다.

그런데 사랑은 무슨…

하지만 뮤리아의 생각은 다른 모양이었다.

"아닙니다. 분명히 특별한 감정이 있었어요. 아스티안님이 돌아가시고 얼마 안 되어 시르 공작을 만난 일이 있었습니다. 평소와는 많이 다른 모습이더군요. 흐트러졌다고 표현해야 할까요? 사소한 일에도 포커페이스를 흐트러뜨리는 모습들을 볼 때 감정이 많이 혼란스러웠던 것 같습니다. 그러니까……."

일리가 있는 말이기는 하다. 하지만 그건 모두 짐작이 아닌가, 확실한 일이 아닌.

"확신할 수는 없겠지만 생각해 볼 만한 일이로군."

"확실합니다."

뮤리아는 확신하고 있는 듯했지만 난 별로 확신이 들지 않는다.

시르 공작이 사람의 감정을 가질 수 있다는 것 자체가.

아, 이건 너무 심한 생각인가?

"아, 그런데 아까 뭘 기대한다는……."

"그건… 음……."

갑자기 뮤리아가 입을 다물어 버렸다. 늘 들고 다니는 부채로 자신의 입가를 가리면서 말이다. 내가 의아한 시선으로 그녀를 보자 뮤리아는 새끼손가락으로 슬쩍 한쪽을 가리켰다.

뮤리아가 가리킨 쪽으로 흘깃 시선을 돌리니 로레타가 뭔가를 쟁반에 받쳐 들고 오고 있었다. 그 모습을 보고 나자 나 역시 입을 다물어 버렸다.

저 사람은 상대하기 거북하다. 고압적으로 내리누르기도 껄끄럽고 또 말을 거는 자체가 꺼려진다. 시르 공작이 보낸 사람이라서가 아니라, 시르 공작과는 약간 다른 의미로 사람 같지가 않아서 상대하기가 싫다. 마치 인형 같다고 할까? 주어진 일만을 하고 아무 감정이 없는.

"여기 계셨습니까."

"음."

이런 말에는 대체 어떻게 대답해야 하는 건지 모르겠단 말야.

로레타는 쟁반에 받쳐 든 것을 내밀었다.

편지.

그것도 시르 공작의 인장이 찍힌 편지였다.

또 시르 공작인가.

뮤리아에게 들은 '시르 공작의 사랑' 에 대한 복잡한 심경을 추스를 사이도 없이 또 연관되는군.

난 천천히 손을 뻗어 나이프로 편지를 개봉했다. 그리고 나이프를 다시 쟁반에 내려놓자 로레타는 나에게 깊숙이 고개를 숙이고 다시 사라져 버렸다.

"무슨 내용입니까?"

다시 부채를 접어 내려놓은 뮤리아가 손톱만큼의 흥미도 없는 표정으로 물어왔다.

마치 '예의상 묻는 거예요'라고 온몸으로 말하고 있는 듯하군.

그런 뮤리아의 반응에 피식 웃으며 편지 내용을 훑은 난 미간을 모았다.

좋게 받아들이고 싶은 말이 아니었다.

"…온다는군."

"예?"

두서없는 내 말에 뮤리아가 반문했다.

난 대답 대신 시르 공작의 편지를 건네주었다.

의아한 표정으로 편지를 받아 든 뮤리아는 편지를 다 읽자마자 황당하다는 표정을 지었다.

"세상에……."

저 뮤리아마저도 입을 딱 벌린다.

"후……."

한숨밖에 안 나온다. 정말 상식 밖의 사람이다, 시르 공작은.

"저도 상식 외의 일을 아주 가끔씩 하긴 하지만, 시르 공작은 저보다 더하군요. 어떻게 이런 생각을 했을까?"

동감이다. 무슨 생각으로 '곧 당신의 뒤를 이을 아이이니 한번 만나보는 것이 좋지 않겠습니까'라고 하는 건지 모르겠다. 기가 막히는군, 내가 얼씨구나 하면서 환영할 거라고 생각하는 것도 아닐 텐데. 그래도 그나마 생각은 있는지 비공식으로, 또 내 집무실이나 서재는 눈에 띄니 황비궁에서 만나자니.

"뮤리아, 어떻게 생각해?"

"…피할 수 없으면 즐기는 법."

뭔가 좋은 생각이 났는지 눈을 반짝인 뮤리아는 기분 나쁘게 웃었다.

"쿡쿡쿡쿡, 이런 생각을 했다는 걸 후회하게 만들어주어야지요."

"뮤리아……."

내가 한심하다는 듯이 이름을 부르자 그녀는 그 괴상한 웃음을 멈추었다. 그리고 좀 미안한 듯, 멋쩍은 듯이 뺨을 긁적였다.

"사실 전 한번 만나보고 싶었어요. 이런 형태로가 아니라 그 아이가 좀 컸을 때 말입니다."

"왜?"

"어째서 저와 폐하의 아이를 시르 공작에게 맡긴 거라는 소문이 나왔는지 궁금해서요. 닮았다는 소리는 들었지만, 어느 정도인지 궁금하기도 하고 말입니다."

뮤리아의 말에 나도 고개를 끄덕였다.

솔직히 나 역시 닮았다고 들었을 때 기분이 안 좋기는 했지만 어떻게 그런 소문이 나왔는지 궁금하기도 했으니까.

하지만 뮤리아와 나에게 호기심과 불쾌감을 주었던 그 소문은 오래가지 못했다. 로레타나 카난 공작이 철저히 단속하고 조심했음에도 불구하고, 시르 공작이 그 소문을 알게 돼버린 것이다.

어차피 시간문제이긴 했지만.

하여간 누구에게, 어떤 경유로 들었는지는 몰라도 '그 소문'을 알게 된 시르 공작이 아주 단호하게 부정했다. 그 부정하는 말이 나에게는 아주 가관으로 들렸다.

"난 나의 남편을 사랑했고, 지금도 사랑한다."

라고 말했던 것이다. 특이하게도 말이다.

자신이 죽인 사람을 사랑한다고 선언한 거다. 진심인지 아닌지는 모르겠지만 말이다.

그리고는,

"그런 소문은 나와 아스티안의 명예를 더럽히는 것이며 불쾌하기 짝이 없다. 앞으로 그런 소문이 흐른다면 그 근원지를 찾아서 살아 있다는 걸 후회하게 해주겠다."

라고 말한 것이다.

시르 공작이 그렇게 싸늘하게 말한 덕분에 그 소문들은 말 그대로 하루아침에 없어져 버렸다.

아주 확실한 효과로구나.

그렇게 묘하게 감탄했더니 뮤리아가 하는 말이,

"어차피 근거없는 소문이었잖아요. 그래서 더 빨리 없어진 게 아닐까요? 시르 공작이 분노에 차서 날뛰었던 것도 그 이유 중 하나겠지만."

그렇게 말하면서 어깨를 으쓱여 보였다. 그리고는 자신의 생각이 맞지 않았느냐며 은근히 잘난 척을 했다. 분명히 시르 공작은 아스티안을 사랑했다면서.

하지만 알 수가 없군, 사랑한다면서 자신의 손으로 그 목숨을 끊어준 이유를. 그리고 왜 그래야 했는지조차 알 수 없다.

이전까지는 '방해되기 때문에'라고 생각했지만… 정말 그런 이유로 죽인 걸까? 자신의 페이스를 흐트러뜨릴 정도로 사랑하던 사람을?

알 수 없는 일이다.

아직은 확실하지 않은 셈.

아마 진실은—

시르 공작이 아스티안을 정말 사랑했는지 아니면 그저 뮤리아의 생각일 뿐일지는 시르 공작 본인만이 확실하게 알고 있겠지.

아! 그러고 보니, 시르 공작의 인상이 조금 변했다는 소리가 돌아다니고 있다고 한다.

아스티안의 장례 후 날 찾아왔던 이후로 나와는 한 번도 마주친 적 없었지만 적어도 뭔가 변한 건 맞는 것 같았다.

다들 '예전의 시르 공작이 아닌 것 같다'라고 말하는 걸로 봐서.

또 이번에 소문을 잠재우는 모습―

공개적으로 '살아 있다는 걸 후회하게 해주겠다'고 날카롭게 반응한 걸로 봐서 확실히 좀 변했다는 생각도 든다.

대체 어떤 이유로 변해 버렸는지는 모르겠지만, 확실히 시르 공작은 예전의 모습을 조금 잃었다.

나에게는 지금이 더 나을 거라는 생각이 든다.

전의 시르 공작은 너무 철저하고 냉정해서 상대하기 힘들었으니까.

변했다는 건 조금 흔들리고 있다는 증거.

나에게는 좋은 일일 거다. 아마도……

뭐, 곧 시르 공작을 만날 수 있을 거다. 그 아이를 데리고 온다 했으니까.

그때 만나면 어느 정도 확실해질 거다.

드디어 그날이 왔다, 시르 공작이 그 아이, 헤레니안을 데리고 황비궁으로 오는 날이.

얼마나 닮았나 궁금하기도 하지만 그 이상으로 정말로 아이를 데리고 오는 시르 공작의 머리 속이 더 궁금했다. 그리고 그 시르 공작이 어떻게 변했는지도 궁금하고.

이런저런 생각을 하며 왔다 갔다 하고 있었다.

아마 시르 공작은 이미 뮤리아에게 가 있을 거다.

내가 가기 싫어서 늦장 부리고 있는 거니까 이미 와서 뮤리아와 만났겠지.

난 정말이지…

"별로 가고 싶지 않아."

내 말에 제노시아는 난처한 미소를 지었다.

어떻게 하라는 말을 할 수가 없어서겠지.

"가긴 가야겠지."

어쩔 수 없지.

이미 만나겠다고 해버렸으니까 만나기는 만나야 된다.

가기가 싫어서 느릿느릿한 걸음으로 뮤리아에게 향했다.

오늘은 아이 때문에 평소에 뮤리아가 차를 마시거나 책을 읽는 정원이 아니라 응접실에서 만난다고 한다.

뭐라더라? 태어난 지 얼마 안 된 아이를 밖에 두면 안 된다나 어쩐다나.

그럼 아예 처음부터 데리고 나오지 말았어야 하는 거 아닌가. 쳇.

속으로 투덜거리면서 걸음을 옮겼다.

뮤리아는 굳이 시녀를 물리지 않는지 시녀들과 시종들 몇이 문밖에서 서성이고 있었다.

"황제 폐하께서 오셨습니다."

시녀가 안에 내가 왔음을 고하고 문을 열어주었다.

안으로 들어서니 조금 얼떨떨한 표정을 하고 있는 뮤리아가 멍하니 환영해 주었다.

"오셨습니까."

시르 공작은 뻣뻣하게 목례를 해왔을 뿐이었다.

나까지 도착하자 뮤리아는 아이의 유모처럼 보이는 사람에게서 아이를 받은 다음 그 사람을 내보냈다.

그런데 아이를 안는 폼이 굉장히 능숙하군 그래. 많이 해본 사람 같아.

그렇게 조금 장난스러운 생각을 하며 뮤리아에게 다가가자 그녀는 아이를 싸고 있던 이불을 살짝 걷어서 내가 보기 쉽게 해주었다.

"보세요."

푸른색의 머리.

확실히 뮤리아와 비슷한 색이다.

자고 있어서 눈동자 색까지는 알 수 없지만.

이상한 일이로군 그래.

"음……."

별로 할 말이 없었다.

난 바로 시선을 돌려 시르 공작을 쳐다보았다.

"어쩐 일로 직접 납시셨는지 모르겠군."

이러면 안 되는데… 하면서도 내 입에서 나오는 말은 비틀린 내 심사를 반영하듯이 날카로웠다.

시르 공작은 약간은 멍해 보이는 표정으로 아이를 응시하던 시선을 돌려 싸늘하게 느껴지는 표정으로 날 응시했다.

한기가 들 정도의 차가움을 발하는 그 눈동자에는 아무 감정도 실려 있지 않았다.

"무슨 의미인지 모르겠군요."

"별 의미는 아니다. 다만 로레타라는 여자를 통해 부하에게 '지령'을 내리듯이 편지만 전달하더니 오늘은 어쩐 일로 얼굴을 보이셨나 싶어서 말이네."

시르 공작은 약간 불쾌한 듯했지만 얼굴에 드러내지는 않았다.

그러고 보니 시르 공작이 자신의 페이스를 지키지 못했던 건 뮤리아의 말대로 아스티안의 장례 직후에 만났을 때뿐이었다.

과연 뮤리아가 '사랑' 운운할 만하군 그래.

반응이 없는 사람 찌르는 취미는 없는지라 더 이상 말을 하지는 않았다.

나와 시르 공작은 조용히, 가만히 있었지만 뮤리아는 그 아이가 신기한 듯이 안고는 이리저리 만져 보고 있었다.

그러다가…

"으아아아아앙……."

뭔가 잘못 건드렸는지 아이가 자지러지는 듯한 울음소리를 냈다.

당황한 뮤리아는 허둥거리다가 가만히 서 있는 시르 공작을 보고는 바로 넘겨 버렸다.

"이봐……."

한심하다는 의미로, 그리고 왜 하필이면 '울고 있는 아이'를 시르 공작에게 넘겼냐는 의미로 말하자 뮤리아는 목을 움츠렸다.

"어쩔 수 없어요. 일단 어머니니까 괜찮겠죠."

그렇게 말하면서 자신도 불안한지 걱정스럽게 시르 공작을 보고 있었다.

그런데 신기하게도 시르 공작은 그 아이를 받아서 부드럽게 달래기 시작했다.

평소의 모습에서는 전혀 상상도 할 수 없는 모습에 멍하니 시르 공작을 보고 있었다. 그사이 아이는 울음을 그쳤고, 다시 무표정하게 돌아온 시르 공작은 우리를 빤히 보았다.

"그런데 시르 공작, 무슨 생각으로 갑자기 아이를 보여주겠다고 한 거지요?"

뮤리아가 조금 심술궂은 어조로 묻자 시르 공작은 대답을 회피하듯이 고개를 돌렸다.

그리고 한참 만에 아이의 얼굴을 보면서 조용히 대답했다.

"유년기만 지나면 폐하와 황비님께서 아이를 기르실 테니까요. 미리 만나 머리 속에 이 아이의 존재를 넣어두라는 의미입니다."

잠깐. 유년기만 지나면… 이라고?

"……."

나는 뭐라 하려고 입을 벙긋거리다가 포기했다.

말을 꺼냈으니 다시 생각하라고 해봤자이리라.

"음… 그리고 보니 시르 공작, 언제 재혼하시나요?"

뮤리아가 상황에 전혀 안 맞는 질문을 하자 시르 공작은 미간을 모았다.

"무슨 뜻이신지요."

"그 아이를 우리에게 입양시킨다면 시르 공작가를 이을 자가 없지 않나요. 그러니까 묻는 겁니다. 설마 시르 공작 가문을 당신의 대에서 끊을 생각은 아니겠지요?"

뮤리아의 말에 시르 공작은 미간에 보기 좋지 않은 주름을 만들어냈다.

상당히 듣기 싫은 모양이다.

난 가만히 둘의 대치를 구경하기로 했다. 꽤 재미있을 것 같았다. 게다가 내가 무슨 말을 하는 것보다는 뮤리아가 말하는 게 더 효과가 있을 것 같다는 생각이 들었다. 시르 공작은 뮤리아는 '멍청하다'라고 생각하기 때문인지 그녀에게 불쾌한 소리를 들으면 바로 반응하니까. 나와의 대화에서는 표정을 절대 안 드러내지만 말이다.

그리고 시르 공작과 뮤리아가 제대로 대화하는 모습을 보는 건 이번이 처음이라 흥미도 있고.

한참 만에 시르 공작은 다시 무표정으로 돌아왔다.

"그런 일까지 걱정해 주실 줄은 몰랐습니다만?"

"어머. 그야 시르 공작께서 먼저 저희 후사 문제를 걱정해 주셨으니까요. 그래서 저도 가만 생각해 보니 시르 공작가의 후사도 없었다는 생각이 들어서 걱정이 되어 한 말이었어요. 설마 불쾌하진 않으시겠지요?"

헤에… 뮤리아도 상당한걸.

"방법은 여러 가지가 있는 법입니다."

"그래요? 저도 궁금하네요, 그 방법이라는 게 어떤 건지. 혹시 가르쳐 줄 수 있으신지요."

내 존재를 망각한 듯이 둘은 독설을 주고받았다.

확실히 시르 공작은 다른 이들을 대할 때와 뮤리아를 대하는 태도가 달라.

그렇게 말을 주고받던 둘은 잠시 조용히 대치했다.

싸늘한 눈빛도 아니고 견제의 눈빛도 아니었다. 서로 더 이상 떠들어봤자라는 생각에 멈춘 것 같았다. 하지만 그래도 먼저 물러서기는 싫은 모양이었다.

"아앙… 으앙……."

그러다가 아이가 깨서 칭얼거리자 둘 다 대화를 포기한 듯했다.

시르 공작은 일단 목적을 달성했다고 생각했는지 가볍게 목례를 했다.

"물러가지요, 아이를 오래 밖에 두면 좋지 않으니."

"아아……."

"그러세요."

내가 뭐라고 하기 전에 뮤리아가 대신 대답했다.

시르 공작이 응접실을 나가고 나자 뮤리아는 한동안 문을 노려보고 있었다.

"대단하군."

"예?"

내 목소리에 정신이 든 듯이 얼굴에 미소를 만들어낸 뮤리아는 무슨 뜻이냐는 듯이 되물었다.

"시르 공작에게 조금도 밀리지 않더군 그래."

"호호, 저야 말 말고는 아무것도 못하니까요."

뭔가 뼈가 있는 말을 한 뮤리아는 눈을 빛냈다.

"참, 아이의 눈."

"응?"

"아까 깨서 울 때 봤어요. 확실히 폐하를 닮았던데요."

그런가. 직접 안 봐서 아직 실감이 나지 않는다.

"신기해요. 아스티안이 파란 눈이긴 했어도… 어떻게 그런 색이 나온 건지. 설마!!"

"음?"

"소문이 진짜였던 건 아니겠죠? 그 아이가 폐하의……."

"거기까지만 하면 애교로 넘어가 주지."

더 이상한 소리가 나오기 전에 멈추게 했다. 하여간 이상한 말을 잘한다니까.

그나저나… 시르 공작이 변했다는 말은 확실히 사실이었던 것 같다. 지금 저 상태로 보건대 거의 집에서 나오지 않는다는 말도 사실일지도 모르겠군.

이전의 모습은 온화한 척하고 있지만 냉정한 마음을 가지고 있는 머리가 굉장히 차가운 사람이었다.

어떤 수법도, 속임수도 먹혀들 것 같지 않은 사람. 그런 수법들을 이미 먼저 내려다보고 있을 것 같은 느낌을 주던 자. 그리고 웃으며 남을 태연히 이용할 수 있는 자. 자신의 감정을 절제할 수 있는 사람.

그런데 지금 바뀐 모습은…

많이 다르다.

겉으로는 한없이 싸늘하고 냉정하지만, 속은 꽤나 흔들리고 있는 것 같다.

무엇 때문에, 왜, 그렇게까지 흔들리고 있는 건지는 모르겠지만.

좋은 상황이야. 나에게는 아주 좋은 일이다. 이로써 가능성이 조금 더 생기는 거다.

9장

반란

아린드 국의 '여성 우월주의'는 역사가 오래되었다.

그 시작은 당연히 건국왕인 엘리자벳 태황제이다.

여성이 만든 나라.

당시에는 이 이름 하나로 주변국의 침략이 잦았었다.

그렇게 무시할 수 있을 정도로 건국왕이 '여성'이라는 꼬리표 하나로 아린드는 약소국이라는 낙인이 찍혀 있었던 거다.

그 때문에 노리는 자들이 많아 상당히 위태로운 나라였다.

하지만 오히려 엘리자벳 태황제는 그런 위험을 즐긴 것 같다.

전장을 누비면서 진정으로 즐겁다는 듯한 미소를 잊지 않은 덕분에 그녀의 미소는 '사신의 미소'라는 별칭을 얻었을 정도였다. 그리고 그건 그녀가 그 정도로 피를 뿌리고 다녔다는 말이기도 하다.

하지만 그렇게 엘리자벳 태황제가 뿌린 피로 인해 그녀와 그녀의 나라의 입지를 굳힐 수 있었다.

그런 엘리자벳 태황제가 여성이었기에 아린드 국에서는 건국 때부터 여성은 결코 남성의 아래라는 생각을 할 수가 없었다. 그리고 엘리자벳 태황제의 뒤를 이어 황제가 되어 아린드 국을 안정시킨 자는 후에 리디아 성황제라 불린 엘리자벳 태황제의 첫 번째 딸 리디아 황녀였다.

그 리디아 성황제의 뒤를 이은 황제 역시 여성이었다. 그리고 모두 훌륭한 황제가 되었고 작은 실수조차 없었다.

그렇게 훌륭히 '여성'의 집권이 이어지면서 아린드 내에서는 자연스럽게 여성 우월주의가 자리 잡은 것이다. 그리고 후에 '남성'이 처음으로 황제가 된 6대 황제의 집권 때까지 여성들만이 계승하게 된 것이다. 그리고 모두 그걸 당연하게 받아들였다.

—아린드 국의 여성 우월주의에 대해.

계획된 반란

오늘은 아침부터 집무실에 앉아서 한숨만 내쉬고 있다.

어제 키나이가 말한 이야기 때문에 머리가 아프다고 할까. 루이스 자작도 있고 하니 멍하니 앉아만 있기는 좀 그런지라 책을 펴놓고 건성으로 책장을 넘기며 이런저런 생각에 잠겼다.

"오늘도 책만 읽으시는 건지요."

라고 하는 루이스 자작을 상대도 할 수 없을 정도로 머리가 복잡했다.

드디어 시에라가 움직이기 시작했다고 한다. 아직 확실한 모습으로 나타난 건 아니지만 확실히 '준비' 과정에 들어갔다고. 그러면서 내가 빌려준 '그림자'를 모두 동원해서 시르 공작의 정보망을 가리고 있다 했다. 자신의 행동을 알지 못하게 하기 위해 수도에서 그렇게 멀지 않은 리랜스 백작가의 영지로 자신의 사병들을 모으고 있다고 했다. 그곳을 기점으로 잡을 생각인 것 같았다.

하지만… 아무리 정보망을 가린다고 해도 병사들이 한곳으로 모이는 걸 가릴 수는 없다. 아마 오래지 않아 알게 되겠지. 그렇게 되면 시에라가 준비가 되었든지, 아니든지 그 순간 시작될 것이다.

시르 공작이나 다른 이들이 눈치 채기 전에 모든 준비를 끝내기 위해 부지런히 움직이고 있는 모양이었다. 그리고 나와의 약속을 위해 샤이나에게 편지도 보냈다고 한다.

그래, 이제 시작한다는 거겠지. 너무 공개적으로 하는 것 같긴 하지만.

어제 그 말을 들은 이후로 기분이 묘하다. 별로 좋지는 않다. 하지만… 한편으로는 괜찮다. 시에라가 움직이는 만큼 나도 편해지는 것이고, 얼마 안 있어 샤이나도 볼 수 있을 테니까 말이다. 또한……

난 다시 작게 한숨을 내쉬었다. 그리고 책장을 한 장 넘겼다.

평소와 달리 내가 아무 반응이 없자 심심한 듯 방 안을 서성이던 루이스 자작은 내 쪽으로 시선을 한 번 주고는 조용히 집무실을 나갔다.

난 그와 동시에 책을 덮어버렸다. 읽고 싶어서 들고 있던 것도 아니었으니까.

다만 아무것도 없이 있으면 내가 다른 생각을 하고 있다는 걸 알게 되니까 그런 것뿐이었다.

지금 시에라가 움직인다는데 책이 머리에 들어올 리가 없지 않은가. 이미 시에라의 일은 오래전부터 알고 있었다.

나에게 '협상'까지 제안했으니까. 그래, 난 이 일이 일어나기 전부터 다 알고 있었다. 그러니 그런 '반역'이니 하는 정보에도 '그래?'라고 넘어갈 수 있는 것이었지만… 막상 닥치니까 꽤 혼란스럽다. 시에라가 성공해도 곤란하고 아주 실패해 버려도 곤란하다. 아주 실패해 버리면 지금 내가 노리고 있는 '어떤 효과'가 생기지 않으니까.

그렇게 되지 않으려면 계약한 것 외에도 내가 도와주어야 한다는 소리.

그렇다고 내 힘이 닿는 데까지 성심성의껏 도울 수도 없는 노릇이다. 시에라가 성공한다면 난 다시 유폐의 탑으로 가거나, 아니면 이 넓은 황궁 한곳에서 조용히 지내게 될 테니까.

아니, 최악의 경우는 죽게 될 수도 있지. 그런 위험에도 불구하고 조건을 받아들였었다.

"하아… 역시 머리 아프군."

"폐하, 그때 시에라의 제안을 받아들이지 않는 것이 더 좋았던 게 아닙니까?"

제노시아가 루이스 자작이 듣지 못하도록 나에게만 들릴 정도로 작은 목소리로 말해 왔다.

어제저녁, 키나이에게 시에라의 움직임에 대한 말을 들었을 때부터 한숨만 내쉬면서 고민하는 내 모습이 보기 안 좋았던 모양이다, 드물게 제노시아가 이런 식의 말을 하는 걸 보면.

난 슬쩍 웃었다. 힘이 없어서 제대로 웃고 있는 건지는 모르겠지만.

"내가 기대하고 있는 부분도 있으니까 받아들인 거지. 다만……."

"예?"

제노시아의 반문에 난 쓴웃음을 지으며 혼잣말을─제노시아에게는 들릴 정도의 목소리로─중얼거렸다.

"다만 너무 쉽게 무너져도, 너무 오래 버텨도 곤란하거든. 그러니까 어떻게 하면 적절한 타이밍에 무너지게 만들 수 있을까 고민하고 있는 거야."

그래, 곤란하다. 내 목적을 달성할 때까지는 무너지면 안 된다. 그리고 그 이후에 너무 오래 버텨도 곤란해. 시에라가 성공해 버리면 굉장히 곤란해진다고. 지금 상황보다 몇 배는 곤란하다. 그러니 절대 안 된다. 막아야 해.

하지만 지금 상황 역시 어떻게든 바꿔야 한다. 그러기 위해서 시에라가 시르 공작의 주의를 끌어준다면 나로서는 아주 반가운 일이다.

시에라 역시 내가 자신이 실패하길 빌고 있다는 건 잘 알고 있을 거다. 그러니 주의하고 있겠지. 그러니까 내가 원하는 대로 되도록 만들기는 더 힘들 거야. 어떻게 하면 내가 원할 때 시에라가 무너지게 할 수 있을까.

"폐하, 어디 편찮으신 겁니까?"

내가 계속 중얼거리는 게 이상했는지 제노시아가 괴상한 표정으로 나에게 물어왔다.

*　　　　*　　　　*

앨리언이 그런 고민에 싸여서 한숨만 내쉴 무렵,

유일하게 말 잘 듣는 자식이자 사랑하는 자식이었던 아스티안의 사망 이후 아무 즐거움 없이 황태후 궁에서 무료한 시간을 보내고 있던 샤이나는 그날도 무료하게 시간을 보내고 있었다.

따분하다는 이유로 시녀들이나 시종들을 괴롭히기도 하면서.

그러던 중 처음 보는 기사 차림의 여성이 다가오는 걸 보고 눈살을 찌푸렸다.

자신이 잘하지 못한다는 이유로 '무예'를 싫어하는 샤이나는 자신의 주변에 기사들을 두지 않았다. 호위도 최소의 인원밖에 두지 않았을 정도로 자신의 주변에 기사들이 있는 것을 싫어했다.

샤이나에게 다가온 기사는 그녀에게 예를 표하고 무릎을 꿇었다. 그리고 서한을 내밀었다.

"시에라 아멜리아 펠 아스힌드님의 명으로 서신을 전하기 위해 왔습니다."

여기사의 말에 샤이나는 의아한 표정을 지었다.

"시에라가 말이냐?"

"예, 황태후마마."

"흐음……."

그 제멋대로 행동하는 딸이, 자신을 바보 취급밖에 하지 않던 그 아이가 무슨 생각으로 자신에게 편지를 보낸 건지 잠시 고민했지만 샤이나로서는 전혀 알 수가 없었다.

머뭇거리던 샤이나는 손을 뻗어 그 편지를 받아 들었다.

내용은 아주 뜻밖의 것이었다.

어머니, 그간 평안하셨습니까.

아스티안의 일로 심심이 깊으신 줄 알고 있습니다.

저 역시 동생의 죽음은 슬프기 그지없는 일이었습니다.

신께서 그 아이를 사랑하여 일찍 하늘의 부름을 받은 거라 위로하고 있습니다.

어머니, 지금 황궁이 어떻게 움직이는지 잘 알고 계시리라 믿습니다.

황족도 아닌 일개 귀족이 모든 걸 움직이고 있고, 또 황제는 그걸 묵인하고 받아들이고 있지요.

이건 절대 있을 수 없는 일입니다.

전 황제와 달리 묵인해 주고 싶은 생각이 없습니다.

그건 어머니 역시 마찬가지리라 생각되어 편지를 올립니다.

또한 생각하면 생각할수록 그 시르 공작이 혹여 나의 동생 아스티안에게 해를 가했을지도 모른다는 생각이 듭니다.

그래서 그 문제로 어머니와 이야기를 나누고 싶습니다.

이런 문제를 토론하기 위해 이 못난 딸을 만나러 와주시겠습니까.

저 혼자 생각해 보려 했으나 전 어리석어 안타깝지만 아무것도 알 수가 없었습니다.

황태후의 시각에서 본다면 드물게 예의 바른 편지였고 마음에 드는 편지였다.

물론 시에라로서는 이렇게 노골적으로 적고 싶지 않았다. 다른 이들이 보기라도 하면 상당히 곤란해지니까. 하지만 황태후가 못 알아볼지도 모른다는 생각에 이렇게 적게 된 것이다.

앨리언 황제가 시르 공작을 묵인하느니, 못난 딸이니 하는 건 샤이나의 성격을 고려해서 넣은 양념이지만.

그리고 이미 알고 있는 아스티안의 죽음까지 샤이나를 끌어들이기 위해 썼다. 샤이나는 멍청해서 아스티안이 병사했다는 걸 의심하지 않고 있었을 테고, 또 그 아이를 꽤 아꼈으니까 반응이 있을 거라 생각했고.

그 생각은 확실히 맞아 들어갔다.

아스티안의 죽음에 대해서는 아무 생각도 하지 않았던 샤이나가 처음으로 정말 병사였는지, 그 이유를 의심했던 것이다.

샤이나는 잠시 고민했다. 하지만 그 고민은 오래가지 않았다.

시에라는 아스티안이 죽은 이유를 어느 정도 알고 있는 것 같았다. 자신이 사랑하는 아이가 죽어야 했던 이유를 말이다. 그리고 어차피 아스티안이 죽은 지금 자신의 혈족은 딸 하나뿐이었다.

그런 아이를 못 믿을 이유가 없다고 생각한 샤이나는 자리에서 일어났다.

"간단한 짐을 꾸리거라. 시에라를 만나러 가야겠다."

"예."

시녀들에게 간단하게 지시를 내린 샤이나는 그 편지를 품에 넣었다.

목적을 달성한 기사는 속으로 안도의 한숨을 내쉬었다. 만약 샤이나가 움직이지 않았더라면, 자신에게 내려질 시에라의 질책이 무서웠었다.

다행히 시에라는 샤이나처럼 아무 이유도 없이 아랫사람을 괴롭히지는 않지만, 그래도 실수는 용납하지 않았다. 실수라 할 수 없는 일이라 할지라도 용서가 없었던 것이다.

*   *   *

시르 공작은 서재의 의자에 기대어 눈을 감고 있었다.

아스티안이 죽은 이후로 생긴 습관이었다.

밖에 나가는 일도 거의 없이 서재에 앉아 있는 일이 많았다.

어차피 집안일은 모두 집사인 키에르가 다 알아서 해주고 앨리언 황제에 대한 건 로레타가 정보를 알아내 준다. 그리고 귀족들에게 자신의 의사를 전달하는 건 카난 공작이나 루이스 자작을 시키면 되는 일이었다.

조용히 눈을 감고 있는 시르 공작은 아무 생각도 하기 싫었다. 그저 머리를 텅 비우고 가만히 있을 뿐, 지금으로서는 아무 의욕도 없었다.

앨리언은, 황제는 시르 공작의 생각과 달리 아무 움직임이 없었다. 물론 얼마 전에 시에라가 황제를 찾았던 건 예상외의 일이긴 했지만, 그래도 그 철없는 여자가 뭔가를 한다고 해도 못 막을 정도는 아닐 것이다. 그러니 신경 써줄 필요조차 없다.

분명 남에게 눌려 있는 상황을 싫어하는 앨리언 황제이니만큼 이내 반격을 준비할 것이라고 생각했었는데 이상하게 조용했다. 얼마 전에 만났을 때 독설을 하던 것 말고는 아무 반응이 없었다.

시르 공작은 그런 조용함에 폭풍 전야 같은 불안감이 들었다.

하지만 그런 감정과 달리 이성의 끈은 긴장될 일이 없어 느슨하게 풀려 버렸다. 지금껏 아무 일도 없었는데… 하는 마음이 드는 것이다. 그래서인지 더 더욱 바깥출입보다는 지금처럼 서재의 푹신한 의자에 기대어 눈을 감고 가만히 있는 일이 많아졌다.

자신의 아이인 헤레니안에 대한 것도 시르 공작의 관심 밖이었다.

어차피 자신의 밑에서 클 아이가 아니라고 생각하며 절제된 애정밖에 주지 않았다. 아니, 그렇게 하려 노력하고 있었다. 되도록 애정과 관심을 갖지 않기 위해 말이다.

조용하던 서재에 노크 소리가 울렸다.

"공작 각하, 키에르입니다."

조용히 눈을 감고 있던 시르 공작이 천천히 눈을 떴다.

"들어와."

"예."

키에르가 들어와서 목례를 했다.

"루이스 자작께서 찾아오셨습니다."

그 말에 시르 공작은 의자에 기대 있던 몸을 바로 했다.

지금은 앨리언 황제가 집무실에 있을 시간. 그런데 어째서 이 시간에 자신을 찾아왔는지 궁금하기도 했지만 신경질이 났다.

루이스 자작은 돈에 관련된 문제 외의 것에는 아주 무능하다는 걸 아주 잘 알고 있으니까.

"들어오게 해."

"예."

만나고 싶지는 않았지만 그래도 혹시 모르니까 들어오게 했다.

키에르가 나가고 얼마 안 되어 루이스 자작이 쭈뼛거리며 들어왔다.

그런 모습조차 시르 공작에게 불쾌감을 불러왔다.

"펴, 평안하셨습니까."

그렇게 루이스 자작이 인사를 했지만 시르 공작은 그 인사를 받아줄 마음이 안 들었다.

저 루이스 자작이 가져오는 정보는 제대로 된 것이 없었다.

자기 멋대로 불려 상상하거나 필요없다고 생각하고는 있는 그대로 보고하지 않고 멋대로 말하곤 하니까 거의 필요가 없다 싶을 정도였다.

때문에 황제에 관한 정보는 로레타가 하는 말만 듣고 있는 상황이었다.

앨리언 황제는 루이스 자작이 긁어대서 기분이 나쁜 모양이었지만.

"이 시간에 무슨 일인가."

"황제가 좀 이상하여……."

"그것과 내가 무슨 상관이라는 거지?"

차가운 시르 공작의 말에 루이스 자작은 움찔했다.

하지만 여느 때처럼 여기서 물러날 생각은 없는 모양이었다.

"이상한 모습을 보이곤 합니다. 집무실에서……."

"시끄럽다."

로레타에게선 어떤 보고도 없었다.

한마디로, 루이스 자작이 과장하여 말하는 것뿐이리라.

"겨우 그런 말을 하기 위해 지금 날 만나러 왔다는 거냐. 지금쯤 황제는 어떤 감시도 없이 돌아다니고 있겠구나."

"죄, 죄송합니다."

루이스 자작은 머리를 깊이 숙였다.

"나가라."

"예, 예……."

루이스 자작이 나가는 모습을 싸늘하게 보고 있던 시르 공작은 다시 의자에 기대어 조용히 눈을 감았다. 피곤이 몰려왔다.

시르 공작이 그렇게 의자에 기대어 눈을 감고 있는 걸 본 키에르는 조용히 문을 닫으며 작게 한숨을 내쉬었다.

자신의 주인은 갑자기 너무 변해 버렸다. 예전이라면 아무리 아무 일도 일어나지 않는다지만 철저하게 조사를 하고 어떤 일이 일어나더라도 상관없도록 대비하고 있었을 것이다. 그리고 예전이라면 아무리 루이스 자작이 과장되거나 틀린 정보를 자주 전한다고 하지만 말을 끝까지 들었을 것이다.

그런데 지금은 아무것도 하려 하지 않고 있다. 그저 자신이 보낸 자들이 알아내 오겠지라고 생각하며 가만히 있다니… 이전이라면 절대 생각할 수 없는 모습이었다.

"너무 변하셨어."

키에르는 다시 한숨을 내쉬었다.

갑자기 너무 변해 버린 주인이 걱정되었다. 아스티안의 죽음 이후로… 변해 버린 주인이.

*　　　*　　　*

아침에 샤이나가 시에라를 만나기 위해 황궁을 나갔다는 말을 듣고 기분이 조금 좋아졌다.

같은 곳에 있다는 것만으로도 싫은 사람이었으니까 말이다.

그리고 이번에 리랜스의 영지로 가면 나중에 그 '거래' 때 말고는 얼굴 볼 일이 없을 거다. 목소리도 들을 일이 없을 거라는 생각에 저절로 기분이 좋아지고 있었다.

"샤이나는 모르겠지."

"예."

멍청한 사람이니까. 자신의 욕심에 비해 머리가 따라주지 않는 사람, 스스로 망할 곳만 찾아다니는 것 같은 인상의 사람이다.

어찌 보면 아스티안은 샤이나를 닮았을지도 모르겠다.

아스티안의 경우는 욕심은 없어도 지금의 샤이나처럼 자기 자신 때문에 스스로 파멸했으니까. 쓸데없는 데까지 나서는 바람에 시르 공작이 처리한 걸 테니.

그리고 오랜만에 아리아를 만나서 안 그래도 유쾌하던 기분이 조금 더 좋아졌다.

카난 공작에게서 리나이트 상단을 인수받은 이후로 전혀 오지 않더니 할 말이 있는지 날 찾아온 것이다.

"오랜만이군."

"예……."

아리아는 꽤 피곤한 것 같았다.

멍하니 루이스 자작을 보던 아리아는 한숨을 내쉬었다.

노골적으로 부럽다는 시선을 보내자 루이스 자작은 불편해하기 시작했다.

가만히 루이스 자작을 보던 아리아는 다시 한숨을 내쉬었다.

그리고 한다는 말이,

"편하시겠어요. 저도 예전이 그립네요."

였다.

마치 '당신은 전혀 하는 게 없으니 좋겠다'는 듯한 말투.

당연하겠지만 루이스 자작은 순간 불쾌한 듯한 표정으로 아리아를 노려봤다.

하지만 아리아는 자신의 말을 루이스 자작이 어떻게 생각하든지 상관

없다는 듯한 모습이었다. 그리고 살짝 웃으면서 나에게라기보다 루이스 자작을 향해 말했다.

"폐하, 드릴 말씀이 있습니다만… 루이스 자작님을 내보내 주시겠습니까?"

나가달라는 말에 루이스 자작이 눈을 빛냈다.

"어째서인지 물어도 되겠습니까."

내가 대답하기 전에 루이스 자작이 대답하자 아리아는 이상하다는 시선을 보냈다.

"어째서요?"

"네?"

"어째서 폐하께서 답하시지 않고 루이스 자작님께서 먼저 나서는 건지요."

아리아는 순수하게, 그저 궁금해서 물은 모양이지만 그 말을 들은 루이스 자작은 그렇게 생각하지 않는 모양이었다.

"무슨 의미로……"

"입을 다물고 있는 게 좋겠군, 루이스 자작."

내버려 두면 크게 싸울 듯한 분위기인지라 말렸다. 루이스 자작이 입술을 깨물며 입을 닫자 아리아는 좀 놀란 눈치였다.

"폐하?"

아리아의 놀란 표정을 무시하고 루이스 자작에게 시선을 돌렸다.

"아아… 루이스 자작, 나가 있게."

"하지만……"

그래, 그냥 '예' 하고 나갈 수는 없겠지.

"그저 아리아가 왔었더라는 말만 해도 될 거네, 무슨 일로 왔는지는 그녀도 알고 있을 테니."

당연히 시르 공작도 알고 있다. 아리아가 라나이트 상단을 맡고 있는 것, 그리고 날 만나러 왔다면 그 이야기일 거라는 걸 잘 알고 있을 거다.

"…알겠습니다."

루이스 자작은 납득한 것 같지는 않지만 일단 자리를 피해주었다.

"폐하, 그녀라니요?"

"아아… 아리아도 잘 아는 사람이야."

은근슬쩍 얼버무리고 화제를 돌렸다.

"아리아, 피곤한 것 같군 그래."

"예, 아주 피곤해요. 상단이라는 게 그렇게 문젯덩어리인 줄 몰랐어요. 카난 공작은 그냥 올라오는 종이에 도장만 찍으면 된다고 했는데."

아리아는 카난 공작이 자신을 속였다면서 투덜거렸다.

그건 속였다기보다 카난 공작의 경우에서 봤을 때의 '편했다'는 걸 사심없이 그대로 말해서 그런 것 같은데.

카난 공작이야 원래부터 자신의 영지와 일족을 관리했으니까 새삼 뭔가를 관리한다는 게 힘들지는 않았을 터였다. 그리고 카난 공작이 상단 일을 잘 몰라 믿을 만한 사람들에게 위임하고 확인하는 형식을 취했다는 것도 한몫을 했겠지.

지금 아리아는 믿을 만한 사람도 없고, 또 본인이 일을 배우기 위해 전부 자신이 하고 있을 테니 꽤 바쁠 거다.

난 아리아의 불평에 작게 웃었다.

"그래서, 좀 적응했나?"

"조금은요. 하지만 드릴 말씀이 있어서… 아니, 여쭤보고 싶은 게 있어서 말이에요."

"음?"

아리아는 잠시 머뭇거리다가 조심스럽게 질문했다.

"상단에서 들은 말인데요, 어떤 군대가 리랜스 백작가의 영지로 모이고 있다고 하던데… 대체 무슨 일인가요?"

어라? 아리아까지 알고 있군. 역시 숨기는 건 무리였던 건가?

"혜에… 시에라는 나름대로 숨긴다고 하고 있는 모양이던데 용케도 눈치 챘군."

"바보 아니에요? 그런 걸 누가 몰라요, 군대의 움직임인데."

"그게 아니라 '그림자' 에서 안 숨겨서 그런 것 같은데."

솔직히 그림자에서는 시르 공작이 눈치 안 채게끔 조심하고 있을 뿐 다른 곳은 알아내든 말든 상관없다는 태도였으니까.

"그럴 수도 있겠네요."

아리아는 순순히 인정했다.

어차피 아리아 역시 '그림자' 를 조금 이용하고 있다.

내 명령대로 움직이는 사람이라서 그런지 키나이도 아리아는 마음대로 하게 내버려 두고 알고 싶어하는 것들을 알아봐 주기도 하는 모양이었다. 처음 만났을 때와는 달리 꽤 친해진 모양이고.

"할 말은 그것뿐?"

절대 그럴 리가 없다는 생각이 든다. 예전에야 나와 친한 이들이라면 절차가 아주 간단했으니까 큰 문제가 없어도 쉽게 만나러 왔겠지만 지금은 다르다. 시르 공작과 로레타의 합작으로 꽤나 까다로운 절차를 거쳐야 했으니까. 아리아나 세레나는 귀찮아서라도 안 올 텐데.

특별한 문제가 없는 한 말이다.

"아니오."

역시 내 생각이 맞은 듯 아리아는 명쾌하게 대답했다.

"보고드릴 일도 있고 해서 겸사겸사 왔어요."

보통 때는 키나이를 통해 보고서를 전달하더니만, 무슨 일인가 싶어서 아리아를 빤히 보자 그녀는 그 '보고'를 시작하려다가 잠시 멈칫했다.

"이야기해도 돼요?"

"풋."

새삼 누군가 듣고 있을까 봐 신경이 쓰이나 보다.

난 슬쩍 제노시아를 돌아보았다.

"제노시아."

"루이스 자작은 좀 떨어진 곳으로 가버린 모양입니다. 주변에서 기척이 느껴지지 않습니다."

제노시아의 말에 아리아는 안심한 듯했다.

"다행이네요."

"그럼 말해 봐."

아리아는 살짝 웃었다.

"예, 보고드리겠습니다."

그리고 사무적인 목소리로, 마치 책을 읽어 내려가듯이 보고를 시작했다.

"현재 리나이트 상단의 교역은 전혀 문제가 없습니다. 다만 이번에 에이원이 해체된 일로 인해 새로운 길을 만들어야 합니다. 거기서 명령하신 대로 독립한 4개 국과 신생 에이원과는 교섭 중입니다만, 라이너와는 손을 잡지 않았습니다. 그리고 그 5개 국에는 이상하게 무기가 많이 팔리더군요. 전쟁이라도 하려는 건지 모르겠지만. 아, 그리고 루이스 자작이 새로운 상단을 만든 일로 리나이트 상단 내부에서 소란이 좀 있었습니다."

"그래?"

루이스 자작이 새로운 상단을 만들었다는 소리는 들었지만 리나이트 상단과의 연관성은 전혀 생각해 보지 않았었는데. 아마도 리나이트 상단으로서는 루이스 자작과의 의리를 약간 생각했던 거겠지. 하지만 그렇다고 해서 빠져나갈 사람이 있을까.

"그게, 그 새로운 상단을 운영하는 인물로 리나이트 상단의 간부급에 있는 자들을 스카웃하려고 해서요. 약간 소란스러웠습니다만 지금은 문제없어요."

"그럼 됐어. 다른 건?"

난 상단의 일은 전혀 모른다. 난 그런 류의 일과는 거리가 머니까.

아리아는 지금 맡고 있는 일이라고 공부해서 나보다 나은 셈이고 하니 상단에 관한 세세한 일은 이야기하지 않는다. 그저 아리아가 알아서 하도록 맡겨둘 뿐.

"다른 특별한 문제는 없습니다. 다만… 루이스 자작의 딸인 라일라라는 아이가 리나이트 상단 안에서 일하고 싶어한다는 게 좀… 신경이 쓰입니다. 뭔가 속셈이 있는 게 아닌가 하는 생각이 들어서……."

"하아?"

분명 내가 아는 레이디 라일라는 루이스 자작과 사이가 무척 나빴다.

그래서 '루이스'라는 성 대신 아버지의 성인 '리크루스'를 따라서 이름도 '라일라 켈 리크루스'라고 했었지.

하지만 왜 하필이면 리나이트 상단인 걸까. 게다가 왜 지금까지 조용히 있다가 갑자기?

"왜?"

"저도 잘……."

"알아서 해, 나도 모르니까. 다만 함께 일을 하게 된다 하더라도 레이디 라일라에게 휘둘리지는 말고."

"예."

거참, 왜 자신의 어머니와 대립하는 상단에 들어오려고 하는 걸까. 지금까지는 무시하고 잘 지내다가 왜 지금?

사이가 나쁘다고는 하지만… 사이가 나빠서 아예 루이스 자작과 반대의 길을 걸을 생각이라면 나이트 상단에서 일하는 것보다는 다른 방법이 많을 텐데 왜 하필?

어쩌면 루이스 자작을 위해서 그러는지도 모르겠는걸. 확실한 조사가 필요하겠어.

"다음에……."

"예?"

"그 레이디 라일라를 한번 만나보고 싶군."

심도있는 대화를 나눠봐야겠다.

루이스 자작에 관한 것도, 그리고 리나이트 상단에 관한 것도.

그 라일라가 내 물음에 솔직히 대답해 주지 않는다 하더라도 약간은 그 생각을 파악할 수 있을 테니 말이다.

내가 직접 만나서 이야기하는 것보다 아리아에게 맡기고 싶긴 하지만… 아리아는 이런 데는 전혀 소질이 없으니까.

"알겠습니다."

아리아는 그렇게 대답하고 자리에서 일어나 인사를 했다.

"물러가겠습니다."

"그래."

아리아가 나가고 나자 제노시아는 이상하다는 듯이 말했다.

"아리아 씨가 약간 변한 것 같습니다만?"

그래, 좀 변했지. 예전이라면 아무리 '보고'라 할지라도 나에게 사무적인 어투를 쓰지는 않았을 텐데 말야.

"다 세상의 풍파를 겪어서가 아닐까?"

나이 많은 노인 같은 내 말에 제노시아는 미심쩍다는 시선을 보내왔다.

하지만 이게 사실일 거다. 리나이트 상단을 맡으면서 지금까지처럼 지낼 수는 없어서 약간 변한 것이겠지. 전처럼 누군가의 옆에서 도와주는 입장이 아니라, 하나의 단체를 이끌어 나가야 되는 입장이 되다 보니 시각이 약간 달라진 거야. 그에 따라 행동이 약간 달라졌겠지. 뭐, 아리아는 절대 나에게 등 돌려 다른 녀석에게 붙을 사람이 아니니까 어떤 태도를 보여도 안심할 수 있다. 의심조차 할 수 없는 사람이니까.

그보다, 루이스 자작은 어디로 가버린 걸까. 이 틈에 난 뮤리아나 만나러 갈까? 최근에는 뮤리아와도 감시없이 이야기한 것도 드무니까 말이야.

그런 생각을 하며 문을 열었더니 문밖에 루이스 자작이 서 있었다.

바로 문 앞에 서 있을 거라고 생각지 못해서 상당히 놀랐지만 내색하지 않고 슬쩍 비웃음을 날렸다.

"뭐 하는 건가, 여기 서서."

"별거 아닙니다."

"그래, 별거 아니겠지."

그렇게 말하고 지나가려는데 루이스 자작은 꽤 불만스러운 어조로 중얼거렸다.

"앞으로는 이런 식으로 자리를 피해드리는 일은 없을 겁니다."

"좋을 대로."

그렇게 대꾸해 주고 황후궁으로 걸음을 옮겼다.

이왕에 집무실을 나섰으니 만날 생각으로.

"상당히 귀찮아지겠는데요."

제노시아가 집요한 눈초리로 우리를 따라오는 루이스 자작을 보고 작게 말했다.

"괜찮으시겠습니까?"

"전혀."

이제 슬슬 바빠질 시기다.

시에라가 움직이기 시작하면 그 틈에 나도 준비 좀 할 생각인데 루이스 자작이 달라붙어 떨어지지 않는다면 상당히 곤란하다. 물론 루이스 자작을 떼어놓을 방법도 많긴 하지만 말이야. 그래도 날 제대로 감시하려고 마음먹고 있다면 상당히 귀찮게 굴겠지.

"방법을 강구해 봐야겠군."

확실히 떼어놓을 방법을 알아봐야겠다.

"손을 써둘까요?"

제노시아의 그 말에 순간 웃음이 나왔다.

제노시아가 '손을 쓴다' 는 건 검을 의미한다. 한마디로 다치게 만들어줄 수 있다는 소리. 하지만 그렇게 되면 더 눈에 띄게 될걸.

"됐어."

그렇게 대답하고 난 제노시아에게 화사하게 미소 지었다.

"아직은."

이런 말을 못 알아들을 제노시아가 아니다. 아직은… 이라는 말의 뜻을 말이다.

뮤리아는 여전히 정원에서 책을 읽고 있었다.

"여어."

"어머, 또 오셨네요."

뮤리아가 날 반기며 웃었다.

*   *   *

시에라는 샤이나가 이곳으로 오고 있다는 말에 손톱을 깨물었다.

자신이 부르기는 했지만 별로 얼굴을 보고 싶지 않은 사람이 오고 있는 거였으니까.

"되도록이면 얼굴 따위 보고 싶지 않았는데……."

하지만 어쩔 수 없는 일이었다. 이런 거래니까. 게다가 샤이나의 목숨 정도로 거래할 수 있다는 건 행운이 아니겠는가.

아까부터 초조한 듯이 방 안을 서성거리며 손톱을 깨물고 있는 시에라를 보고 있던 리랜스 백작이 한숨을 내쉬었다. 그리고 슬며시 시에라를 피해서 방 밖으로 나갔다. 더 이상 옆에 있다가는 쓸데없이 시에라의 히스테리를 감당해야 할지도 모른다는 생각에 도망가고 있는 것이다.

그런 아버지를 보던 시에라의 두 딸 역시 한숨을 내쉬었다. 그들로서도 저런 어머니를 보기는 싫었다. 뭔가에 잔뜩 화가 난 듯한 모습. 저런 표정을 하고 있을 때의 어머니는 자신들에게 늘 이상한 소리를 해대곤 했기에 같은 곳에 있기 싫었다.

이제 13, 12살인 아이들이었지만 어릴 때부터 시에라를 봐온 덕에 꽤나 일찍 철이 들었다.

시에라는 항상 아이들을 앉혀놓고 다음 황위가 어쩌네, 군대가 어쩌네, 사병이 어쩌네 하는 소리를 해댔다. 그 덕분인지 두 아이들은 기사나 군에 관심이 많아 벌써 검을 조금은 쓸 줄 알 정도다.

루나리네스가 목소리를 낮춰 자신의 언니에게 작게 속삭였다.

"언니, 어머니가 왜 저러시는지 알고 있지?"

동생의 말에 리아스는 고개를 끄덕였다.

"우린 나가자."

리아스는 더 이상 저런 어머니 옆에 동생을 두고 싶지 않은지라 루나리네스를 이끌고 정원으로 나가 버렸다. 저러다가 또 시에라가 히스테리를 부리며 물건을 마구 집어 던질 게 뻔하니까 다치기 전에 나가는 거다.

한편 혼자 서성이며 초조해하다가 문득 정신이 든 시에라는 자신 혼자 방에 남아 있다는 걸 알게 되었다.

"이런……."

남편과 아이들은 어째서 자신을 이해해 주지 않는 건지 한스러웠다. 분명 자신이 성공하여 이 제국의 황제가 된다면 그들에게 역시 좋은 일일 텐데 어째서 이해하려 하지 않는 건지… 게다가 아주 망상인 것만도 아니지 않은가.

시에라는 불쾌한 표정을 지었다.

어차피 리랜스 백작은 그런 사람이었다. 안전을 무엇보다 우선시하는 자. 그러니 어쩔 수 없다고 생각하고 넘어갈 수밖에 없다.

처음부터 재산을 보고 결혼했었다. 사병들을 기르려면 상당한 재력이 필요했으니까. 그러니 이제 와서 새삼 날 돕지 않느니, 이야기를 좀 들어 달라느니 그런 말을 할 애정이 있을 리가 없다. 다만 배신만은 하지 않아 주었으면 하고 바랄 뿐.

이것 역시 감시할 수도 없는 일이다. 적어도 자신의 목숨도 달렸을 테니 잘못된 짓을 안 할 거라 여기는 수밖에 없는 문제.

하지만 정말 알 수 없는 건…

어째서 자식인 리아스와 루나리네스까지 자신을 무시하는 건가 하는 점이었다.

"상관없어."

자신은 절대 틀리지 않았다고 생각하는 시에라였다.

그리고 황제와의 거래로 인해 자신을 도와주기 위해 와 있는 사람을 찾았다.

자신의 부름에 방에 들어선 세실리아를 보고 억지로 미소 지었다. 하지만 세실리아는 뭐가 그렇게 불쾌한지 얼굴을 찌푸리고 있었다.

"또 뭐지요?"

세실리아는 왜 하필 자신이 이런 데 파견 나왔는지에 관해 불만이 가득했다. 물론 작은 실수로 문서 보관소의 일부를 태우기는 했지만. 하지만 겨우 그런 일로 이렇게 심한—그림자라는 단체는 황제의 직속 단체로 황제가 아닌 다른 자의 밑에 있다는 걸 아주 불쾌하게 여긴다—벌을 내린 단장(키나이)을 원망했다. 게다가 하필이면 성격 나쁘기로 소문난 시에라의 밑이라니… 이건 보통 심한 벌이 아니다.

그렇다고 해서 말을 낮추지는 않았다.

그런 모습이 시에라에게는 더 불쾌하게 비춰지고 있기는 하지만, 황족에 대한 최소한의 예의인 거다.

세실리아가 최소한의 예의라 생각한다고 해서 시에라도 그렇게 생각한다는 것은 아니지만. 아니, 오히려 불만의 표정을 하고는 존칭을 쓰고 있는 게 비꼬는 것 같고 비웃는 것 같아서 잔뜩 심사가 뒤틀리곤 했다.

"확실히 시르 공작의 이목을 가리고는 있겠지?"

그 말에 세실리아는 더욱 기분이 나쁜 듯 표정을 일그러뜨렸다.

"겨우 그런 걸 확인하려고 사람을 부른 겁니까."

"건방지구나, 일개 평민 주제에."

세실리아는 시에라 특유의 오만한 말투에 전혀 신경 쓰지 않고 몸을 돌렸다.

"용건이 그것뿐이라면 가보겠습니다."

일일이 상대해 주기 귀찮은 거다.

정원으로 나온 루나리네스는 발 근처에 있는 돌을 툭툭 찼다. 그리고 생각에 잠긴 듯한 언니 리아스를 돌아봤다.

"언니."

"왜?"

동생을 굉장히 사랑하고 있는 리아스는 살짝 웃으며 대답했다.

비록 속은 '망할 어머니' 때문에 부글부글 끓고 있지만 말이다.

어머니란 자는 원래부터 그랬다. 자신의 야망에 미쳐서, 자신은 물론 보호가 필요한―그래 봤자 1살 차이지만 리아스에게 루나리네스는 영원히 보호해 줘야 할 아이였다―동생까지 내팽개쳐 두었다.

게다가 5살도 안 된 아이일 때부터 자신들에게 황위가 어떠네 군사의 차이가 어떠네 하는 말을 하던 사람이다. 아무 생각도 없이.

그런 주제에, 그렇게 아무 생각이 없는 주제에 이제 와서 '자, 날 따라와. 내가 옳아' 라고 나오면 누가 따를 수 있겠는가.

"언니, 기분이 나빠 보여."

리아스는 나름대로 부드러운 표정을 지으려고 했었는데 금방 간파당해 버렸다.

아직 어려서인지 포커페이스라는 게 익숙하지가 않은 거다. 루나리네스가 함께 지낸 자매라서 쉽게 파악할 수 있었던 것이기도 하고.

"그래."

"어머니 때문에?"

"그럼 뭣 때문이겠어?"

조금 날카로운 리아스의 반응에 루나리네스는 목을 움츠렸다.

하지만 이내 명랑하게 웃었다.

언니가 자신을 얼마나 사랑하는지 잘 알고 있었다. 언니가 자신을 절대 나쁘게 대할 리가 없다는 걸 말이다.

"언니는 나보다 좀 더 많이 알지?"

"뭐 궁금한 거라도 있어?"

어릴 때부터 익히 들어온 '궁금한 게 있다' 는 루나리네스의 신호에

리아스는 살짝 웃었다.

"음……."

잠시 망설이는 듯했던 루나리네스는 이내 질문을 던졌다.

"어머니 계획. 현실성이 있는 거야?"

의외의 말에 리아스는 잠시 멈칫했다. 자신도 잘은 모르는 일이었으니까. 하지만 곧 나름대로 자신의 생각을 정리해서 말하기 시작했다.

"나도 잘은 몰라. 어머니 쪽의 일이야 거의 다 알지만 상대 쪽의 일을 모르니까. 하지만 아버지가 말씀하시는 걸 몰래 엿들은 적이 있는데, 어머니는 절대 못 이길 거라고 하셨어. 나도 그렇게 생각해. 황제라면 굉장한 사람이잖아? 그런데 어머니 같은 사람이 어떻게 이기겠어?"

조금 긴 리아스의 말에 루나리네스는 잠시 말이 없었다.

머리 속으로 열심히 언니의 말을 정리하고 있는 것이다.

잠시 뒤에 그 말들이 모두 머리 속에 들어온 루나리네스는 이상하다고 생각했는지 고개를 갸웃거렸다.

"그럼 어머니는 왜 저러시는 건데?"

"나도 몰라. 하여간 어머니는 믿을 만한 사람이 아냐. 아빠라도 정신을 차려야 될 텐데."

"아빠가 왜?"

루나리네스는 자신들이 사랑하는 아버지에게 무슨 일이 있나 싶어서 걱정이 되었다.

하지만 그런 말은 아니었다.

"적어도 우리는 지켜줘야 하잖아. 그런데 어머니가 뭘 하든지 모른 척만 하시고. 아까도 그래. 우리만 놔두고 슬그머니 나가 버리는 거 봤지?"

"그거야 어머니가 하도 극성이셔서 그런 거 아냐?"

"나도 몰라. 하여간 난 싫어, 전쟁이고 뭐고."

부루퉁한 리아스의 말에 루나리네스도 풀이 죽었다.

"나도 싫어."

둘이서 풀이 죽어서 괜히 발만 툭툭 차고 있는데 리랜스 백작이 다가왔다.

"둘 다 여기 있었구나. 한참 찾았어."

"아빠."

"아빠."

리아스와 루나리네스가 반갑게 부르며 각각 좌우로 팔에 매달리자 리랜스 백작은 환하게 웃으며 둘을 끌어안았다.

"아빠, 어머니가 하는 일. 성공하는 거예요?"

루나리네스가 방금 전에 언니에게 물었던 걸 다시 물었다.

그러자 리랜스 백작은 난처한 표정을 지었다.

주변을 둘러보고 아무도 없다는 걸 확인한 리랜스 백작은 정원에 주저앉았다.

두 딸 역시 자리를 잡고 앉자 리랜스 백작은 목소리를 낮춰서 설명해주었다.

현명하게 큰 아이들이니까 적당히는 이야기해 줘도 괜찮을 거라는 생각이 들었던 것이다. 전부 설명해 줄 필요는 없겠지만 말이다.

"아주 없지는 않은 모양이다. 특히 지금은 말이다. 그러니 시작을 했겠지. 하지만 내 생각은 약간 다르구나."

"지금은이라니요?"

리아스의 물음에 잠시 망설이던 리랜스 백작은 딸의 머리를 쓰다듬어 주는 걸로 대답을 대신했다.

"그건 나중에 말해 주마, 더 크면."

아직 거기까지는 알 필요가 없는 어린아이라 생각하고 있었다.

"예."

리아스는 순순히 고개를 끄덕였다.

하지만 루나리네스는 불만인 듯 볼을 부풀렸다.

"충분히 컸는데."

"아직은 어려."

자신의 눈에는 마냥 철없어 보이는 딸의 말에 리랜스 백작은 웃음을 터뜨리며 둘의 머리를 쓰다듬어 주었다.

"하여튼 말이다, 너희들 계속 어머니의 옆에 있을 거냐?"

"아뇨."

"난 싫어."

잠시의 망설임도 없이 대답하는 두 딸을 보며 멍한 표정을 짓던 리랜스 백작은 작게 웃었다.

"그러냐."

"응."

"어머니는 싫어."

딸들의 말을 들으며 '시에라도 어지간히 인심을 잃었군' 이라고 중얼거린 리랜스 백작은 누가 들을지도 모른다는 생각에 주변을 살피며 조심스럽게 말을 꺼냈다.

"그럼 말이다, 우리는 다른 곳에 가 있지 않겠니?"

"다른 곳?"

"어디요?"

두 딸이 동시에 흥미를 나타내자 리랜스 백작은 부드럽게 웃었다.

"저번에 여름을 보냈던 시골 영지 말이다."

"음……."

"거기?"

두 딸은 아주 싫지는 않은지 잠시 생각에 잠겼다.

물론 더 가까운 곳에도 영지가 하나 있긴 하다. 하지만 그곳은 지금의 이 영지와 너무 가깝다. 겨우 10일 거리밖에 안 떨어진 곳이니까.

그러니 자칫하면 전쟁에 휘말리게 될 것이다.

되도록이면 두 딸과 함께 전쟁과 전혀 상관없는 곳으로 가버리고 싶은 심정이었다. 될 수 있다면 다른 나라로 망명이라도 하고 싶을 정도로. 그럴 수가 없으니 되도록 떨어진 영지에 가려는 거지만.

"나 갈래. 거기 재미있었어."

루나리네스의 말에 리아스도 고개를 끄덕였다.

"루나가 좋다면 난 상관없어. 그런데 아빠, 우리 언제 가요?"

"당장이라도 출발하고 싶지만……."

리랜스 백작의 말에 리아스가 자리에서 발딱 일어났다.

"그럼 짐 꾸릴게요. 가자, 루나."

"응, 언니."

리랜스 백작의 말이 다 끝나기도 전에 두 아이는 신나게 달려가 버렸다.

멍하니 아이들이 뛰어가는 뒷모습을 보던 리랜스 백작은 몸을 일으키며 쓴웃음을 지었다.

"오늘 간다고 하면 시에라가 허락 안 할 거라는 말을 하려고 했는데……."

약간 잔소리를 들어야 된다는 생각에 저절로 한숨이 나오는 리랜스 백작이었다.

"뭐라고?"

시에라는 갑자기 두 딸과 리랜스 백작이 들어와서 잠시 시골의 영지로 가겠다고 한 말에 눈꼬리를 치켜 올렸다.

"상관없잖아."

남편인 리랜스 백작의 심드렁한 어조에 시에라는 머리끝까지 화가 났다.

지금이 얼마나 중요한 때인데…

"지금이 어떤 때인데 간다는 거지?"

아무것도 모르는 남편과 아이들이 방해를 한다는 생각에 화가 났다.

'이런 중요한 순간까지 방해를 하는군. 나도 시르 공작처럼 후계자가 생긴 후에 죽여 버리는 건데 잘못했어.'

시에라가 날카롭게 노려보든지 말든지 꿈쩍도 하지 않던 리랜스 백작은 퉁명스럽게 말했다.

"지금이니까 그런 거지."

"뭐라고!"

"이 아이들을 전쟁에 휘말리게 하고 싶은 거야? 시에라, 너의 생각대로 된다면 이 성은 곧 전쟁터가 된다. 그런데 이런 곳에 아이들을 내버려 두겠다고?"

리랜스 백작의 말에 시에라는 순간 말문이 막혔다.

틀린 말은 아니었다.

곧 자신의 의도대로 전쟁이 일어나게 되면 이곳은 그야말로 전쟁터다.

시에라는 아주 멍청하지는 않아서 처음부터 '설마 성안인데 무슨 일이 있을까'라는 안이한 생각을 하고 있지는 않았다. 성안이라 해도 자신의 거점인 이상 언제든지 전쟁의 불길에 휘말릴 수 있는 것이다. 아니, 처음부터 휘말리게 될 게 뻔했다.

하지만 가장 안전한 곳 역시 이곳이었다. 자신이 지지 않는 한 적에게 잡힐 염려가 없는 곳이니까.

하지만 시에라는 굳이 상대를 잡을 필요를 느끼지 못했다.

"그래서 가겠다는 건가."

아직도 황녀의 오만한 말투를 버리지 못한 시에라의 어조에 리랜스 백작은 속으로 혀를 찼다.

"그래."

시에라는 잠시 고민했다.

그렇다고 해서 쉽게 '가라'고 해줄 수는 없는 일이다.

이런 때 리랜스 백작과 두 아이가 다른 영지에 있으면 병력이 줄어든다.

그들의 호위와 그 영지의 방어 병력을 늘려야 할 테니까. 그리고 혹시 그곳까지 군대가 갈지도 모르니 얼마간의 병사를 보내두어야 할 것이다. 그런 작은 병력일지라도 없을 경우 타격이 생길 수도 있었다.

병력의 손실 없이 보낼 수 있는 방법은 없을까?

"무슨 생각을 하는지 알 법하군."

리랜스 백작이 비웃자 시에라는 발끈하여 그를 쏘아보았다.

"뭐라고? 감히 내 생각을 알겠다고 말하는 건가!"

"뻔하지. 어떻게 하면 병사들을 안 보낼 수 있나 고민하는 거 아닌가? 애초에 나와 아이들을 걱정해 줄 사람은 아니니까 말야."

그 말에 시에라는 움찔했다.

사실 그랬다.

가겠다는 말을 들었을 때부터 '아이들의 안전'보다 '병력 손실'에 대한 생각이 앞섰었다.

시에라는 조용히 입술을 깨물었다. 그리고 곧 천천히 고개를 끄덕였다.

"가고 싶으면 가."

"그러지. 잘 있으라고."

리랜스 백작은 아이들을 먼저 내보냈다. 그리고 몸을 돌리려다가 생각났다는 듯이 시에라를 노려보았다.

"너 같은 것 때문에 이 '리랜스 백작가'가 무너지게 되면 내가 널 가만히 두지 않겠어. 그럼, 잘해봐. 이곳이 저승으로 가는 입구가 되지 않게 열심히 해보라고."

그렇게 말한 리랜스 백작은 느긋한 걸음으로 방을 나가 버렸다.

혼자 남은 시에라는 바닥을 노려보며 입술을 깨물었다. 건방진 말을 한 리랜스 백작의 목을 베어버리고 싶었다. 하지만 아직은 안 되는 일.

리랜스 백작가의 가신들과 기사들이 있었다.

그런 짓을 하면 바로 자신에게 칼을 들이대리라.

나른한 몸짓으로 흘러내린 머리칼을 쓸어 올리며 혼잣말을 중얼거렸다.

"역시 시르 공작은 현명했어."

시에라는 자신이 그런 선택을 하지 못했던 것을 후회했다.

리아스와 루나리네스가 리랜스 백작과 함께 떠난 다음날, 샤이나가 성에 도착했다.

"더러운 성이로구나."

멍청한 샤이나의 말에 억지웃음을 띠고 있던 시에라의 표정이 조금 일그러졌다.

그래도 먼저 부른 것은 시에라 자신인지라 안 오고 싶은 것을 억지로 마중 나왔는데 저런 말을 하니 기분이 좋을 리가 없었다.

"오셨군요, 어머니."

간신히 화를 참으며 웃음을 띠었다.

하지만 샤이나는 그럴 생각이 없는 듯이 노골적으로 적의를 드러냈다.

"네가 무슨 생각으로 날 불렀는지 모르겠구나, 시에라."

"무슨 생각이랄 것까지야… 편지에도 다 적지 않았습니까."

능숙하게 대답했지만 샤이나는 코웃음만 칠 뿐이었다.

"흥, 글쎄."

"일단 들어가시지요."

서서 이야기할 수는 없고 또 사람이 많은 곳에서 이야기할 수는 더 더욱 없기에 권했더니 샤이나는 아주 당연하다는 태도로 걸어 들어가기 시작했다. 오만한 태도로.

일단 응접실로 안내했다.

그랬더니 차를 내올 때까지 기분 나쁘다는 표정을 지우지도 않고는 방 이곳저곳을 보고 있었다.

그런 모습을 시에라는 초인적인 인내심을 발휘해서 참았다.

시종이 차를 내오자 샤이나는 드디어 방을 살피는 걸 멈추고 차를 한 모금 마셨다.

시에라는 이제야 조용히 하려나 생각했지만 그뿐, 샤이나는 한 모금 마시더니 이내 불쾌한 표정을 지었다.

"싸구려 차로구나. 겨우 이런 걸 대접하다니."

"…황궁에서 쓰는 정도는 아니지만 고급품입니다."

시에라는 점점 샤이나에게 살의(殺意)를 느끼기 시작했다. 그리고 앨리언 황제가 샤이나를 죽이고 싶어하는 게 당연하다고 생각했다.

'저런 여자니까 앨리언 황제 외에도 여기저기에 원한이 많겠지.'

샤이나의 말은 거기서 끝난 게 아니었다.

"그래, 이런 허름하고 더러운 곳에 날 부른 이유가 뭐냐. 용건이 있다면 네가 찾아오는 것이 예의가 아니냐."

시에라는 조금 자포자기한 심정으로 대답했다.

"용건이라면 편지에 썼을 텐데요. 읽어보지 않으셨습니까?"

"읽어는 봤다. 하지만 그게 정말 용건이었느냐?"

"예, 그렇습니다."

시에라의 말이 아주 의심스러운 듯 샤이나는 눈을 가늘게 뜨고 시에라를 쳐다보았다. 잠시 그렇게 보고 있던 샤이나는 고개를 저었다.

"그럼 아스티안에 대한 일도 사실이냐?"

"예? 아……."

역시라는 생각이 들었다.

아마 대부분의 녀석들은 다 아는 일일 것이다. 조금의 눈치만 있다면 알 수 있는 일이니까.

'갑작스런 병사'라는 건 독살되었다는 말과 별로 다를 게 없다는 것을 말이다. 그것도 한 달 사이에 병사라니… 전염병에 걸린 것도 아니었는데 말이다.

"설마 정말 모르고 계셨나요?"

시에라가 이 말에 비웃음을 담고 있다는 걸 눈치 챈 샤이나는 미간에 보기 좋지 않은 주름을 만들어냈다.

"무슨 뜻이냐!"

"병사라는 건 붙이기 나름이 아닙니까. 그저 꾸며낸 말에 지나지 않지요. 실제로 독살을 했든지, 아니면 칼로 찔러 죽였든지 말입니다."

"뭐, 뭐라고?!"

샤이나는 상당히 놀란 듯했다.

"설마 전혀 모르시는 일이지는 않을 텐데요. 아바마마의 측실들은 대부분 '병사'했으니 말입니다."

의사들이 그렇게 많은 황궁에서 전염병이 돌았던 것도 아닌데 세 명이나 되는 여자들이 일 년 만에 모두 '병사'라는 이름으로 죽었었다. 그리고 살아남은 건 샤이나뿐.

어떤 일이 있었는지는 충분히 예상할 수 있는 일이다.

독이 섞인 시에라의 말에도 샤이나는 아무 대꾸도 하지 않았다.

그렇게 가만히 있던 샤이나는 자리에서 일어났다.

"쉬고 싶구나."

"예. 그럼 나머지는 내일 이야기하지요."

예상외로 샤이나는 큰 충격을 받은 듯했다.

'나에게는 좋은 일인가?'

그렇다면 자신의 일에 간섭할 기운이 없을 테니 말이다. 아까처럼 쓸데없는 트집을 잡는 일도 없을 것이고.

하지만 그런 시에라의 바람과는 달리 샤이나는 하루 만에 기운을 회복해 버렸다. 그리고는 여느 때처럼 원기 왕성하게 성 이곳저곳을 돌아다니다 트집을 잡아대며 시끄럽게 굴었다.

병사들이 모여 있는 곳까지 와서 떠들어대거나 함부로 무기고에 들어가기도 하고 연무장을 돌아다니는 등, 게다가 가끔은 위험했던 적도 있지만 샤이나는 그런 생각은 전혀 안 하는 모양이었다.

또 자신이 일을 제대로 하지 않는다는 이유로 시녀에게 꽃병을 던져서 중상을 입히기도 했다. 단지 '차가 너무 뜨겁다'라는 이유로. 그리고 그런 행동은 일주일 내내 이어졌다.

그 일주일 동안 시에라는 힘들기 그지없었다.

샤이나에 대한 뒤처리, 그리고 그 불만을 다 받아주느라 말이다.

하지만 샤이나는 전혀 그런 자각이 없는지 매일매일 비슷한 일을 해댈 뿐이었다.

"시에라님, 기사들의 항의가 들어왔습니다만……."

막 서류에 사인을 하려던 시에라는 고개를 들고 시종을 보았다.

그런 일로 일하는 걸 방해하느냐는 듯이. 그런 사소한 항의에 직접 나설 일은 없다고 생각하는 것이다.

하지만 평소 눈치 빠르게 굴던 시종은 다시 밖으로 나가는 대신 상당히 곤란한 표정을 지으며 머뭇거리고 있었다.

뭔가 벌어졌다는 느낌이 든 시에라는 최대한 부드러운 목소리로 물었다.

"무슨 일로?"

"황태후께서 연무장에서 피크닉을 벌이고 계시다고……."

시종이 쭈뼛대며 한 말에 쥐고 있던 펜을 부러뜨려 버렸다.

분명히 지금 샤이나는 인내심의 한계를 시험하는 거라는 생각에 시에라는 머리끝까지 화가 치밀어 올랐다.

"대체……."

"황태후께 아무리 말씀드려도 소용이 없는지라 어찌해야 할지……."

대체 정신이 있는 걸까! 기사들이 검을 연습하는 연무장에서 피크닉이라니!

시에라는 그대로 자리에서 일어났다.

"가자."

"예."

시에라가 연무장으로 향하니 과연 벌레 씹은 듯한 표정의 기사들과 그 와중에도 뭐가 그렇게 좋은지 깔깔거리며 웃는 샤이나가 보였다.

"어머니, 이곳은 기사들의 연무장입니다. 피크닉을 하시기 좋은 장소가 아닐 텐데요."

"흥. 상관없지 않느냐, 햇볕이 좋아서 잠시 쉬고 있을 뿐인데."

물론 연무장에는 햇살이 잘 비친다.

하지만…

"기사들의 연무장입니다. 어머니께서 피크닉하시라고 만든 곳이 아닙니다."

시에라의 단호한 말에 샤이나는 눈살을 찌푸렸다.

"기사들에게 다른 곳에 가라고 하면 될 일이 아니냐."

그 말에 한쪽에서 벌레 씹은 표정들을 하고 있던 기사들이 작게 투덜거리는 소리가 들렸다.

차마 주인인 시에라가 있는 자리에서 큰 소리를 내지 않고 있을 뿐 상당히 불만이 많은 듯했다.

그런 모습에 시에라는 더 이상 샤이나를 이렇게 내버려 둘 수 없음을 느꼈다.

"거기, 여길 정리해라! 그리고 어머니는 절 좀 따라와 주십시오, 할 이야기가 있으니까요. 그리고 랄프 경."

"예."

뒤에 있던 기사들을 헤치고 한 남자가 다가왔다.

오랫동안 시에라의 밑에서 일해온 그 역시 그리 좋은 표정은 아니었다.

"방해해서 미안합니다."

평소라면 시에라도 사과 따위 없이 그냥 가버렸을 것이다. 하지만 샤이나가 이렇게 나오고 있으니 자신이라도 고개를 숙여야 했다. 그래야 그나마 병사들의 불만이 줄어들 테니까.

시에라는 샤이나를 끌고 서재로 향했다.

가는 길에도 샤이나는 연신 철없이 투덜거렸다.

"대체 그런 쓰레기들에게 왜 사과를 하는 거냐. 그것들은 그냥 내버려 둬도 될 것을."

순간 시에라는 10살 정도밖에 안 된 자신의 자식들보다 더 철이 없는 이 여자를 죽여 버리고 싶다는 충동을 느꼈다. 가까스로 자신을 억누르며 서재로 들어온 시에라는 매서운 눈초리로 샤이나를 쏘아보았다.

"방해하러 오신 겁니까?"

"무슨 말이냐."

"그렇지 않고서야 왜 그런 일들을 하시는 겁니까."

샤이나는 시에라의 말이 이해가 되지 않는다는 표정이었다.

샤이나의 관점으로 본다면 그런 녀석들은 모두 한 번 쓰고 버릴 녀석들, 즉 신경 써줄 필요가 전혀 없는 쓰레기들이었으니까.

하지만 시에라로서는 한 명의 병사라도 아쉬운 이때에 샤이나가 이렇게 굴면 곤란했다. 사기 문제도 있을 뿐더러, 혹시나 이제는 싫다며 가버릴 수도 있으니까.

"지금은 전시라고 생각하십시오. 더 이상 이런 행동들만 하신다면 돌아다니시지 못하도록 제한을 걸겠습니다."

"무슨 말을 하는 거냐. 감히 나에게 어떻게 하겠다고?"

자신의 처지를 전혀 인식하지 못하는 샤이나였다.

"방에 가둬두지 않는 걸 다행이라 여기십시오."

"뭐, 뭐라고?!"

샤이나와 시에라가 히스테리를 일으키기 직전에 서재에 가벼운 노크 소리가 들리더니 시녀가 한 명 들어왔다.

"시에라님."

"왜 그러지."

"백작님께서 그쪽 영지에 도착하셨다고 합니다."

"알았어."

다행히 적절할 때 들어와 준 시녀 덕분에 둘 다 열이 약간 가라앉은 상태였다.

하지만 샤이나는 분한 듯 입술을 잘근잘근 씹고 있었다.

"대체 어쩔 생각이냐. 왜 시작하지 않는 거지?"

이미 준비는 다 되어 있다고 하면서도 아직 시작할 기미가 없다는 데 불만을 표했다.

전혀 도움이 안 되는 샤이나를 보며 시에라는 한숨을 내쉬었다.

"하여튼 곤란합니다. 특히 병사들을 자극하는 일은 말입니다."

"자극? 자극이라고?"

"당연한 것이 아닙니까. 대체 왜 그런 곳에서 피크닉을 즐기시는 겁니까."

그 말에 샤이나는 손에 들고 있던 부채를 펼쳤다.

"그야 당연한 일이 아니겠느냐, 네가 날 상대해 주지 않으니 소란을 일으킬 수밖에."

그 말에 시에라는 그대로 굳어버렸다.

지금 샤이나가 무슨 말을 했는지 순간적으로 이해가 되지 않았던 것이다. 그리고 그 의미가 이해되는 순간 시에라는 서늘한 느낌을 받았다.

"물론 네가 날 어떻게 생각하고 있는지 잘 알고 있다. 어리석은 여자라고 생각하겠지. 아무것도 모르는 바보 같은 그런 여자 말이다."

틀린 말이 아니었다.

시에라는 어머니인 샤이나가 '쓸모없고 아무것도 할 줄 모르는 여자'의 대표적인 케이스라고 생각하곤 했으니까. 하지만 지금 샤이나의 모습은 시에라로서는 처음 보는 모습이었다.

"부정은… 못하겠군요."

시에라가 안 열리는 입을 억지로 열어 대답하자 샤이나는 불쾌한 듯한 표정을 지었지만 이내 부채를 걷어내며 차분하게 말을 이었다.

"하지만 말이다, 아무리 도움이 되지 않는다고는 하지만 불러놓고 그대로 내버려 두는 것은 예의에 어긋난다고 생각하지 않느냐?"

할 말이 있을 리가 없었다, 사실이니까.

시에라는 조용히 샤이나를 응시했다.

아주 바보로만 여겼었는데 그렇지도 않다는 걸 깨달았다고 할까. 아니, 자신에게 방해된다고 여겨지는 인물들을 죽이는 모습에서 어느 정도 알고는 있었을지도 모를 일이었다.

샤이나는 아주 바보는 아니라는 것을 말이다.

하지만 지금은 잠시 고민해야 했다.

어디까지나 시에라가 세운 '계획'들은 자신이 알고 있는 샤이나의 성격과 행동을 토대로 생각했던 것들이다. 그러니 어디까지 말해야만 계획에 차질이 없을지 계산하고 있었다.

"하고 싶은 말씀이 무엇입니까?"

예의 바른 듯하면서도 차가운 말투에 샤이나는 불쾌한 표정을 지었다.

"하고 싶은 말이랄 것까지도 없다."

그렇게 말하며 샤이나는 느긋한 걸음으로 창가에 다가갔다.

솔직히 아무 생각 없는 행동은 아니었다. 그렇다고 해서 진지한 이야기를 위한 버릇 같은 것도 아니었다. 그저 어떻게 하면 더 자신의 말에 신뢰성을 줄 수 있을지, 그리고 말을 꺼낼 때 진지하고 멋있어 보일지 연구한 결과의 행동이었다.

지금 하고 있는 말 역시 자신이 신뢰하는 시녀에게 충고받고 만든 말들일 뿐, 샤이나 본인의 생각은 아니었다.

시에라는 그걸 아는지 모르는지 조용히 샤이나의 뒷모습을 응시하고 있었다.

자신이 연출한 것이 어느 정도 먹혀들고 있다 확신한 샤이나는 다시 낮은 목소리로 말을 하기 시작했다.

"처음에 넌 나와 손을 잡겠다는 말을 했다고 기억하는데. 틀리니?"

"맞습니다."

시에라는 아무리 생각해도 이 상황이 마음에 들지 않았다. 무엇보다 자신이 조금 밀리고 있는 것 같은 느낌이 들었으니까 말이다.

"그런데 네 태도는 뭐냐. 함께할 '동맹'으로서의 행동이 아니지 않니."

"인정합니다."

시에라가 담담하게 말하자 샤이나는 고개를 끄덕였다.

샤이나는 속으로는 처음으로 시에라에게 자신의 행동과 말이 제대로 먹히고 있어서 상당히 흥분한 상태이기는 했지만 그걸 겉으로 드러내는 실수를 하지 않기 위해서 노력했다.

그렇게 되면 다시 원점으로 돌아가는 게 되니까 말이다.

"자, 그럼 말해 보렴, 이제 어떻게 할 건지."

샤이나의 말에 시에라는 잠시 미간을 모으며 생각에 잠겼다.

자신이 알던 만큼은 아니지만 여전히 어리석은 여자였다.

자신은 순간적으로 샤이나의 눈에 스쳐 가던 환희를 놓칠 정도의 바보가 아니었다.

시에라에게는 아주 다행스럽게도, 그리고 샤이나에게는 불행하게도 지금 샤이나가 꽤 무리하고 있다는 걸 눈치 채게 된 거다.

역시 욕심만 많을 뿐 그 지혜가 따라주지 않는 인물이라는 것을 다시 확인하게 된 시에라는 조금 기분이 좋아졌다.

'확실하진 않지만… 분명히 누군가에게 조언을 받은 모양이로군.'

그렇다면 저 샤이나는 여전히 자신이 알고 있는 인물이 맞았다.

쓸데없이 날카롭게 소리 지를 줄은 알아도 날카로운 생각할 줄은 모르는, 자신의 마음대로 뭐든지 할 수 있다는 망상에 사로잡혀 있는 여자.

하지만 전부 숨길 수는 없었다.

조언자가 있었든, 아니면 샤이나 본인의 생각이든 간에. 만약 조언자가 있는 거라면 샤이나의 진영에 어느 정도 머리가 있고 또 저 샤이나를 움직이게 할 수 있는 사람이 있다는 소리니까.

'어느 정도는……'

"시작은 적어도 일주일 후입니다. 아직은 시르 공작이 눈치 채지 못한 것 같지만 더 이상 끌면 금방 알아내겠지요."

"일주일이나!"

샤이나는 입을 딱 벌렸다.

자신이 보기에는 이미 준비가 끝난 것 같았으니, 오늘 이렇게 다그치면 내일이라도 당장 시작할 줄 알았던 것이다.

"어쩔 수 없습니다, 아직 방어가 완벽하지 못하니까요. 설마 준비도 없이 이길 수 있다고 생각하시는 건 아니겠죠?"

시에라의 빈정거림을 알아듣지 못한 샤이나는 황급히 고개를 끄덕였다.

"무, 물론 나도 어느 정도는 알고 있어. 다는 알지 못하지만 말이야."

"흠……."

작게 코웃음 소리를 낸 시에라는 조금은 빠른 어조로 말을 이었다.

샤이나가 듣고 기억하는 것만으로 벅차 반문할 수 없도록 말이다. 혹시나 이상하다는 생각에 이것저것 꼬치꼬치 캐물으면 상당히 곤란하니까.

"병사들을 다 이리로 모았으니, 이제 이 성의 방어진이 모두 준비되면 연락할 것입니다, 나를 도와주는 사람들에게, 그리고 수도에 말입니다. 지금 수도에 도와주는 자가 있으니까요. 어떤 거래로 인해 도와주고 있는 것이니 확실하게 해줄 겁니다. 그 거래에 걸린 어떤 것을 위해서 말입니다. 그러니 전 그 타이밍에 맞추어 '궐기' 라는 이름으로 일어나면 되는 것이라고 할까요? 아무리 재주가 많은 사람이어도 안팎에서 갑자기 공격당하면 오래는 못 버틸 것입니다. 그러니 확실하다고까지는 못해도 어느 정도 확률이 있는 셈입니다. 일종의 도박이라고 할 수도 있는 일이지요."

시에라의 말이 끝나고 잠시 동안 샤이나는 멍하니 있었다.

그리고 그 말을 다 머리 속에 넣었을 무렵 샤이나는 뭔가 이상하다는 생각을 했다. 마음에 걸리는 말이 몇 가지 있었다.

"거래라니, 그리고 도박이라니?"

"확실한 성공이 보장되어 있지 않다는 것뿐입니다, 가능성은 아주 높지만."

시에라는 질문 한 가지에 대한 답은 슬쩍 회피했다.

하지만 그걸 눈치 채지 못한 샤이나는 진지한 표정으로 고개를 끄덕일 뿐이었다.

"그럼 저희의 동맹은 확실히 성립된 것입니까?"

샤이나가 더 이상 생각하기 전에 먼저 선수쳐서 질문을 던졌다.

"그래."

샤이나는 가볍게 고개를 끄덕였다.

그런 모습을 만족스러운 시선으로 보던 시에라는 문득 생각난 것처럼 입을 열었다.

"참. 잊고 있었군요, 어머니. 드릴 말씀이 있습니다."

"뭐냐."

"어머니가 해주셔야만 할 일이 하나 있습니다. 해주시겠습니까?"

"뭔데 그러는 거냐?"

퉁명스러운 태도.

시에라는 아주 환하게 미소 지었다.

"별일은 아니랍니다. 그저 전쟁 중에는 성안에 계시고, 그리고 때가 왔을 때 잠시 누군가를 만나주시면 됩니다."

시에라의 말에 샤이나는 미간을 좁혔다.

무슨 소린지 알 수가 없었다. 하지만 그렇다고 해서 무작정 거절할 수도 없는 일이라는 생각이 들었다.

자신의 병사들도 이끌고 왔지만 별로 도움이 되지 않는다는 것 정도는 알고 있었다. 수가 얼마 안 되니까 말이다. 또 딸에게 붙어 생명을 연명하며 지낸다는 소리는 절대 듣기 싫었다.

그리고 시에라가 '그 정도도 하지 못하는 거냐'라고 말하는 건 더 더욱 듣기 싫었다.

쓸데없는 자존심이 샤이나를 옭아맨 것이다.

샤이나는 천천히 고개를 끄덕였다.

"별일이 아니라면 그렇게 하지."

"감사합니다, 어. 머. 니."

이로써 시에라는 앨리언과의 계약을 완수할 수 있을 것이다.

그러려면 일단 샤이나를 무사하게, 그리고 자신의 눈 밖에 있지 않게 해야만 한다.

"그러니 그때까지는 조금 조심해 주십시오."

시에라의 말에 샤이나는 어리둥절해하면서도 고개를 끄덕였다. 그리고 바로 자신의 방으로 갔다.

오래전부터, 자신이 리스튼에게 시집왔을 때부터 자신을 도와주고 조언을 아끼지 않던 시녀장 유리아에게 방금 시에라가 한 말을 전하고 의논하기 위해서.

　　　　　*　　　　　*　　　　　*

　시르 공작은 로레타가 가져온 정보, 아니, 정확히 말하자면 그녀가 달려와 알려준 일에 의아한 표정을 나타내었다.

　"시에라가?"

　"예……."

　"그것도 앨리언 황제가 말했던 말이지."

　"예, 각하."

　"하!!"

　기가 막히게도 로레타가 앨리언 황제의 손안에서 놀아나고 있었던 모양이다.

　원래 기대도 하지 않았던 루이스 자작이야 그러려니 하고 넘어갈 수 있는 일이지만, 그렇게 믿고 있던 로레타마저…….

　"기가 막히는군."

　오늘따라 이상하게 들뜬 것처럼 보이던 앨리언 황제가 갑자기 로레타를 불렀다고 한다.

　아무리 자신은 시르 공작이 보낸 사람이라고는 하지만 지금은 앨리언 황제의 시녀라는 이름을 달고 있는지라 당연히 갔었단다.

　그리고 앨리언 황제가 한 말은 간단했다.

　"오늘, 시르 공작에게 반드시 전해야 할 말이 있군. 비교적 간단한 말이야. 그리고 꽤나 중요한 말이지."

　그렇게 운을 띄운 다음 놀라는 로레타를 향해서 해맑게 웃으며 이렇게 말했단다.

　"오늘, 아니, 정확히 말하면 어제저녁 무렵이겠군. 어두운 그림자가 나에게 전해준 재미있는 소식이 하나 있다. 나의 누님이라고 하는 시에라 아멜리아 펠 아스힌드에 관한 이야기. 아아, 지금의 나에게는 그렇게 중요한 말은 아니지만, 시르 공작에게는 상당히 중요한 정보라고 할 수 있지. 그래, 아주 중요한 말이야. '내일부터 서쪽의 한 영지에서 수도의 힘을 역행하여 이 아린드의 태양을 바꾸려는 자가 있습니다' 라는 말. 자아, 시르 공작에게 가서 그대로 전해라. 내 일이 아닌지라 오늘에서야 입에 담게 되어 미안하다고도 전해주게."

길고 거창하게 말하기는 했지만 내용은 아주 간단했다.

곧바로 그 의미를 눈치 챈 로레타가 깜짝 놀라 허둥거리며 시르 공작에게 달려온 것이다.

아린드의 태양을 바꾸려 한다는 말.

태양이라는 건, 절대 군주, 지배자를 말하는 거다. 한마디로 '반란' 을 일으켰다는 말.

시에라의 이름이 언급된 것으로 볼 때, 그 여자가 이 일을 주도하고 있을 터였다. 그리고 지금의 앨리언 황제에게는 중요하지 않지만 시르 공작에게는 중요하다는 말은 현재의 권력자는 자신이니 그렇게 말했을 거고.

그리고…

"큭… 로레타, 키에르를 불러와. 아니, 키에르에게 가서 카난 공작과 다른 이들에게 나에게 오라는 전갈을 보내라고 해."

"예."

'내 일이 아니어서 오늘에야 입에 담는다고? 미안하다고?'

그것은 즉, 오래전부터 알고 있었다는 의미이다. 그걸 지금에서야 말하는 것일 테고.

"어째서!!"

자신도 나름대로의 정보망을 가지고 있었다.

물론 황제 직속인 '그림자'만은 못하지만 말이다. 그런데 어떻게 그 정보망들을 모두 속인 건가? 어떻게 이 일이 일어날 때까지 까맣게 모를 수가 있었지? 어떻게 이렇게 일이 터져서야, 그것도 앨리언 황제의 입을 통해서 알게 된 건가!!

*　　　　*　　　　*

"지금쯤이면 들었겠지."

상당히 즐겁다.

오랜만에 카운터를 날려서 그런지 평상시의 배는 즐겁다.

"기분이 좋으신 모양이로군요."

"당연하지."

난 제노시아를 보고 씩 웃었다.

지금쯤이면 시르 공작은 허둥거리며—별로 상상이 되지는 않지만—사람들을 모으고, 또 자신의 정보원들을 불러 야단치고 있을 것이다. 지금까지 뭐 했느냐고.

정보 조직으로 친다면 '그림자'를 당할 수 있는 곳이 없으니 당연한 일이었지만.

시르 공작도 알고 있으리라, 내가 정보를 가려주었다는 걸. 잘못된 정보가 가도록 조작하고 있었다는 걸. 아니, 지금은 모르더라도 조만간 알게 되겠지. 그리고 나서 나에게 달려와 또 한바탕 퍼부을 테고.

평소라면 달갑지 않을 일이고 피하고 싶은 일이겠지만 지금은 너무 유쾌하니까. 그래서 아무래도 상관없다는 생각이 든다.

오늘 내가 날린 카운터만큼의 독설을 퍼부을 수는 없을 테니까.

"아아, 오랜만에 즐거웠어."

한참 유쾌하게 웃고 있다가 좀 진정되자 진지해질 필요성을 느꼈다.

시에라는 정당한 전쟁을 일으키고 있는 게 아니다.

'정당하지 않은 전쟁' 중에서도 '반란'이라는 걸 일으킬 생각인 거다. 그러니 당연하게도 군대가 투입될 거다, 그것도 정규군이.

아무리 시에라가 오래전부터 사병을 모으고 훈련시켰다지만, 상대가 되지 않는다.

아무래도 개인적으로 한 것이다 보니 규모나 장비 같은 면에서는 절대 정규군을 따라올 수 없는 법이다.

도와주지 않으면 금방 끝날 것이다. 그럼 난 내 목적을 모두 달성할수 없겠지. 지금은 내가 이용할 수 있는 모든 것을 써서 도와주어야 한다. 한동안은… 말이다.

그렇게 난 즐거운 기분으로 앞으로 일어날 일들을 감상하고, 또 그 대가를 챙길 것이다. 마땅히 내가 고생한 만큼 받아야 하지 않겠어? 대가를 다 받은 후의 일은 장담할 수 없지만 말이다.

믿을 수 없는 동맹

내 예상 이상으로 시에라의 반란 소식은 대신들에게 꽤 큰 타격을 준 모양이었다.

내가 시르 공작에게 정보를 제공한 당일에 회의라니.

그것도 몇 시간 지나지 않아서 '긴급 회의'라는 명목으로 소집되고, 또 평소에는 게으르기 그지없던 대신들이 모두 출석한 걸 보면 말이다.

하지만 나와는 상관없는 일.

아직까지는 말이다.

"대체 왜 시에라님께서!"

"말이 이상하군. 시에라는 이미 반역자다. 존칭을 붙일 이유 같은 건 없어."

쓸데없이 태클을 걸어 말꼬리를 잡는 녀석도 있다. 지금 중요한 건 그게 아닐 텐데 말이다.

"흠, 하여간 지금 어디에 있는 거요?"

"잘은 모르지만 아무래도 리랜스 백작의 영지 중 하나가 아닐까."

"하지만……."

회의 분위기를 한마디로 표현하자면, '소란스럽다'이다.

전혀 정리가 되지 않은 말들이 돌아다니고 있다. 그리고 모두 당황하고 있을 뿐 쓸모가 있을 것 같은 말을 하는 자는 한 사람도 없었다.

아, 한 명, 아니, 네 명은 제외다.

뮤리아를 통해 이미 들었던—시에라와의 거래 이후 슬쩍 가르쳐 줬었다—하네인 후작은 이미 알고 있던 일이어서 그런지 아주 담담한 표정이었다. 그리고 사이라 후작과 미스트 백작, 그리고 레비스는 아무래도 상관없는 듯한 표정이었다. 실제로도 별 상관 없는 일이기도 하고.

하여튼 그 넷과 난 그들이 토론하는 걸 그저 구경하고 있을 뿐이었다.

"일단 먼저 말해야 할 것은."

회의를 정리한 것은 진행자라고 볼 수 있는 레비스였다.

지금까지 입을 닫고 있더니 결국 더 이상의 이런 소란스러움을 참을 생각이 없었나 보군.

레비스의 말에 모두 조용해져서 그를 응시했다.

난 그 모습을 보면서 작게 미소 지었다.

"시에라의 조력자들이 있는가를 밝혀내는 것입니다. 아마 귀족들 중에서 동조한 사람이 있을 거라고 생각됩니다만."

"그야 그렇겠지만……."

다들 난처한 표정이었다.

얼마 전부터 소문으로야 몇 번 들렸던 소리지만 막상 그 소문이 진짜라는 걸 알게 된 건 오늘로, 다들 조사는커녕 대략적인 경위조차 모르고 있었던 것이다.

게다가 동조한 자들의 수가 몇이나 되는지조차 전혀 모르고 있었다.

이래서는 회의가 진행될 수가 없다.

이렇게 멍하니 있을 거라면 왜 회의를 소집했는지 원.

난 슬쩍 비어 있는 시르 공작의 자리로 눈을 돌렸다.

시르 공작은 이 회의에 참석하지 않았다.

지금처럼 뻔한 말들만 오고 갈 뿐 아무 영양가가 없을 거라는 걸 간파했던 건지, 아니면 지금 부족한 정보를 찾아서 허둥거리고 있는 건지, 그도 아니면 다른 무슨 꿍꿍이가 있는 건지.

굉장히 신경 쓰인다. 분명히 아까까지는 한 방 먹였다는 생각에 아주 유쾌했었는데 말이다.

"인생이란 내 마음대로 되는 게 아니란 말야."

아주 작은 소리로 중얼거렸다.

여전히 눈앞의 회의는 쓸데없는 소리들만 오고 갈 뿐 끝날 생각이 없는 것 같았다.

난 작게 한숨을 내쉬고 일어났다.

갑자기 내가 일어나 버리자 다들 꽤 놀란 듯한 반응들이었다.

멍한 표정으로 날 보고 있었으니까.

"그런 쓸데없는 말들만 할 거라면 나는 이만 가지."

그렇게 말하고는 회의실을 나와 버렸다.

"후……."

"갑자기 신경이 날카로워지신 것 같습니다만."

제노시아가 걱정 어린 말을 건넸지만 난 대꾸하지 않았다.

우선은 해야 할 일이 있는지라 먼저 뮤리아를 만나기 위해 걸음을 옮겼다.

내가 찾아갔을 때 뮤리아는 여느 때와는 달리 가만히 앉아서 하늘을 보고 있다가 내가 온 걸 알고 자리에서 일어났다.

"처음 보는 모습이로군."

내 말에 뮤리아는 힘없이 웃었다.

"여러 가지로… 조금 힘들어서요."

"그런가."

이유는 잘 모르겠지만 아마도 고향인 스라트가 관계된 일일 것이다. 최근에 상황이 급격하게 변하기 시작했다고 들었으니까. 하지만 지금 중요한 문제는 그게 아니다. 물론 스라트의 일은 뮤리아에게는 아주 중요한 문제겠지만.

"시에라에 대한 일은 알고 있겠지?"

"아아, 오늘 평소와 달리 좀 소란스럽더라니… 드디어 일을 벌이셨나 봐요?"

멍한 말에 난 작게 웃었다. 그리고 내가 찾아온 용건에 대해 말하기 시작했다.

"뮤리아, 그대 역시 꽤나 정보를 빨리 수집한다고 알고 있어. 그래서 오늘은 물을 것이 있어서 온 거야."

"정확히 말하자면 전 시녀들을 중심으로 정보를 수집하기 때문에 모르는 것도 꽤 있어요. 그러니 너무 믿지는 마시길."

"그래서 물어보는 거야, 나와 정보 수집의 방식이 아주 다르니까."

뮤리아는 잠시 의아한 표정이더니 이내 흥미롭다는 표정을 지었다.

"어디, 그럼 들어볼까요?"

"시에라가 군대를 모으고 있다는 정보, 언제쯤 알게 됐지?"

"폐하께 듣지 않았다면… 아마도 일주일 전쯤."

그렇다는 건… 시르 공작 역시 아무 방해 없다면 그 정도 걸렸겠군. 게다가 지금은 상황이 손쓸 수 없을 정도로 커져 있으니 그만큼 빨리 알아챌 수 있겠지. 지금까지 키나이에게 시르 공작의 눈을 가리는 데 총력을 기울이라고 지시했었는데 어젯밤 키나이를 불러 더 이상 눈을 가릴 필요 없다고 말했으니… 아마도 오늘 오후쯤 되면 현재 시에라의 상태를 전부 알아내겠군.

그리고 아직 준비가 전부 끝나지 않았다는 것도 알아낼 것이다. 일부러 준비가 끝나기 직전에 가르쳐 줬으니까. 그럼…

"무슨 생각을 그리 깊이 하세요?"

"군대가 언제쯤 시에라의 군과 부딪치게 될지에 관해."

내일이면 군을 정비해서 보낼 것이다. 가는 데 적게 잡아 5일. 많이 잡아서 9일.

어떻게 되어도 10일 내에 충돌한다는 계산이 나온다.

"생각보다 일찍 충돌하게 될 것 같아서."

"그런가요. 하지만 위치가 그리 멀지 않으니까요. 아무래도 쉽게 끝나게 될지도 모르겠네요. 시에라는 조금이라도 빨리 수도로 오기 위해서 그렇게 한 모양이지만요."

"아아… 시에라의 군에 관한 건 조금 들었지. 아무래도 정규군을 상대로 어느 정도 버틸 수는 있을 모양이니까."

내 멍청한 말에 뮤리아는 쓴웃음을 지었다.

"시에라가 성공하길 바라세요?"

"그럴 리가."

시에라가 성공하면 절대 안 된다, 난 아직 평온하게 살고 싶으니까.

"그래도……."

"'거래' 때문에 그러세요?"

저번에 한 이야기가 생각났는지 뮤리아는 한숨을 내쉬듯이 말했다.

"음."

"대체 그 거래가 뭐길래 그렇게 망설이시는 건지."

거래 품목이 뭐였는지는 가르쳐 주지 않았다. 그럴 필요가 없다고 생각했으니까.

뮤리아는 다만 내가 정보를 좀 알려주고 조작하는 걸 도와주게 되었다는 것 정도만 알고 있는 상태였다.

"나에게는 중요한 것. 굳이 이번 일이 아니라도 언젠가는 가능하겠지만 되도록 빨리, 그리고 쉽게 처리하고 싶어서 허락해 버렸지."

샤이나는 언제든지 죽일 수 있고, 지금도 죽일 수 있다. 다만 그 명분이라는 것이 없었을 뿐. 아무 이유 없이 황태후라는 사람을 죽일 수는 없는 노릇이었으니까 말이다. 간단한 독살도 생각해 봤었지만… 그렇게 끝내게 되면 너무 쉽게 끝내주는 것 같다는 생각이 들어서 아쉬울 것 같았다.

그래서 그렇게 해버리기는 싫다 보니 이렇게 까다로운 사태에 직면하게 된 셈이다.

하여간 지금이라면 어떻게 죽여도 상관없다, 반역이라는 이름을 가지고 있는 샤이나니까.

"폐하께서는 가끔씩 충동적으로 일을 벌이시는 것 같다는 생각이 들어요."

뮤리아가 작게 웃으며 아픈 곳을 찔렀다.

"매번 그러는 건 아니잖아."

가끔씩 충동적으로 행동했던 건 사실이다. 그래도 적어도 아무 생각 없이 일을 벌인 적은 없다고.

"그러니 다행이죠."

"하하하… 너무 심하군."

가벼운 어조로 말한 나는 다시 진지한 이야기를 꺼냈다.

"그리고 시르 공작이 정보원으로 쓰는 사람 중에 한 명과 알고 있다고 했지? 성공했나?"

일전에 시켰던 일에 대한 결과를 물었다.

"예. 욕심이 많은 사람인지 얼마간의 돈으로 쉽게 매수했지요. 성공이랍니다. 하지만 그래서인지 시르 공작은 그자의 정보는 크게 믿고 있지 않은 눈치였어요. 하지만 분명 어느 정도의 효과는 있을 것 같아요."

"그럼 됐어."

시르 공작의 믿음이 강하면 강할수록 매수하기 어려운 게 당연하다. 꽤 *끈끈한* 유대로 묶여 있을 테니 말이다.

그러니 '어느 정도'의 효과만 낼 수 있는 자여도 상관은 없다.

"예, 그럼 계속 관계를 유지해 두도록 하겠어요."

일단 내 용건이 끝나고 나자 뮤리아가 평소와 달랐던 이유가 슬머시 궁금해지기 시작했다.

물론 지금 내가 한가한 건 아니지만 그래도 그냥 넘어가기에는 조금 마음이 걸렸다.

"그런데 뮤리아, 오늘은 좀 이상하더군. 이유를 물어도 되나?"

"안 될 건 없습니다. 물으세요."

여전한 태도로 태연하게 대답을 하지만 확실히 평소와 분위기가 많이 다르다.

"그럼 묻지. 무슨 일이지?"

오랫동안 뮤리아와 지내면서 자연스럽게 터득한 요령으로 말을 꺼냈다.

뮤리아는 한숨을 한 번 내쉬더니 막힘없이 대답했다.

"실은 저번에 맡기신 스라트에 대한 일 때문이에요. 레이르와 그라딘이 대립하고 서로 나에게 잘 보이려 빌게 하고 선물을 바치게 한 것까지는 좋았는데, 약간의 실수로 둘 다 나에게 연락하고 있다는 걸 알게 되어

버렸거든요. 덕분에 더 싸우고 있죠. 이번엔 내가 말해도 소용없을 것 같네요. 들어줄 것 같지가 않아요."

"실수?"

대체 뭘 했기에 편지만 주고받았으면서 실수라는 말이 나오는 걸까?

"예. 아주 한심한 실수였답니다. 3류 소설에나 나올 법한 실수지요. 저도 모르게 이름을 바꿔 적었거든요."

하필이면 며칠을 간격으로 오던 편지가 그날따라 같은 날에 왔고, 또 늘 그랬듯이 같은 말을 적은 뮤리아는 실수로 다른 이에게 편지가 가게 만들어 버렸다고 한다.

"…황당한 실수로군."

"예, 덕분에 이제 스라트는 제가 컨트롤할 수가 없게 된 것 같아요."

뮤리아가 작게 한숨을 쉬는 걸 보고 난 잠시 생각에 잠겼다. 하지만 이내 머리를 털어 생각을 지워 버렸다. 지금은 내 일만으로도 머리가 복잡한데, 일부러 뮤리아의 일까지 끌어들일 수는 없다는 생각이 들었기 때문이다.

"그래서 어떻게 해야 할지 생각하고 있었어요. 그런데 한심할 정도로 아무 생각도 안 나네요. 좀 좋은 생각 있으세요?"

"알아서 하라고. 그 일은 모두 일임했으니까."

"매정하시네요."

말은 그렇게 하지만 아직 포기하지는 않은 듯했다.

그렇게 간단한 대화가 오간 다음 뮤리아가 먼저 자리에서 일어났다.

"오늘은 꽤 바쁜 하루가 되시지 않나요?"

"아마도."

나 역시 자리에서 일어나며 씩 웃었다.

"뮤리아 역시 한동안 바쁘겠군."

"예, 그렇겠지요."

난 뮤리아와 헤어져 집무실로 돌아왔다.

아마도 내가 아는 시르 공작이라면 사건을 어느 정도 알자마자 날 만나러 올 것이라고 생각했기 때문에.

그러니 난 잠시 후에 찾아올 시르 공작을 맞기 위해 집무실에 들어가 있을 생각이었다.

하지만 이 예상은 반은 맞고 반은 틀렸다. 내가 집무실에 들어갔을 때 이미 시르 공작이 와 있었던 것이다.

"어라?"

예상이 약간 틀려졌음을 느낀 나는 의아함을 느꼈지만 별다른 말을 하지는 않았다.

다만 아주 이상하다는 듯한 시선으로 시르 공작을 아래위로 훑어보았을 뿐.

"왜 그러십니까?"

쓸데없는 예의상의 인사들은 다 어디론가 던져 버린 시르 공작은 차가운, 아주 얼음 같은 목소리로 말했다.

그 말에 난 멋쩍게 웃으며 의자에 앉았다.

이야기가 길어질 것 같다는 생각에.

"무슨 일인가?"

어느 정도 짐작은 가지만 일단 물어는 보았다.

그랬더니 시르 공작은 눈을 가늘게 뜨고 날 쳐다보았다.

"알고 계신 것을 듣고 싶습니다만."

그 소리에 난 벙쪄 버렸다.

"스스로 조사하지 않는 건가."

"폐하께서 이미 사건의 전모를 알고 계시는 듯하니 그냥 듣는 게 더 낫겠지요. 인력 면이든, 재정적인 면으로든 말입니다."

내가 로레타에게 전했던 말 덕분인가 보군.

아주 합리적인 생각이다, 박수를 쳐줄 수 없어서 안타까울 정도로.

하지만 그렇다고 해서 순순히 말하고 싶지는 않았다.

"하지만 그걸 나에게 묻는 건 뭔가 어긋난 일 같네만. 어떻게 생각하나?"

"폐하와 말장난을 하기 위해 온 것이 아닙니다. 말씀해 주시지 않는다면 나름대로의 방법으로 정보를 수집하겠습니다."

시시하군.

의외로 반응을 보이지 않아 시시해져 버린 나는 일단 내가 알고 있고 또 말해 줄 수 있는 것을 몇 개 가르쳐 주기로 했다.

"시에라는 지금 리랜스 백작의 영지 중 한 곳에 있다. 리랜스 백작과 그의 두 딸은 다른 영지로 몸을 피한 모양이고. 그들은 끼어들지 않을 모양이야. 그리고 현재 시에라에게 동조한 이들은 황태후인 샤이나를 포함하여 넷. 다들 그만그만한 작위와 지위를 가진 사람들. 이름은 모르겠고. 내가 아는 건 여기까지네."

"정말이십니까?"

"물론."

말해 줄 수 있는 건 다 말했다. 이름을 모른다는 건 정말이니까. 키나이가 조사해 오기는 했었지만 어차피 필요없다는 생각에 외워두지 않았었다.

시르 공작은 잠시 생각하는 듯하더니 다시 한 번 확인했다.

"정말이십니까?"

"속고만 살았나."

내 말에 시르 공작은 아주 태연하게.

"네."

라고 대답해서 할 말을 잃게 만들었다.

"자네… 이제 봤더니 사람을 웃기는 재주도 있었군."

"글쎄요. 하지만 폐하께서 전부를 말씀하신 건 아니라는 생각이 듭니다만."

맞는 말이다.

여전히 예리하군.

"글쎄. 하지만 지금 말한 정보는 모두 사실. 더 이상의 것을 알고 싶다면 직접 움직이는 것이 어떨까 싶네만."

"…그러지요."

시르 공작은 가볍게 목례를 하고는 집무실을 나가 버렸다.

난 시르 공작이 집무실을 나가자마자 한숨을 내쉬었다.

"휘유… 확실히 성격 변했군."

"그런 것 같습니다."

예전이라면 정보를 모두 알아낸 다음에 왔을 거다, 내 목을 조이기 위해서.

하지만 지금의 태도는 마치… 모든 걸 귀찮아하고 있는 것 같다.

그럴 리는 없겠지만 말이다.

"인상이 많이 변했어."

처음 만났을 때와는 전혀 다르다.

그때는 자신의 일에 확신이 없으면 절대 움직이지 않는 사람이었는데 말이다. 절대 안전할 것 같은 길로만 가는 사람이었다. 지금처럼 다른 사람에게 '알고 있는 것을 가르쳐 달라'라는 말을 할 성격이 아니었던 것이다.

그저 날 떠보려고 그런 걸 수도 있겠지만… 아무래도 걱정이 되었다.

그렇게 멍하니 있다가 있어야 할 사람이 한 명 없다는 걸 알게 되었다.

"제노시아, 그러고 보니 오늘 루이스 자작은 어딜 간 거지?"

"글쎄요, 저는 잘……."

하긴 늘 내 옆에만 있는 사람이 어떻게 알겠는가. 물어볼 사람을 잘못 선택했군. 아무래도 루이스 자작을 한번 크게 야단쳐야 할 것 같군.

아무리 시르 공작 때문에 여기 있는 것이고, 나와는 상관없다지만 황제인 내 옆에 있어야 하면서도 한마디 말도 없이 사라지다니 말이야.

그때 루이스 자작은 시르 공작의 저택에서 종이를 분류하고 있었다.

오전에 시르 공작이 화를 내며 정보원들을 다그친 결과물들이었다.

그 정보원들은 나름대로 정보를 모아 보고서 형식으로 저택으로 보냈고, 갑자기 모인 정보에 일손이 달리는 바람에 그만 이곳에 묶여 버린 것이었다.

"젠장, 내가 왜 이런 일을."

루이스 자작은 낮게 욕설을 내뱉으며 종이들을 분류하고 있었다.

그런 루이스 자작을 로레타는 순간 불쾌한 시선으로 응시하고는 이내 시선을 돌려 버렸다.

잠시 후면 황제를 만나러 나갔던 이 저택의 주인이 돌아올 시간이었다.

로레타로서는 되도록이면 그때까지 정보들을 정리해서 시르 공작이 오자마자 가르쳐 줄 생각이었다. 그런데 이 속도로 나가게 되면 이 정보들을 다 정리할 수가 없다는 생각에 짐짓 불쾌해졌던 것이다. 게다가 별로 도움도 안 되면서 계속 불만만 늘어놓는 시끄러운 사람이 있으니 더욱 불쾌해질 수밖에.

로레타는 그 정보들을 정리해서 하나의 종이에 옮겨 적었다.

좋은 타이밍으로 시르 공작이 돌아오자 로레타는 그 종이를 들고 시르 공작이 있는 서재로 향했다.

"공작 각하, 로레타입니다."

"들어와."

시르 공작은 여느 때처럼 창가의 의자에 앉아 있었다.

어딘지 멍해 보이는 표정으로 자신을 응시하는 시르 공작에게 목례를 한 로레타는 조심스러운 손놀림으로 그 종이를 시르 공작에게 전해주었다.

"…정보원들이 꽤나 빨리 움직였군."

"아침에 그 정도 소란이 있었으니까요. 당연한 일이라고 생각합니다."

로레타는 시르 공작이 아침에 모든 정보원들을 불러서 불같이 화를 내던 모습을 회상해 보았다. 평상시 냉정하기만 한 저 시르 공작이 그런 모습을 보일 수 있을 거라고 상상도 해보지 않았을 정도로 길길이 날뛰던 모습. 그러니 당연히 겁먹은 정보원들은 부랴부랴 자신이 할 수 있는 모든 방법을 동원해 정보를 모아왔을 것이다.

시르 공작은 조용히 써 있는 정보들을 읽었다.

별다른 것은 없었다. 앨리언 황제가 고분고분하게 솔직한 정보를 이야기해 준 건지 자신이 알아온 것과 그리 다를 것이 없었으니까.

다만 다른 건 시에라에게 동조했다는 세 귀족들의 이름이 적혀 있다는 것뿐이었다. 그리고 언제 샤이나가 그 성에 갔는지에 대해서도. 그 정도에 대한 것만 다를 뿐 나머지는 똑같았다.

그 순간 시르 공작은 자신이 앨리언 황제에게 속은 것을 깨달았다. 아니, 속았다기보다 보기 좋게 당한 거라고 할 수 있었다.

처음부터 앨리언 황제는 정보원들이 쉽게 모을 수 있는 정보, 즉 오늘 내로 알아낼 수 있을 것 같은 것들만 가르쳐 주었던 것이다.

시르 공작은 마치 앨리언이 자신을 비웃는 소리가 들리는 것 같은 착각에 빠졌다.

순간 화가 치민 시르 공작은 손에 들고 있던 종이를 와락 구겼다.

"공작 각하?"

갑작스런 시르 공작의 행동에 놀란 건 로레타였다.

그녀의 목소리에 정신이 든 시르 공작은 힘없이 웃었다.

"아무것도 아냐."

"…정보들은 모두 처분해 둘까요?"

로레타는 더 이상 묻지 않았다.

"그래."

로레타가 목례를 하고 나가자 시르 공작은 의자에 몸을 깊숙이 묻었다.

"후……."

한숨이 저절로 나오는 상황이었다.

한편 로레타는 시르 공작 손에 구겨진 종이를 들고 몇몇의 시녀들과 루이스 자작이 열심히 작업 중인 방으로 들어갔다.

그리고 담담한 목소리로 말했다.

"처분한다."

"예."

이 일에 익숙한 시녀들은 바로 대답하고 종이들을 벽난로에 집어넣기 시작했다. 하지만 루이스 자작은 멍청한 표정을 짓더니 이내 따지고 들지 시작했다.

"기껏 분류했더니 처분? 무슨 생각이야!"

"당연히 필요없어졌으니 처분하는 게 아닌가요, 루이스 자작님."

화가 나긴 하지만 달리 할 말은 없었다. 나중에 처분한다는 건 알고

있었으니까. 다만,

"정리가 끝나자마자 처분이라니… 아무 소득 없는 일을 한 기분이야."

지금까지 고생했으니 투덜거리기라도 하지 않으면 견딜 수 없는 기분이었을 뿐이다.

루이스 자작이 투덜거리는 건 전혀 신경 쓰지 않고 다른 이들이 재빨리 움직인 덕분에 방은 순식간에 정리되었다. 방 정리가 끝나자 로레타는 시녀 한 명을 불러 세웠다.

"난 이제 다시 황궁으로 간다고 공작 각하께 전해라."

"알았어요."

아무리 여러 가지 사태도 있었고, 그리고 자신이 앨리언 황제의 밑에 있는 사람은 아니라지만 지금은 황제의 시녀.

오래 자리를 비워둘 수 없다고 생각했기 때문에 로레타는 재빨리 걸음을 옮기려고 했다. 하지만,

"흐음… 왜 가는 거지?"

태평한 루이스 자작의 말이 로레타의 발걸음을 잡아버렸다.

천천히 루이스 자작을 돌아본 로레타의 얼굴은 무표정했지만 그 눈동자에는 아주 조금 짜증이 묻어나고 있었다.

"루이스 자작께서는 황궁에 출석하지 않으셔도 됩니까?"

"음? 이제 끝난 일이 아닌가."

"아직 끝난 일이 아닙니다."

자신과 루이스 자작의 임무는 어디까지나 은밀한 앨리언 황제 감시, 그리고 그에 대한 정보 수집이다.

앨리언 황제도 다 알고 있었던 것 같지만 말이다. 아니, 오히려 모르고 있는 게 이상할 일이었다. 로레타는 한 번도 앨리언 황제를 속이기 위해

행동했던 적은 없었으니까.

"하지만… 나는 그렇다 쳐도 로레타 자네까지 시르 공작이 풀어둔 사람인 게 이제 다 밝혀졌으니까 다른 사람을 보내는 게 더 나은 거 아닌가. 아니면 앨리언 황제가 믿고 있는 사람을 포섭하든지. 그러기 위해 오늘은 이리로 오라고 한 게 아니었나?"

참으로 지당해 보이는 의견이긴 하지만 로레타의 귀에는 전혀 들어오지 않았다.

그리고 루이스 자작의 말처럼 로레타가 감시자인 건 '이제' 밝혀진 게 아니라 오래전부터 알고 있던 일이었다. 그러니 새삼 바꿀 필요가 없는 것.

오히려 잘 알려진 그들이 있으므로 해서 황제에게 '경고'와 '속박'의 의미를 줄 수도 있는 일이다.

"…공작 각하께서 아직 아무 말씀이 없으셨습니다. 그렇다면 처음 받았던 임무에 충실해야겠지요."

그렇게 말한 로레타는 더 이상 루이스 자작을 상대하기 싫은지 몸을 돌려 총총한 걸음으로 방을 나서서 황궁으로 향하기 시작했다.

저택에 남아 있던 루이스 자작도 얼굴 가득히 싫은 표정을 띠며 자리에서 일어나기 시작했다. 자신도 다시 황궁으로 돌아갈 생각이었다.

확실히 로레타의 말도 맞긴 하다. 하지만 자신의 말도 맞다. 그러니 굳이 가지 않아도 된다고는 생각하고 있지만… 무엇보다 이곳에 계속 있으면 잡다한 일들만 하게 될 것 같아서 도망가는 거다.

적어도 황제의 집무실에서는 하는 일 없이 쉴 수 있으니까 말이다.

"아침부터 혹사당했으니 좀 쉬어야겠지."

그렇게 루이스 자작은 발걸음도 가볍게 자신의 마차가 있는 곳으로 향했다. 황궁까지 걸어갈 생각은 추호도 없으니까.

　　　　　*　　　　　*　　　　　*

　　시에라는 자신을 따라준 귀족들과 각 기사단장을 불러놓고 회의를 하고 있었다.

　　"오늘 수도에서 우리의 일을 알게 되었다고 한다."

　　먼저 운을 띄우고 찬찬히 모두를 둘러보았다.

　　결의에 찬 표정들.

　　이렇게 되었으니 이제 모두 목숨을 걸어야 하는 것이다.

　　"수도에서 여기까지는 최소 5일가량이 걸립니다. 그러니 5일 후쯤엔 선발 부대가 올 것이라 생각됩니다."

　　랄프 기사단장의 말에 다들 신음 소리를 냈다.

　　시간이 너무 촉박하다.

　　"시간이 없군."

　　"하지만… 수도에 조력자가 있다고 하지 않았습니까? 그게 누구지요?"

　　그 말에 시에라는 천천히 자신을 도와주는 사람들을 둘러보았다.

　　다니엘 프 아루드, 시아나 켈 도리안, 리나 켈 시에인.

　　지금은 동지라고 할 수 있는 사람들.

　　지금까지 자신을 따라준 사람들이기는 하지만 모든 걸 밝힐 수는 없는 일이었다.

　　"그건 차차 아시게 될 거요. 아직은 밝힐 수가 없는 일인지라……."

　　시에라의 말에 도리안 남작은 약간 불쾌한 빛을 비쳤다.

　　"우리를 못 믿는다는 말씀이십니까."

　　섭섭하다는 듯, 불쾌하다는 듯이 말한 도리안 남작의 말에 시에라는 난처한 기색을 연출해 보였다.

아직은 때가 아니었다. 사실을 밝히는 건 아주 나중이 되어야 했다. 최후의 무기가 될 수도 있으니까 말이다.

"그 조력자의 협력 조건 중 하나가 자신에 대한 걸 알리지 말라는 거여서 그런 것뿐이오. 내가 어떻게 그대들을 믿지 못하겠소. 오랫동안 함께해 온 사이인데 말이오."

시에인 자작은 나름대로 그 조력자의 정체를 추리하기 시작했고 도리안 남작은 납득하지는 않았지만 일단은 그대로 받아주었다. 그리고 더 이상 그 조력자에 대해 언급하지 않고 회의에 들어갔다.

"아루드 남작, 그대의 군대는 모두 배치해 두었소?"

"일단은 끝내놓았습니다. 이 성으로 오는 모든 길에 매복시켜 두었습니다."

"흠……."

준비가 모두 끝나기 전에 수도에서 알아차렸다.

그 정보를 입수한 그들은 대체 어떻게 알아낸 건지는 모르겠지만 회의 끝에 여기서 모험을 하는 것보다는 몸을 사리자는 결론을 내렸다.

아직 성밖으로 나가기는 일렀다. 그러니 일단 병력의 수가 적은 이쪽에서는 농성전과 게릴라전을 중심으로 나가야 한다. 다행히 이 성 주변에는 숲이 꽤 많으니 조금은 쉬울지도 모른다.

아까부터 생각에 잠겨 있던 시에인 자작은 천천히 입을 열었다.

"군대가 움직이는 거겠지요?"

"당연한 일 아닙니까."

도리안 남작이 이상한 질문이라는 듯 대꾸했지만 시에인 자작은 묘한 미소를 띠었다.

"군대라면, 어떤 점에 관해서는 상대하기 쉬울 겁니다."

그 '어떤 점'이 뭔지 잘 알고 있는 시에라 역시 비릿한 미소를 띠었다.

"그렇소. 그러니 승산이 있는 게지."

군대라 함은 통솔자에게 모든 것이 달려 있다. 병사들이 아무리 잘해도 지휘관이 어리석으면 끝인 것이다. 앞뒤 가리지 않고 돌격을 외치거나 병사들을 함정에 뛰어들게 만들어 버리니까.

오죽하면 병법서에 '적의 군대 100만보다 어리석은 한 명의 지휘관이 더 위험한 적이다'라는 말이 있겠는가.

이런 점은 시에라 측의 진영도 마찬가지라고 볼 수 있지만. 그래도 일단 시에라의 진영은 모두 시에라와 시에인 자작, 그리고 도리안 남작과 아루드 남작, 즉 자신들이 다룬다.

하지만 국가 정규군은 실력보다 혈연 중심의 지휘 계통이다. 5살 난 아이보다 멍청한 지휘관도 넘쳐 나는 것이다. 그리고 무엇보다 전쟁에는 사기도 중요하다. 이쪽이야 실패하면 어차피 죽음뿐이니 죽어라 덤비겠지만, 정규군은 그렇지 않다. 지금까지 적당한 훈련만 하면서 급료를 받다가 갑자기 일어난 전쟁에 제대로 싸우지 않을 것이다. 우선 살아서 돌아가고 싶어할 테니까.

물론 자신의 목숨 바쳐 국가를 위하려는 자들도 있겠지만. 하지만 글쎄, 그런 자들이 과연 몇이나 될까.

"확실히 정규군이기에 이로운 점도 있겠지만 불리한 점도 있겠지요."

도리안 역시 납득하는 듯 고개를 끄덕였다.

"선발 부대를 확실하게 눌러 버리면 그 차이가 더 확실해질 겁니다. 뒤에 오는 본진에는 두려움이 하나 더 추가되어 있을 테니까요."

아루드 남작의 말은 지나칠 정도로 낙관적이었다. 하지만 그런 그들의 태도가 마음에 든 시에라는 만족스러워하며 고개를 끄덕였다.

"그렇소. 그러니 선발 부대와의 싸움은 아주 중요하오. 본진이 도착할 때까지 그들을 패퇴시키지 못한다면 상대하기 무척 벅차질 테니까. 우리 군의 사기도 떨어질 것이고."

"알고 있습니다."

선발 부대로 오는 자들은 대부분 공에 급급한 머리가 비어 있는 녀석들이었다. 혹은 지략을 전혀 쓰지 못하는, 돌격밖에 모르는 자이거나(다른 말로는 용맹스럽다고 표현하기도 하는 모양이지만).

그러니 정보가 부족한 상태임에도 불구하고 앞서 달려오는 것이 아니겠는가.

아주 가끔 실력에 자신이 있어서 오는 자들도 있긴 하지만.

어쨌거나, 시에라 측에서 보면 선발대와의 전투가 모든 것을 좌우하는 거나 다름이 없었다.

*   *   *

오늘 역시 시르 공작은 긴급 회의를 소집했다.

하지만 전날과는 많은 점이 달랐다.

대신들이 시끄럽게 떠들어대지 않는 점이나, 모두 약간의 정보를 가지고 있다는 점이 달랐고, 또한 시르 공작 역시 나와 있다는 것도 달랐다.

"그럼 시에라에게 동조한 자들은 다니엘 프 아루드, 시아나 켈 도리안, 리나 켈 시에인. 이렇게 셋뿐입니까?"

신중함을 가장한 하네인 후작의 말에 시르 공작이 고개를 끄덕였다.

"제가 알아본 바로는."

"다들 꽤 무훈(武勳)이 있는 자들인 것 같은데… 분명 그들의 밑에 있는 사병의 수도 꽤 된다고 알고 있습니다만?"

다 아는 걸 묻느라 고생하고 있는 하네인 후작이었다.

나야 그냥 구경만 하고 있을 뿐이었지만.

하여튼… 이런 힘들지 않겠냐는 식의 말에 한 대신이—이름은 기억 안 나지만 시르 공작이 실권을 잡으면서 올라온 녀석이었다—발끈해서 대꾸했다.

"그들의 사병 수와 시에라의 병사들을 모두 합쳐도 겨우 7만 정도밖에 되지 않습니다. 설마 무서운 건 아니시겠지요."

저따위의 도발에 말려들 하네인 후작이 아니다.

하네인 후작은 그저 코웃음칠 뿐 대꾸도 하지 않았다. 대꾸할 가치도 없다는 듯이.

"지금 정규군의 수는 얼마나 되지?"

레비스가 확인차 질문했다.

"지금 동원할 수 있는 병력은 10만 정도입니다. 당장 움직일 수 있는 수만을 계산한 것으로, 국경 수비와 각기 상비군들, 그리고 각 요새의 인원을 뺀 수입이다. 투입할 수 있는 인원은 이 수의 배는 될 거라 생각합니다."

"차이가 확실히 나는군."

켈벤 백작의 보고에 다른 대신들은 아주 안심해 버린 듯했다.

하지만 이내 들려온 차가운 목소리.

"그 대군이 동시에 움직이는 건 무리가 있지 않나."

그 말에 모두가 조용해졌다.

확실히 실권을 잡고 있는 자는 시르 공작이라는 걸 보여주는 것 같다고 할까.

시르 공작의 말이 옳았다.

켈벤 백작은 고개를 끄덕이더니 부연 설명을 했다.

"우선 선봉으로 빠른 이동이 가능한 부대를 골라 5천 정도를 보낼 생각입니다. 선봉이 싸우는 동안 천천히 이동하도록 할 생각입니다만."

여전히 군사적인 말은 들어도 모르겠다.

난 그저 고개만 끄덕이면서 흘려듣고 있을 뿐이었다.

그런데 갑자기 시르 공작이 내 쪽을 쏘아보았다. 여전히 차가운 눈으로, 그리고 무표정한 모습으로 말이다.

"폐하께서는 어떻게 생각하십니까?"

"무얼 말인가."

꽤 놀랐지만 간신히 태연하게 대꾸해 줄 수 있었다.

갑작스런 질문에 놀란 건 나만이 아니었다. 다른 대신들도 놀랐는지, 아니면 이상한지 낮은 목소리로 자기들끼리 수군대기 시작했다.

"폐하께서는 이번 내전이 우리의 승리로 끝난다고 생각하십니까?"

"난 군대끼리 부딪치는 것에 관해서는 재능이 없는데."

슬쩍 대답을 피해봤다. 하지만 역시 시르 공작은 여기서 물러서지 않았다.

"군대에 관한 이야기가 아닙니다만."

지금 시르 공작이 하고 있는 이야기는 분명 전쟁에 관한 것이다. 하지만 군대에 관한 말은 아니었다.

내가 지금 어떤 결말을 바라고 있는지, 그리고 그 결말을 위해 내가 어떻게 움직일 건지 묻고 있는 것이었다. 그리고 내가 이 일에 관여하고 있는 건지도. 또 내가 더 숨겨두고 있는 정보가 있는 건지, 그런 포괄적인 질문인 셈이다. 알고는 있지만.

"군대에 관한 이야기가 아니면?"

굳이 대답할 필요는 없겠지.

모르는 척 대답하자 시르 공작은 잠시 날 응시한 상태로 가만히 있었다.

난 그저 그 시선을 받아넘길 뿐.

잠시 나와 시르 공작이 그렇게 대치하는 동안 심상치 않은 공기를 느낀 대신들은 입을 꾹 다물고 있었다.

그런 대치를 깨뜨린 건 시르 공작이었다.

낮게 한숨을 내쉬고는 이내 다른 화제를 꺼냈다.

"그럼 군대에 관한 건 모두 켈벤 백작께 맡겨야 하는 겁니까."

이 말은 나를 상대로 한 게 아니다. 여기 있는 다른 대신을 향한 말이었다.

"아닙니다. 선발은 제가, 제가 하겠습니다."

나서기 좋아하는 성격인지 누군가가 냉큼 나섰다.

하지만 시르 공작은 그자가 마음에 들지 않는 모양이었다.

"켈벤 백작, 선봉은 누가 좋다고 생각하는가."

"루드라 경에게 맡기려 했지만……."

"잠깐."

난 순간적으로 끼어들어 버리고 말았다.

시르 공작과 켈벤 백작을 비롯한 회의실의 모든 사람들이 날 주목하는 게 느껴졌다.

"이왕이면 희망자를 보내지? 루드라 경은 성격이 급하지 않은가."

루드라 경이 가면 곤란하다.

막무가내로 나가는 성격 같아도 꽤 치밀한 작전을 구사할 줄 아는 사람이니까. 선봉은 대패(大敗)하지 않으면 안 되니까.

내 말에 아까 나섰던 누군가의 얼굴에 화색이 돌았다.

"폐하께서 그리 말씀하신다면……."

켈벤 백작은 그저 그러려니 하고 받아들이고 있지만 시르 공작은 아니었다.

날카로운 눈빛으로 내 말의 의도를 꿰뚫어 본 것이다.

"루드라 경이 가면 안 되는 무슨 문제라도 있습니까?"

"그런 건 아니네만… 하지만 가겠다고 하는 누군가를 너무 노골적으로 무시하는 것 같아서 말이네."

본심을 감추고 능글맞게 말하자 시르 공작은 살짝 미간을 좁혔다.

하지만 시르 공작이 막 뭐라고 말을 꺼내려는 순간 켈벤 백작이 나섰다.

"그러도록 하겠습니다. 루드라 경을 선봉으로 보내겠다는 건 순전히 제 생각이었을 뿐 본인의 의사를 고려하지 않았던 일이니까요."

간단하게 결정났군. 다행이야.

회의가 끝나고 난 집무실로 향했다.

할 일은 없지만 늘 여기 있다 보니 이리로 오는 것이 버릇이 된 모양이다.

막 집무실에 들어서서 의자에 앉았을 때 손님이 들어왔다.

"무슨 할 말이 있나보군, 시르 공작."

"예."

시르 공작은 조용히 들어와서 날 가만히 보고 있었다.

그런다고 안달할 내가 아닌지라―꽤나 익숙해졌으니까―나 역시 가만히 시르 공작이 말을 꺼내기를 기다렸다.

하지만 시간이 꽤 흐르도록 시르 공작은 아무 말도 하지 않고 있었다.

이렇게 되면 지치는 건 나였다.

"무슨 일로 왔는가?"

"알고 계실 거라 생각됩니다만."

차분한 어투. 하지만 그 목소리가 미미하게 떨리고 있었다.

그건 감정을 최대한 누르고 있다는 표시.

"난 모르겠는걸. 독심술 같은 건 배운 적이 없어서 말이지."

태연하게 맞받아치자 시르 공작은 가만히 날 응시했다.

자신은 쓸데없는 말을 하지 않겠다는 듯이.

그렇게 입을 다물고 날 빤히 보고 있을 뿐이었다.

처음에는 괜찮았다. 이런 침묵을 한두 번 경험하는 게 아니니까. 하지만 그 시선이 계속될수록 난 속으로 상당히 초조해지기 시작했다.

내가 포기하고 말을 해주고 싶었다. 하지만 문제가 한 가지 있었다.

지금 시르 공작이 날 찾아온 이유는 몇 가지 짐작이 된다.

하나는 이번 일에 내가 더 속이는 게 없느냐는 걸 묻기 위해. 또 하나는 내가 결단코 루드라 경이 가지 못하게 한 이유가 무엇인지에 관해. 그리고 나머지 하나는 내가 이번 선발에 관여한 이유. 혹시 지게 만들 거냐고 물으려는 건지도 모르겠다.

하지만 말이지… 이렇게 짐작이 가는 것들이 있긴 하지만, 대체 어느걸 묻고 싶은 건지는 알 수가 없으니까 먼저 말할 수가 없는 것이다.

초조해진 나는 손가락으로 탁자를 두들기기 시작했다.

톡. 톡. 톡. 톡.

계속 그 소리만 울리는 가운데 결국 시르 공작이 입을 열었다.

"말씀해 주기 싫으신 모양이로군요."

말하는 어조가 마치 내가 이곳이, 이 나라가 망하기를 바라고 있다는 것처럼 들린다.

"아니, 정말로 뭘 말하는 건지 모르겠는걸."

시르 공작은 잠시 미간을 좁혔다.

잠시 생각을 하는 듯하던 시르 공작은 포기한 듯이 입을 열었다.

"루드라 경이 가지 못하게 한 이유 말입니다."

"글쎄. 하지만 예전에 루벤트 공작이 가르쳐 주길 선발이라는 건 죽으러 가는 거나 다름없다고 하길래 나와 친한 이들이 가는 게 꺼려졌을 뿐이네."

아주 틀린 말은 아니었다.

정확히 말하자면 친한 이들이 내 계략으로 죽음의 위기를 맞거나 하는 게 꺼려지는 거지만.

일단 그 선발에 관한 정보는 고스란히 시에라에게 넘겨줄 생각이니까 말이다.

"그들이 질 거라 예상하시는 겁니까?"

"모르지. 하지만 농성전이 아닌가. 상식적으로 생각해도 본부대가 도착할 때까지 이길 수는 없을 테니 꽤 크게 다치겠지."

"그렇게 예상하시는 겁니까?"

너무 당연한 듯이 물어오는 말에 순간 할 말을 잃었다.

완전히 내 예상대로 일이 풀릴 거라 말하고 있는 게 아니고 뭔가.

마치 내가 이 전쟁을 알아서 주무를 거라 말하고 있는 게 아닌가.

"하……."

물론 그렇게 만들고 싶어하고는 있다. 하지만 지금 시르 공작의 태도는 좀 거슬린다. 시르 공작은 내가 이번 일에 어디까지 관여하고 있는지도 모르고 말하고 있다. 그런데 저런 말을 하다니.

"마치 내가 모든 걸 움직이고 있다 말하고 싶어하는 듯하군."

"꼭 그런 건 아닙니다."

태도가 말해 주고 있다. '당신은 모든 걸 알고 있지' 라 생각하고 있다는 걸.

하지만 틀렸어, 시르 공작. 나도 어떻게 풀릴지 몰라. 내가 조작하기 쉽도록 이런저런 패를 준비해 놓은 건 사실이지만 어떻게 상황이 바뀔지 모르니까 말이야.

"내 예상이 곧 전쟁의 결과라고 생각하나?"

"모든 정보망을 이용해 이 아린드의 귀족 모두의 시야를 차단하실 정도의 능력이시라면 쉽게 되겠지요."

태연한 대답.

이렇게 되면 할 말이 없어지는 건 이쪽이다.

사실대로 말하자면 이번 선발대의 전쟁 결과는 내가 조작할 예정이니까 시르 공작의 말이 아주 틀린 게 아닌 셈이다.

하지만 그렇다고 해서 순순히 대답해 줄 수는 없지.

"선발에 관한 건 난 그저 정론을 말한 것뿐이네만."

"그 정론이 뒤집힐 수도 있다는 걸 잘 아시는 분이라고 생각합니다만. 그런 정론만을 말씀하실 분이 아니라고 알고 있는데요."

"계속 이렇게 말꼬투리를 잡는 이유가 뭔지 알고 싶군."

계속된 말장난 같은 말에 질린 내가 포기 선언을 했다.

시르 공작은 눈을 가늘게 뜨더니 한숨을 내쉬었다.

"방심하는 사이 제 뒤통수를 친 건 칭찬해 드리겠습니다. 하지만 두 번은 없을 거라는 것도 말씀드리지요."

역시 그 이야기로군.

"그런가. 하지만 어쩌지, 난 앞으로도 이렇게 살 생각인데?"

"그렇게 나오신다면 저도 극약 처방을 쓸 수밖에 없다는 말씀도 덧붙여야겠군요."

"하지만 지금은 그런 것보다 시에라가 우선일 텐데? 시에라가 저렇게 있는 동안은 나에게 손대기 힘들 테니 말이야."

조금도 물러서지 않고 태연하게 대답했다.

사실이다.

지금은 갑자기 내전이 일어난 상황. 그리고 아무리 실권자는 시르 공작이라고는 하지만 황제라는 이름을 달고 있는 건 나다. 시르 공작이 아니라.

이럴 때 황제를 몰아내고 황족도 아닌 다른 귀족이—아무리 시르 공작이 방계로서 계승권이 있기는 있다지만—황제가 된다면 꽤나 말이 많을 거고 여러 가지 잡다한 문제들도 많을 거다.

시르 공작이라면 그런 소동은 피하고 싶을 거다, 안전하게 통치하고 싶을 테니까.

내 말에 시르 공작은 동의한다는 듯이 고개를 끄덕였다.

그리고 이어지는 서늘한 말.

"하지만 시에라가 오래갈 리도 없다는 걸 잊지 마십시오."

"병력의 차이가 있으니까?"

내가 싱긋이 웃으며 말하자 시르 공작은 가만히 날 노려보았다.

하지만 그 시선 하나에 꿈쩍하기에는 나도 별일을 다 겪어본 사람이었다.

곧 눈을 감은 시르 공작은 마음을 가라앉히려고 노력하는 것 같았다.

다시 천천히 눈을 떴을 때 그 눈동자에는 차가운 이성만이 있을 뿐이었다.

이래서야… 이제는 놀릴 수 없겠는걸.

"일단은 나도 몸을 사리도록 하지, 그대가 바라는 대로."

시르 공작이 원하는 말을 해주자 그녀는 작게 고개를 끄덕이고 나에게 목례를 했다.

시르 공작이 나가고 나서 난 웃음을 참을 수가 없었다.

"푸훗… 크큭… 푸후후후……."

억지로 웃음을 누르느라 이상한 소리가 나오기는 하지만 상관없었다.

즐거우니까.

"폐하……."

내가 계속 웃어대자 제노시아는 난처한 모양이지만 어쩔 수 없다. 웃음이 멈추지를 않는다.

저 시르 공작이, 나에게 걸려 보기 좋게 넘어진 걸 생각하니 말이다.

게다가 스스로 정보를 구하기보다 나에게 예상을 물어왔지. 또 내 행동을 막기보다 경고만 하고 가버렸다.

무슨 생각인지 모르겠지만, 일시적인 건지도 모르겠지만.

하여간 자유롭게 행동하게 된 거다.

시르 공작도 알고 있으리라, 그런 사소한 경고로는 날 막을 수 없다는 걸.

실력 행사가 필요할 거라는 것을.

그런데도, 그런데도…

"하하하… 웃기는군. 경고? 크큭……."

경고만 하고 사라져 버렸다.

시르 공작의 저택은 워낙 철저한 곳이라서 정보를 수집하기가 용이하지 않지만, 저런 태도를 보면 짐작 가는 것이 있는 법이다.

"시르 공작도 꽤나 힘든 모양이로군."

갑작스러운 사태에—어디까지나 시르 공작의 관점에서지만—대응하기 위해 머리를 짜내고 또 분주하게 뛰어다니는 모양이다. 그리고 저번부터 들어왔던, 시르 공작의 재정적인 문제도 슬슬 본격적으로 공작 본인을 덮쳐 오는 모양이었고.

그러니 이미 눌러놓은 나에게 손을 쓸 수 없을 정도로 바쁘겠지. 할 일이 한두 가지가 아닐 테니까.

간신히 웃음을 진정시킨 나는 제노시아를 바라봤다.

즐거움이 가득 담긴 시선으로.

"제노시아, 생각 이상으로 일이 잘 풀리는 것 같지 않아?"

"예?"

"시르 공작은 자기 문제로 꽤나 바쁜 모양이니까 말야."

그래서 나에게는 사소한 '경고'로 넘어갈 수밖에 없을 정도로.

아니지, 너무 즐거워하면 안 돼. 너무 긍정적으로만 생각하면 나중에 다른 사태에 대비할 수가 없으니까 말야.

"카나이에게 다시 조사해 보라고 해야겠군."

시르 공작의 재정적인 문제와 각 영지들에 관한 정보가 필요하다. 저번에 조사한 것과 어떻게 달라졌는지 알아봐야겠어.

선발대가 출발한 건 회의를 한 바로 그날 저녁이었다.

시간을 아끼네 뭐네 하면서 바이란 백작이―난 몰랐는데 그때 하겠다고 자청한 사람이란다―나서서 분주하게 준비해 출발을 서두르고 있다 했다.

덕분에 난 이 밤중에 정장을 차리고 그 선발대가 출발할 장소로 향하고 있었다.

아무리 명목뿐인 황제라고는 하지만 전쟁터에 나가는 자를 황제로서 격려한다는 건 당연한 의무이고 해야 할 '일'의 일부니까. 또 이건 절차 중 하나이기 때문에 어지간히 급하지 않고는 반드시 내가―황제가―가서 이기고 돌아오라는 식의 말로 격려해 줘야 한다.

이런 절차는 다른 나라에도 있는 거지만… 아린드는 특하나 좀 이상하다.

하지만 어쩌겠는가, 엘리자벳 태황제 시절부터 내려온 절차인데.

어쩌자고 그 태황제는 이런 귀찮은 절차를 만들어서는.

아니지, 그걸 일종의 절차처럼 만들어 버린 녀석들이 나빠.

엘리자벳 태황제야 늘 기사들과 함께 전쟁에 나갔으니 전쟁터로 가기 전에 웅변을 토한 건 당연한 일이었겠지만, 나처럼 전쟁터와는 인연이 없는 황제도 있는 법인데. 이럴 때는 융통성을 발휘해 주면 무슨 사고라도 생기는 줄 아나보지?

속으로 끊임없이 투덜거리면서 로레타의 도움을 받아 옷을 입었다.

난 시에라의 일이 터진 이후로 하루 동안 안 보이길래 드디어 가버렸다고 좋아했더니만, 다음날 점심 무렵에 멀쩡히 나타나서 다시 내 시녀 일을 하고 있었다.

치렁치렁하기 그지없는 전통적인 황제의 정장으로 갈아입은 나는 한숨을 내쉬었다.

대대로 여성들이 황제의 자리에 많이 있어서 그런지 황제의 정장은 조금 중성적인 느낌을 주는 옷이었다.

그런 이유로 입을 일이 있을 때마다 은근슬쩍 피해왔는데.

한숨을 한 번 내쉰 나는 여기서 신세 한탄만 하고 있어봤자 아무 소용 없다는 생각을 하며 걸음을 옮겼다.

가보니 이미 다른 대신들이나 귀족들이 정장을 차리고 나와 있었다.

아무래도 내가 제일 늦은 모양이다.

"내가 늦었나 보군."

"아닙니다."

말은 그렇게 하지만 내가 늦은 게 확실하다.

이미 군도 제대로 정비해 놨고, 바이란 백작 역시 뚱뚱한 몸에 어울리지 않는 갑옷을 입고 초조해하는 모습으로 날 기다리고 있었다.

보아하니 빨리 출발해서 공을 세워야겠는데 이놈의 황제가 왜 안 오나 싶은 모양이었다.

주변을 한 번 돌아본 난 속으로 한숨을 내쉬고 연단 같은 곳으로 올라섰다.

지금부터 해야 할 말은… 에휴~

엘리자벳 태황제가 출정할 때마다 했던 말과 지금 상황을 이야기하고 모두를 격려하면 된다.

그 '격려의 말'의 처음과 끝은 엘리자벳 태황제 시절부터 한 말을 그대로 읊기만 하면 되지만… 정말 하기 싫다.

"용맹스러운 아린드의 기사들이여, 전사들이여, 지금 싸울 때가 왔다. 우리의 정의 앞에 적들을 칠 때가 온 것이다. 두려운가! 그대가 싸울 적들이 그대들의 생명을 앗아갈까 봐 두려워하고 있는가. 두려움을 버려라. 그리하여 우리는 앞으로 나갈 것이고 또한 이길 것이다."

이 말은 엘리자벳 태황제가 출정할 때마다 했던 말로, 대대로 연설을 시작할 때 이 말을 하게 되어 있다.

조금 닭살 돋는 말들이기는 하지만 기사들에게는 반응이 꽤 좋은 모양이었다.

이후로는 정해지지 않았다. 나중에 최후의 문장 역시 엘리자벳 태황제의 말이지만 말이다.

"지금 시에라는 황족으로서의 의무와 아린드 백성으로서의 의무를 잊었다. 더 이상 그녀는 우리의 형제가 아니다. 우리들의 피를 원하고 있는 것이다. 앞으로 나가라, 전사들이여. 가서 승리의 소식을 가지고 오거라. 그대들의 머리 위에 늘 여신의 미소가 함께하길 빌겠다."

"우와아아아!!"

내 연설이 끝난 후 기사들은 고함을 질러댔다.

그 소리를 들으며 연단에 서 있던 나는 이해할 수가 없었다.

이런 말의 어디가 저렇게 환호할 거리가 있다는 말인가.

일순 기사들의 함성이 멈추고 바이란 백작이 내 앞으로 다가왔다. 그리고 기사식으로 인사를 하고 내 앞에 무릎을 꿇었다.

그러자 밑에서 준비 중이던 사아라 후작이―원래는 시녀인 로레타가 해야 하지만 재미있을 것 같다고 빼앗았다―와인을 들고 왔다.

여기서부터 진짜 의미를 알 수 없는 절차가 시작되는 거다.

사아라 후작은 조심스러운 손놀림으로 와인을 한 잔 채워 바이란 백작에게 건넸다.

바이란 백작은 나에게 깊이 고개 숙여 인사하고 그걸 마셨다. 그리고 잔을 다시 받아 든 사아라 후작은 그 잔을 땅에 떨어뜨렸다.

당연히 그 잔은 깨졌고 사아라 후작은 그 잔의 파편이 가루가 되도록 밟아 부수었다. 그런 뒤 남은 와인을 가지고 아래로 내려가서 한 기사에게 맡겼다.

절차는 여기서 끝.

"일어나라."

바이란 백작이 일어나서 기사들이 도열해 있는 쪽을 보며 검을 치켜들었다.

그러자 또 한 번 울리는 함성.

"우와아아아아아아아아!!"

귀가 다 울리는군.

난 태연하게 바이란 백작이 연단에서 내려섬과 동시에 약간 물러나 섰다.

내가 나설 절차는 여기서 끝이다. 나머지는 그저 구경만 하면 된다.

총사령관인 켈벤 백작이 연단으로 올라와서 나에게 인사를 하고 연설 같은 걸 하는 것을 건성으로 보며 깨진 와인잔의 파편으로 시선을 돌렸다.

와인을 주는 건 이해가 간다.

승리를 기원하는 술이라 이거겠지.

그런데 문제는 이거다.

왜 그 잔을 바닥에 떨어뜨려서 깨고, 또한 그걸 밟아서 완전히 부숴 버리는 건지.

일설에 따르면 오래전에 엘리자벳 태황제의 시녀가 기사에게 술을 준 다음 실수로 떨어뜨리는 바람에 유래한 거라고 하던데 말야.

쓸데없는 절차일 뿐이다.

"폐하."

이제 모든 절차가 끝났는지 켈벤 백작이 나에게 허락을 구하기 위해 무릎을 꿇고 날 올려다보았다.

생각보다 절차가 일찍 끝났다.

난 말없이 고개를 끄덕였고 다시 자리에서 일어난 켈벤 백작은 검을 하늘로 치켜들며 소리쳤다.

"출전이다!!"

"우와아아아아아아!!"

"와아아아아아아!!"

엄청난 함성 소리가 울리는 걸 들으면서 나와 켈벤 백작은 연단을 내려왔다.

귀찮은 절차야. 두 번 다시 하고 싶지 않아.

난 길게 한숨을 내쉬었다.

분명히 예전에 세튼과의 전쟁 시에는 이런 번거로운 절차가 없었던 것 같은데 말야.

아, 그때는 내가 성년식 전이어서 그랬나?

하여튼 절차를 끝낸 군대가 일사불란하게—저 정돈된 모습이 언제까지 갈지는 모르겠지만, 아마도 수도를 벗어나자마자 흐트러질 거라는 건 안 봐도 뻔하다—나가기 시작했다.

"흐음……."

그 모습을 유심히 보다가 몸을 돌렸다.

이 귀찮고 치렁치렁하기만 한 정장을 빨리 벗어 던지고 싶은 마음뿐이었다.

출발한 선발대와 시에라와의 전쟁은 내 예상에 그대로 들어맞았다.

예상이라기보다 정보가 밑받침된 분석과 내 계획이라고 말해야 옳겠지만 말이다.

숲에 숨어 있던 게릴라 부대로 인해 식량이 불타고 계속 병사들이 죽어 나갔다고 한다. 이럴 바에야 정면 승부가 낫겠다고 적들을 성밖으로 끌어내 도전하려 했지만 시에라 측은 어떤 도발에도 넘어가지 않고 성벽 안에서 가만히 있었다고 한다.

덕분에 초조해진 바이란 백작은 군대가 오기 전에 공을 세우려는 마음이 급했던 나머지 무리하게 공격을 하다가 큰 부상을 입고 수도로 돌아왔다.

그 말을 들은 난 간단하게 평가를 내렸다.

"한심하군."

이라고.

시르 공작의 입장에서 이번 선발은 싸우라는 의미보다 시에라를 견제하기 위해서 보낸 것이다. 그러니 그저 더 이상 다른 짓을 못하게 감시만 잘하고, 또 적들이 게릴라 전술을 쓴다면 숲 같은 곳보다 다른 곳에 진지를 두고 있으면 될 것을.

"하지만 나름대로 노력은 한 모양인데, 말씀이 너무 심하시지 않습니까."

내 말에 루이스 자작이 반박했다.

그러고 보니 오늘은 레이디 라일라를 만나기로 한 날이로군. 루이스 자작 덕분에 생각났어.

"그럼 루이스 자작은 노력만 했다면 다라고 생각하는가."

"그건……."

루이스 자작은 우물거리며 말을 하지 않았다.

자신도 한 단체를 움직여 봤으니 알 거다. 의도도 좋았고 노력도 열심히 했다 하더라도 결과가 나쁘면 다 끝이라는 걸.

그걸 잘 알기에 대답을 못하는 거겠지.

"앞으로 어떻게 될지 꽤나 흥미로워."

전쟁터는 그렇다 치고, 내 신변 역시 어떻게 될지 흥미롭다.

그건 그렇고, 로레타는 다시 시르 공작의 저택으로 돌아갔는데 루이스는 언제까지 여기 있을 건지 모르겠군.

"군대와 정면으로 부딪치면 오래 버티지 못할 텐데요. 아무리 시에라가 농성전을 하고 있다지만 말입니다."

"그렇겠지."

지금이야 내가 가져다 주는 정보 덕분에 간신히 대등하게 버티고 있다고는 하지만 말이다. 하지만 오래 이 관계를 유지할 생각은 없다.

그러니까 그전에 약속을 지키게 해야 된다. 또 내 목적을 달성해야겠지.

난 슬며시 자리에서 일어났다.

"폐하?"

"지금 뮤리아에게 가볼까 하는데. 루이스 자작, 집무실에 그대로 있어 주었으면 하는군."

"예?"

루이스 자작이 황당하다는 표정을 지었다.

"설마 거기까지 따라오려는 건 아니겠지?"

"하, 하지만……."

"이곳이나 지켜."

당황해하는 루이스 자작을 떼어놓고 좀 빠른 걸음으로 황후궁으로 향했다.

좀 늦은 건지도 모르겠다. 오늘 만나기로 한 걸 깜박 잊고 있었으니까.

조금 빨리 걷기 시작했다.

뮤리아에게 가니 다행히 아직 늦지는 않은 건지 뮤리아밖에 없었다.

"안 늦었군."

"예. 하지만 아슬아슬한 시간에 오셨네요. 아리아 씨와 그 라일라라는 사람도 곧 올 겁니다."

"즐거운가 보군."

그 말에 뮤리아는 과장되게 놀란 포즈를 취해 보였다.

"어머나! 어떻게 아셨어요?"

말은 잘한다. 얼굴을 보니 웃음이 떠나지를 않고 있는데.

내가 살풋 웃자 뮤리아는 살짝 어색한 표정을 지었다.

우리 둘은 서로 아무 말도 없이 가만히 있었다. 서로를 빤히 보지도 않고 그저 가만히.

뮤리아는 뭔가 재미있는 생각을 하고 있는지 연신 웃고 있었고 난 하늘을 보면서 생각에 잠겼다.

조용히. 서로 한마디도 나누지 않고 각자의 생각에 빠져 있는데 갑자기 뮤리아의 목소리가 들렸다.

"무슨 일이지요?"

나에게 하는 말은 아닌 듯했다.

고개를 돌렸더니 어느새 시녀가 한 명 다가와 있었다.

이제야 아리아가 도착한 모양이었다.

"모셔오세요."

뮤리아는 그렇게 말하고 시녀를 보낸 뒤에 생긋 웃었다.

"우리가 기다리던 사람이 왔다고 하네요. 기대되는데요. 어떻게 생각
하세요?"

"글쎄……."

아직 뭐라고 말할 수 있는 상황이 아니다.

라일라라는 자를 한 번도 못 봤으니까.

키나이 덕분에 잡다한 신변 이야기는 조사해서 알고 있지만.

"그나저나, 10살에 아버지 문제로 어머니인 루이스 자작과 싸우고 가
출. 그 후 한 번도 루이스 자작을 만난 적 없음. 에이원에서 용병 일을 했
음. 경력이 정말 화려한 것 같지 않아요? 귀족으로 태어나서 용병 일을
했다니… 보통 성격이 아니에요."

그 말에 나도 웃음이 나왔다.

"확실히 굉장하지. 루이스 자작을 만나지 않았던 건 그렇다 쳐도 귀족
으로 곱게 자랐으면서 그 나이에 타국에서 용병 생활을 했다니 말이야."

또 왜 그런지는 모르겠지만 아리아에게 들은 말로는 라일라는 어머니
라는 자를 증오하고 있다고 한다.

"제국의 빛이신……."

"됐어."

아리아는 그저 고개 숙여 인사하는 걸로 대신했지만, 라일라는 격식을
갖추려 들었다.

아마 중간에 말을 막지 않았더라면 또 그 제국의 빛이네 어쩌네 하는
인사를 들어야 했을 거다.

"라일라 켈 리크루스라고 합니다, 폐하."

딱딱하게 굳어서 자신의 이름을 말하는 모습이 어쩐지 신선하게 느껴진다.

지금까지 내 주변에는 없던 사람이야.

"일단 앉지."

아리아야 당연하다는 듯 냉큼 앉아버렸지만 라일라는 당황한 듯 허둥거렸다.

라일라는 그런 아리아의 태도가 의외인 듯 쭈뼛거리기만 하기에 다시 자리를 권했다. 그랬더니 라일라는 아주 황공하다는 표정으로 재빨리 자리에 앉았다.

정말 웃음이 나오는 상황이다.

뮤리아는 재빨리 부채로 입가를 가렸다.

아마 부들부들 떨리는 입가를 가리기 위해서겠지. 아주 좋은 도구야. 앞으로는 나도 부채를 들고 다녀야겠다는 생각이 들 정도다.

"루이스 자작과 전혀 닮지 않았군."

내 말에 라일라는 바로 발끈해 버렸다.

"그런 여자와 닮을 이유는 없습… 아, 무례하게 굴어 죄송합니다."

"아니네. 내가 말을 잘못했나 보군."

이 정도로 화끈한 반응이 나오리라고는 생각하지 못했는지라 순간 당황했었지만 이내 태연하게 말할 수 있었다.

들은 것 이상으로 사이가 안 좋은 모양이었다.

마치 나와 리스튼 황제 같군.

조금은 이해가 가는걸.

"음… 그럼 내가 왜 그대를 보자고 했는지 알려줘야겠군. 설명이 필요한가, 아니면……."

슬쩍 뒷말을 흐렸다. 알아서 생각하라는 의미로.

"루이스 자작을 위해 움직일까 봐가 아닙니까."

어느 정도는 맞췄군.

"그 정도로 알고 있나."

"예?"

라일라는 더 이상은 모르는 듯했다.

"물론 그런 이유도 있었지만, 리크루스 그대가 나를 도와줬으면 해서 말이네."

"예? 제가… 말입니까?"

"음. 그대가 루이스 자작과 친하다면 부탁할 수 없는 일이겠지만."

여기까지 말하자 뮤리아가 탁 소리가 나게 부채를 접었다.

저 성격에 가만히 있으려니 심심한 모양이었다.

끼어들겠다는 의미로 받아들인 내가 말을 적당히 멈추고 뮤리아를 보자 뮤리아는 화사한 미소를 지었다.

"라일라— 아, 이렇게 불러도 될까요?"

"예, 예, 물론입니다."

"고마워요, 라일라. 지금 루이스 자작이 어떤 일을 하는지 알고 있나요?"

"모릅니다. 관심이 없어서……."

말하는 모습을 보아하니 모른 척하는 게 아니라 정말로 모르고 있는 것 같군.

정보대로 확실히 남이나 다름없는 모녀지간인 모양이다.

지금은 뮤리아가 알아서 말을 하게끔 내버려 둘까? 나서고 싶어하는 것 같은데.

이상한 소리를 할 때 끼어들면 될 테니까.

"루이스 자작은… 아아, 쉽게 말하도록 하지요. 지금 폐하의 반대쪽에 있답니다. 그래서 폐하께서는 라일라 씨께서 오신 것이 루이스 자작이 시켜서가 아닐까 하고 의심했거든요."

차분한 말이었다.

하지만 라일라는 꽤 충격을 받은 듯했다.

"루이스 자작이 말입니까. 그렇다면… 혹시 이번에 시에라라는 이가 반란을 일으킨 것과 연관이 있는 건……?"

"그건 아니네."

꼭 반대 편이라고 해서 시에라만 있다는 건 아닌데.

"그럼……?"

내가 쓰게 웃자 라일라는 어리둥절한 표정이었다.

꽤나 순진한 모양이다.

이게 다 연기면 아예 그쪽으로 나가는 게 좋겠다는 생각이 들 정도로.

"아직 자세히 말할 수는 없군."

내 말에 라일라는 이상하다는 표정을 지었지만 이내 무슨 뜻인지 알아챈 듯했다.

"우선 루이스 자작이 어느 쪽에 가담해 있는지는 중요하지 않아요. 지금 중요한 건 라일라, 당신의 일이니까요."

다시 상냥하게 말을 이었다.

"라일라, 너무 긴장하지 말아요. 우린 그저 솔직한 대답이면 되니까."

아리아 역시 라일라에게 윙크를 보내며 가볍게 말했다.

"예, 알겠습니다."

라일라는 이제 똑바로 앉아서 이야기를 듣기 시작했다.

"처음에 아리아 씨로부터 당신이 함께 일하고 싶어한다는 이야기를 들었을 때는 바로 거절하려고 했어요. 루이스 자작 때문에. 하지만 사이가 안 좋다는 말을 듣고 어떻게 할까 고민하다가 당신을 부른 거예요. 솔직한 이야기를 듣고 싶었거든요."

상냥하게, 그리고 부드럽게 말을 이었다.

라일라 역시 그런 뮤리아의 말투에 상당히 안심하고 있는 듯했다.

과연 이야기를 다 듣고도 저런 기분을 유지할 수 있을지는 모르겠지만.

뮤리아는 한 템포를 쉬며 라일라에게 따스한 미소를 보냈다.

"라일라, 정말 루이스 자작을 싫어하나요? 죽일 수 있을 만큼?"

표정과 전혀 맞지 않는 섬뜩한 독이 들어 있는 뮤리아의 말에 라일라는 잠시 생각에 잠겼다.

그리고 이내 확고하게 대답했다.

"물론이에요."

"좋아요. 확실한 거겠지요?"

"예."

뮤리아는 방긋이 웃었다. 그리고 이어진 말.

"그럼 자신의 말에 책임을 지는 겁니다?"

"예? 무슨⋯⋯."

"호호호, 방금 한 말요."

"예⋯⋯."

라일라는 무슨 뜻인지도 모르면서 그러겠다고 대답한다.

"이야기는 끝났나."

"예, 폐하."

생각보다 빨리 끝났다.

의외로 라일라가 모든 걸 순진하고 순수하게 받아들인 덕분에 말이다.

난 얼굴 근육을 움직여 '즐거운' 것 같은 미소를 만들어내었다.

"그럼 아리아와 함께 일하겠군."

"예. 하지만 전 상단에 관한 건 잘 모르니까, 아마 제가 라일라에게 배우는 형식이 돼버리겠죠."

아리아 역시 환하게 웃으면서 말했다.

라일라는 멋도 모르고 따라 웃었고.

라일라나 루이스 자작이나 순진해서 쓰기 좋다는 건 닮았군.

나에게는 좋은 일이지만.

오늘은 날씨가 꽤 좋군.

이제 슬슬 움직일 때가 되었다는 말인가.

*   *   *

시에라는 세실리아가 가져온 편지를 보고 버럭 소리를 질렀다.

"이게 무슨!!"

"적힌 그대로입니다."

늘 불손한 태도를 보이던 세실리아가 오랜만에 제대로 예를 갖추어 말했다.

하여튼 세실리아가 그 '조력자' 가 보낸 사람이라는 걸 잘 아는 시에라의 '동지' 들은 불안한 기색을 감추지 못했다.

가까스로 그런 기운을 눈치 챈 시에라는 억지로 웃으면서 입을 열었다.

"잠시만 자리를 피해주시겠소. 이분과 약간 대화를 해야 할 듯해서……."

"그러겠습니다."

"예."

그들이 나가고 나자 시에라는 날카로운 눈초리로 세실리아를 쏘아보았다.

"이게 무슨 뜻이지?"

"전 모릅니다. 그저 편지를 전달했을 뿐, 그 내용조차 모르는데 무슨 대답을 할 수 있겠습니까."

담담한 세실리아의 말에 울컥한 시에라는 자신이 들고 있던 편지를 세실리아에게 던졌다.

"그럼 봐! 그리고 대체 네 주인이 무슨 생각을 하는 건지 말해!!"

그런 반응에 짜증이 난 세실리아는 얼굴을 찌푸리면서도 편지를 받아 펼쳤다.

솔직히 무슨 내용이 써 있는 건지 굉장히 궁금했기 때문이었다.

갑자기 단장인 키나이가 불러서 가보니 이 편지를 던져 주며 '시에라에게 전해'라는 말만 했을 뿐 전혀 사정을 듣지 못한 세실리아는 호기심 어린 눈으로 편지를 읽어 내려갔다.

친애하는 나의 누님 시에라,

내가 어쩐 일로 편지를 보낸 건지 궁금하오?

별일은 아니라오.

다만 그대와 했던 거래에 관한 이야기를 하기 위해서일 뿐이라오.

나와의 거래... 당연히 기억하시겠지.

그리고 난 지금까지 꽤나 충실하게 그 거래를 이행해 왔다고 생각하오.

그러니 슬슬 나도 그 대가를 받아야겠다는 생각이 들어.

거래는 당연히 기억하고 있으리라 믿소.

그러니 난 내가 요구했던 걸 당연히 받을 수 있다는 것 또한 믿고 있소.

답은 그곳의 요원을 통해 하면 되는 것.

답을 기다리지.

다 읽은 세실리아는 태연한 표정으로 시에라를 응시했다.

"거래를 지키라는 내용이 아닙니까."

"그래! 한데 왜 지금이지!"

"제가 어떻게 알겠습니까."

맞는 말이었다.

솔직히 계속 시에라의 옆에만 붙어 있었던 세실리아가 무슨 수로 수도에 있는 자신의 주인 생각을 읽어낸단 말인가.

그건 시에라도 잘 알고 있는 일이다.

하지만 태연하게 대답하는 세실리아가 얄미운 건 어쩔 수 없었다.

"아직 본격적으로 전쟁이 시작하지도 않았어. 아직 시작 단계라고! 그런데 지금 거래 품목을 요구할 수 있다고 생각하는 건가!!"

"제가 알 수 있는 일이 아니지요."

여전한 대답.

화가 치밀어 오른 시에라는 손에 잡히는 무언가를 세실리아를 향해 던졌다.

하지만 그걸 고이 맞아주고 있을 세실리아가 아니다.

'폐하께서 던지신 거라면 또 모르지만.'

주인에게 거역하는 건 도리가 아니니 앨리언 황제가 던졌다면 피하지 않고 가만히 있었을지도 모른다.

챙강!

세실리아가 우아한 몸짓으로 던진 컵을 피하자 열이 오른 시에라는 손에 잡히는 건 뭐든지 닥치는 대로 던지기 시작했다.

챙강! 픽! 쾅!! 챙!

다양한 소리를 내며 책상 위에 있던 것들이 전부 벽에 부딪쳐 떨어졌다.

하나도 안 맞은 세실리아는 기분이 좋은 듯 미소를 입가에 걸고 있었다.

"솜씨가 없으시군요."

"큭."

이제 던질 것도 떨어진 시에라는 입술만 깨물 뿐이었다.

아무리 화가 나도 여기서 검을 휘두를 수는 없으니 억지로 참고 있는 것이었다.

한참 동안 숨을 고른 후에야 진정이 된 시에라는 차분하게 말했다.

"좀 이르다고 전해."

"싫습니다만."

"뭐라고?"

"전 제 주인이 원하는 대답을 가져가고 싶습니다."

그 말에 시에라는 정말 불쾌해졌다.

"지금 제가 가진 정보가 몇 개 있습니다만, 대답하시면 가르쳐 드리겠습니다."

곧 이어진 말에 할 말이 없어진 시에라는 입만 뻐끔거릴 뿐이었다.

이건 완전히 협박이나 다름없지 않은가.

"너……."

"대답 부탁드립니다."

"으득."

잠시 살기를 섞어 세실리아를 노려보던 시에라는 이내 포기했다.

지금 아쉬운 것은 자신이다, 앨리언 황제가 아니라.

'거래를 할 때는 이렇게 내가 불리해질 줄은 몰랐는데.'

시에라는 자신의 실수를 한탄했다.

하지만 지금 후회한다고 해서 돌이킬 수 있는 일이 아니었다.

"응하지."

"알겠습니다."

"날짜는 앨리언 황제가 정하라고 해."

"그러지요."

말싸움에서 승리한 세실리아는 기분 좋은 미소를 띠었다. 그리고 자신이 받아낸 대답을 상부―키나이―에 알리기 위해 가기 전 아까 가져온 정보를 가르쳐 주었다.

"내일부터 전선에 루드라 경이 투입된다고 합니다. 임시 사령관으로서요. 원래 사령관으로 오려고 했던 켈벤 백작은 갑자기 병이 들어 올 수 없게 되었다는군요."

그 말에 시에라는 적지 않게 안심했다.

아무래도 군 전체를 통솔하는 켈벤 백작이 오면 확률이 낮아지기 마련이니까.

하지만 넘겨들을 수 없는 부분이 있었다.

"갑자기 병이라니?"

"병이 들었다고 공식적으로 발표는 했습니다만… 사실은 폐하께서 약간 손을 쓰신 듯합니다."

시에라의 눈썹이 위로 치켜 올라갔다.

그럴 수 있을 리가 없다고 생각한 시에라는 이내 반론을 내놓았다.

"무슨 수로, 황궁은 이미 시르 공작이 장악하고 있을 텐데."

"폐하께서는 당신과 달리 인덕이 있으시지요."

역시 넘겨들을 수 없는 말이었다.

"뭐라고?"

"전 물러가겠습니다."

시에라는 태연히 가버리는 세실리아의 뒷모습을 보며 속으로 욕을 퍼부을 수밖에 없었다.

하지만 그것도 이내 들어온 시에인 자작 때문에 할 수 없게 되어버렸다.

"세상에! 이게 무슨 일입니까."

엉망이 된 서재를 보고 깜짝 놀란 시에인 자작이 다가오자 시에라는 억지로 미소를 띠었다.

"별일 아닙니다."

"별일 아니라니요. 이게 별일 아닌 모습입니까."

차마 자신이 화를 못 이겨 히스테리를 부렸다고 사실대로 대답할 수 없었던 시에라는 그저 웃을 뿐이었다.

마침 들어온 아루드 남작 덕분에 간신히 시에인 자작에게서 벗어날 수 있었다.

"오늘은 운이 좋지 않은 날 같군."

시에라는 자신만이 들을 수 있을 정도로 작게 중얼거리고는 샤이나가 머무는 방을 향해 갔다.

'거래 품목'이 잘 지내고 있는지 미리 봐두려는 것이다.

당일 날 문제가 생기면 곤란하니까 말이다.

궐기한 이후 바빠진 바람에 실로 오랜만에 본 샤이나는…

"어머나! 무슨 일이냐."

안타깝게도 조금도 변하지 않았다.

"어머니께서 잘 지내시는지 걱정이 되어서 왔을 뿐입니다."

"그러니. 너도 차를 마시겠느냐?"

이런 때에, 문을 걸어 잠그고 필사의 농성전을 하는 상황에 고급 차를 끓여 마시며 한가한 시간이나 보내고 있다니.

시에라는 순간적으로 이런 존재는 빨리 자신의 진영에서 사라지는 게 낫겠다는 생각이 들었다.

"어머니, 제가 일전에 말씀드린 일을 기억하십니까?"

"어떤 말?"

"언젠가 어머니께서 도울 일이 있다고 했던 말 말입니다."

샤이나는 가만히 생각을 하더니 잠시 후에야 생각이 난 듯 고개를 끄덕였다.

"그래, 생각이 나는구나."

"다행이로군요. 제가 오늘 어머니를 뵈러 온 이유는 그때가 생각보다 일찍 올 것 같아서 마음의 준비를 해두시라는 의미로 온 것입니다."

다정한 말속에 숨어 있는 차가움을 느끼지 못한 샤이나는 그저 이상하다는 표정만을 지었다.

"마음의 준비라니?"

"저희 진영으로서는 꽤 중요한 일이니까요."

시에라는 눈 하나 깜짝하지 않고 말했다.

중요한 일은 중요한 일이었다. 지금 이 시점에서 앨리언 황제가 더 이상 도움을 주지 않는다면 질 게 뻔한 것이다.

적어도 얼마간의 시간만 더 끈다면 승산이 생기니까. 그때까지만 앨리언 황제가 도움을 주면 되는 것이다.

"그러니?"

"예. 그러니 겁을 내어 도망가시는 일은 없길 바랍니다."

"절대 그런 일은 없을 것이야."

샤이나는 자신이 꽤 중요한 일을 한다는 말에 흥분했는지 눈을 빛내고 있었다.

그런 모습을 보는 시에라의 입가에는 비릿한 웃음이 걸렸다.

"그럼……."

시에라는 조용히 문을 닫고 나갔다.

시에라가 나가고 나자 유리아가 걱정스러운 표정으로 샤이나에게 다가섰다.

"황태후마마, 아무래도 뭔가 수상합니다. 선뜻 허락하실 일이 아니라고 생각합니다."

"시에라가 대체 뭘 꾸미고 있다는 거냐."

"그건 잘 모르겠습니다만……."

"닥쳐, 유리아."

샤이나는 유리아의 말을 무시했다.

계속 유리아의 말을 듣고 망설였기 때문에 아까 시에라가 자신에게 겁을 내니 어쩌니 하는 말을 했다 생각하고 있었다. 그래서 이번만은 유리아의 말을 무시하기로 했다.

"늘 내 옆에서 조언해 주는 건 고맙게 생각한다. 하지만 더 이상은 끼어들지 마라."

그 차가운 말에 유리아는 한숨을 내쉬며 입을 다무는 수밖에 없었다.

나중에 다시 한 번 설득해 볼 생각을 하면서.

*　　　*　　　*

난 생각 외로 시에라가 빨리 대답을 한 데 약간 놀랐다.

"흐음… 한 며칠 지나고 나서나 대답할 줄 알았는데 말야."

"아무래도 세실리아가 뭔가 한 모양입니다."

"그래? 나로서는 그 거래물만 받을 수 있다면 상관없지만……."

그러자 키나이는 다행이라는 듯이 살짝 미소 지었다.

"세실리아가 멋대로 움직여서 조금 걱정했는데, 상관없으시다니 다행입니다."

"별로."

솔직히 일이 틀어진다고 해도 절대 '그림자'에 뭔가를 탓하거나 할 일은 없을 거다.

지금까지 충실히 내 말을 따라주고 열심히 일해주었는데.

내 실수로 고생도 많이 했고 또 지금처럼 쓸모없는 일에—시에라에게는 중요한 일이겠지만—파견 나가서 고생하기도 하는데 어떻게 책망하겠는가.

"날짜는 내가 정하라… 그럼 일주일 후. 그렇게 전하게."

"예."

"참, 세실리아는 그 거래 품목이 뭔지 알고 있나?"

"아닙니다. 말해 주지 않았습니다."

그런가… 그럼 꽤 놀랄지도 모르겠는걸.

"뭐, 어차피 데려올 때 알게 되겠지만. 하여튼 데려올 때 시끄러울 테니 꼭 조용하게 만들어서 데려오라고 하게. 의식은 있는 상태로."

"예."

"가보게."

키나이가 가고 나서 난 제노시아에게 눈길을 돌렸다.

"화려한 준비를 해야겠어."

"예?"

"가장 비참한 죽음을 안겨주고 싶지만, 능력이 조금 모자라는 관계로 다른 방법을 써야겠어."

내 말에 제노시아는 이상한 표정을 지었다.

제노시아가 무슨 생각을 하고 있는 건지 궁금하긴 하지만 지금은 말을 걸 생각이 없다.

너무너무 졸렸다.

역시 밤늦은 시간에 카나이를 만나는 건 힘들어. 하루 이틀도 아니고 일 년째 이러고 있으니 원.

난 이불 속으로 파고들었다.

그로부터 정확히 일주일이 지나서.

슬슬 여름이 다가오는 것을, 또 내 생일이 다가오는 것을 느낄 수 있는 약간은 더운 날.

세실리아로부터 저녁 무렵에 거래물을 가지고 오겠다는 말을 들었다.

오전에 그 소리를 들은 이후로 시간이 빨리 가기만을 빌었다.

하지만 오늘따라 왜 이렇게 시간이 더디게 간다고 느껴지는 건지.

"루이스 자작, 오늘따라 시간이 안 가는 것 같지 않나."

"저에게는 똑같은데요."

아침부터 이어진 똑같은 말에 질린 루이스 자작은 더 상대해 주기 귀찮은지 대충 대답하고 고개를 돌려 버린다.

매정하게도 말이다.

"확실히 느려."

"……."

이젠 대답도 없구나.

"따분해."

"……."

대답을 안 하니까 이상하게 더 하고 싶어진다.

"시간을 보낼 좋은 방법 없나……."

"……."

대답할 때까지 해볼까?

"아아……."

"평소에는 책을 읽거나 하시며 잘 지내시더니 오늘은 왜 이러시는 겁니까?"

의외로 참을성이 부족하네.

"그냥."

"폐하아!"

그건 그렇고, 루이스 자작을 놀려먹는 재미도 꽤 삼삼하군.

"지금도 전쟁터에 있는 사람들이 있습니다. 그런데 폐하께서는……!"

"그러는 루이스 자작 역시 느긋하게 쉬고 있다고 보이는데. 아닌가."

"적어도 전 심심하다고 중얼거리지는 않았습니다."

"심심하다고 한 적은 없었어."

"폐하!!"

정말 생각 외로 재미있네. 늘 신경질나는 말만 해서 짜증이 났었는데. 마음 편하게 놀리니까 쉽군. 바로바로 반응하는 것도 재미있고.

하지만 하루 종일 이러고 있을 수는 없는 법.

그래서 난 결국 집무실을 나섰다.

"어디로……."

"서재."

루이스 자작의 말을 잘라 버리고 대답해 주었다.

어차피 나오는 말은 다 알고 있었으니까.

서재는 늘 그렇듯이 조용했다.

마치 시간이 정지한 것마냥 조용한 모습.

평소라면 좋은 느낌이겠지만 지금은 전혀 아니다.

지금으로서는 시간이 빨리 간다고 느끼게 할 만한 뭔가가 필요할 뿐이니까.

이런 느낌은 썩 내키지 않는다.

오후는 그렇게 내내 책을 읽으면서 보냈다.

그리고 해가 지고 밤이 되었다.

시녀들이 다 물러가고 나서 난 살짝 침대를 빠져나왔다.

"제노시아, 어쩐지 기다려지지 않아?"

"무슨 말씀이신지 잘 모르겠습니다."

그 말에 난 살풋 웃었다.

"제노시아가 날 그렇게 모른다고 생각하지 않는데."

제노시아도 알고는 있을 거다, 내가 뭘 기대하고 있으며 또 뭘 기다리고 있는지.

잠시의 시간이 지나자 키나이가 조용히 모습을 나타냈다.

"늦었군."

"죄송합니다."

그리고 키나이와 함께 온 두 인영 역시 모습을 나타내었다.

그중 한 사람은 세실리아였다.

막 시에라의 영지에서 거래물을 가지고 온 차였다.

"세실리아는 오랜만이라는 인사가 낫겠군."

"아닙니다, 폐하. 다시 뵙게 되어 영광입니다."

아주 예의 바르고 순종적인 모습을 보여주는 세실리아의 모습에 난 웃었다. 세실리아가 시에라 앞에서 어떤 태도를 보이는지는 어렴풋이 들어서, 이렇게 순종적인 모습이 어쩐지 재미있게 느껴진 탓이었다.

다른 한 사람은…

"황태후 역시 오랜만이로군. 말을 할 상황은 아닌 듯하지만."

손이 뒤로 묶이고 또 재갈이 물려져 있는 상황에서도 특유의 독기는 버리지 못한 듯 날카로운 눈초리로 날 쏘아보고 있었다.

"너무 그렇게 보지 말라고."

그런 샤이나에게 서늘하게 말해 준 다음 세실리아와 키나이에게 시선을 돌렸다.

키나이와 제노시아는 함께 갈 것이지만, 세실리아는 돌려보낼 생각이다.

"그럼 수고했네. 그리고 잠시만 더 시에라 쪽에 있어주게."

"예, 명에 따르겠습니다."

세실리아는 내 의도를 눈치 챈 듯 확실하게 대답하고 스크롤을 이용해서 사라져 버렸다.

"흐음… 좀 미안한걸."

"아닙니다. 그 녀석에게는 수고했다는 말 한마디면 충분할 겁니다."

그런가. 하지만 꼭 필요없다는 식으로 말한 것 같아서 미안한데. 여기까지 저 '물건' 을 가져온 사람이기도 한데 말이야.

난 다시 샤이나를 돌아보았다.

"지금부터 함께 가셔야 할 곳이 있습니다. 따라와 주시겠지요."

물론 샤이나는 지금 대답할 처지도 아니고 또 거절한다고 해도 갈 생각이지만.

정말로 분한 듯 날 보고 있는 샤이나를 싹 무시하고 난 키나이를 바라보았다. 그러자 키나이는 작게 고개를 끄덕이고 텔레포트 마법이 담긴 스크롤을 찢었다.

도착한 곳은 어떤 경기장 같은 곳이었다.

나로서는 처음 와보는 곳이었다. 그저 말만 들었을 뿐인 곳.

"어디로 가야 되는 거지?"

"이쪽입니다."

카나이의 안내를 따라 걸음을 옮기기 시작했다.

그리고 얼마 안 가서 어떤 입구를 지키고 있는 사람과 만날 수 있었다. 그자는 나에게 깊이 고개를 숙인 후 조용히 문을 열어주었다. 그리고 나와 카나이, 그리고 샤이나를 잡고 있는 제노시아는 아무 말 없이 안으로 들어갔다.

이곳은 황궁에서 운영하고 있는 몬스터 투기장이다.

난 독이라는 편한 방법으로 죽게 해줄 생각 따윈 눈곱만큼도 없다. 내가 쓸 수 있는 독은 대부분이 먹는 즉시 효력을 나타내는 것들이었다.

난 샤이나가 그렇게 편안하게 바로 죽어버리는 건 바라지 않는다. 되도록 큰 고통을 주고 싶었다. 고통보다 더 큰 공포 속에서 죽게 하고 싶다. 죽어서까지 잊을 수 없을 정도로.

그러니 사람들의 눈은 적을수록 좋다. 그래서 일부러 밤이라는 시간을 택했고 세실리아도 돌려보낸 것이다.

그림자 소속인 세실리아가 여기저기 떠벌릴 거라고는 생각 안 하지만 되도록 눈이 적었으면 했으니까.

샤이나의 죽음에 대한 소문은 아주 크게 날 거다. 세실리아와 카나이의 도움으로 말이다.

'권력에 눈이 먼 시에라가 어머니인 샤이나를 죽였다' 라고.

어차피 시에라와 샤이나 사이가 나쁘다는 건 알려진 사실이고, 또 소문이란 몇몇 바람잡이들만 이용하면 순식간에 퍼지는 거다. 그리고 다르게 말하는 사람들이 잘못되었다고 말하지.

진실이란 이렇게 쉽게 조작되는 거다.

내가 도착한 곳은 몬스터가 우글거리는 곳이었다. 황궁에서 하는 투기장의 몬스터들, 그중에서도 꽤 험한 놈들이 있는 곳이다.

두세 마리 정도가 갇혀 있는 우리 앞에 섰다. 사나운 편이어서 투기장에서도 꽤 특별 취급을 받는 놈들이다. 그러니 내 바람대로 샤이나에게 충분히 생애 마지막으로 멋진 경험을 선사해 줄 거라 믿는다.

저 몬스터들 이름은 중요치 않다. 내 생각대로만 움직여 준다면 아무래도 상관없다.

크르르르릉······.

크르르······.

캉, 캉.

사람 냄새를 맡은 몬스터들이 으르렁거리고 창살 밖으로 발을 뻗으려 하며 요란스럽게 굴었다.

창살을 내려치며 요란한 소리를 내는 녀석도 있었다.

여기를 감시하는 자들에게야 벌써 명령을 내려놨으니 올 리가 없다.

샤이나의 눈에 공포가 깃드는 걸 난 즐겁게 바라보았다. 그리고 품에서 알약을 하나 꺼냈다. 그리고 샤이나의 눈앞에서 그 약을 보여주었다.

아주 힘들게 구한 약이었다.

그림자와 리나이트 상단을 최대한 동원해서도 겨우 몇 알밖에 못 얻은 약.

"이게 무슨 약인지 궁금하십니까?"

샤이나는 공포에 질린 눈으로 천천히 고개를 끄덕였다.

후훗, 이런 반응을 해주니 기쁜걸. 내 기꺼이 당신의 기대에 부응해 주지.

"이건 말입니다, 의식을 유지시켜 주는 약입니다. 아아, 성분은 아실 것 없어요. 하지만 성능은 직접 경험해 보실 기회를 드리죠."

그렇게 말하며 약을 제노시아에게 건네주었다.

제노시아는 알약을 받아 들고 샤이나의 재갈을 푼 다음 그녀의 입에 약을 집어넣었다. 그리고 목을 쳐서 한번에 삼키게 했다.

얼떨결에 약을 삼켜 버린 샤이나는 어쩔 줄 몰라 하고 있었다.

난 그런 모습을 보며 시에라를 생각했다.

시에라라면 여기서 차라리 자신의 혀를 깨물고 자살했을 텐데 역시 샤이나는 그럴 인물이 못 된다고. 자살을 할 수 있을 정도의 여자가 아니라고.

하긴 저 약을 먹은 상태에서 혀를 깨물어봤자 고통만 가중될 뿐이지만.

잠시 약 기운이 퍼지기를 기다렸다. 그리고 그동안 몬스터의 흥분은 극에 달했다.

이런, 이 상태라면 금방 끝나겠는걸.

난 충분히 고통을 느낄 시간을 주고 싶었는데. 안타까워.

제노시아는 내 명령을 기다리고 있었다. 내가 천천히 손짓을 하자 샤이나를 끌고 몬스터들이 갇혀 있는 우리로 다가갔다.

그리고 겁에 질려 제노시아에게 발버둥 치며 매달리려는 샤이나를 우리 안으로 넣었다. 하지만 발버둥 치며 제노시아의 팔을 붙잡고 늘어진 탓에 몸의 절반은 우리 밖으로 나와 제노시아에게 매달린 꼴이 되었다.

샤이나의 팔을 뿌리치고 집어넣으려고 했지만 살아야 한다는 생각 하나만으로 샤이나가 매달린 힘이 꽤 강한지 쉽게 뿌리치지 못했다.

그렇게 제노시아가 끈질긴 여자를 떼어놓으려고 할 때 몬스터들이 덤벼들었다.

크아아아앙!

"카아아아아아아아!"

금방 몬스터들이 그녀에게 달려들었고 샤이나의 비명이 길게 울려 퍼졌다. 그리고 그 틈을 타 제노시아가 팔을 뿌리쳤고 샤이나의 몸은 놈들의 입에 물려 흔들리기 시작했다.

"아아아아악! 사, 살려… 캬아아아……!"

크아아아앙!

몬스터들에게 끌려 우리 안으로 들어가면서 샤이나는 고통 어린 비명을 질러댔다.

보통 사람이라면 쇼크로 기절했겠지만 샤이나의 의식은 멀쩡했다. 내가 준 약 덕분에 말이다.

샤이나는 그렇게 정신이 멀쩡한 채로 몬스터들에게 한 입씩 뜯겨 사라졌다. 몸이 뜯기는 고통을 그대로 느끼면서 말이다.

"별로 볼 만한 광경은 아니군요."

제노시아의 말에 소매로 입가를 가리고 있던 나는 한숨을 내쉬었다.

나도 별로 보고 싶지는 않았다. 남을 시키기에는 좀 그런 일이라 직접 왔을 뿐이지, 저런 흉한 모습을 누가 보고 있고 싶겠는가.

'확실히 죽는 거야. 이렇게 고통스럽게 말야.'

샤이나가 다 먹히지는 않았지만 오래 있고 싶은 생각이 없었다.

"돌아가지."

난 몸을 돌렸다.

"캬아아아… 앨리… 죽여……!"

아직 샤이나의 의식과 입은 멀쩡한지 뭐라고 소리치긴 했지만 제대로 들리지도 않았다. 아마 잠시 후면 몬스터들에게 먹혀 흔적도 없이 사라지리라.

"가자."

난 제노시아에게 슬쩍 의지하며 투기장의 지하(몬스터들의 우리가 있는 곳)를 빠져나왔다.

어쩐지 머리가 어지러웠다. 그리고 다시 키나이를 통해 황궁의 내 침실로 돌아간 나는 쓰러지듯이 침대에 누웠다.

이상하게 피곤했다.

분명히 통쾌해야 할 텐데 말이다. 그저 끝났다는 생각과 함께 머리가
욱신거릴 뿐이었다.

*　　　　　*　　　　　*

어느 날부터인가 돌기 시작한 소문 때문에 시에라는 노이로제에 걸릴
지경이었다.

물론 사람들이 자신의 귀에 들어오지 않게 하려고는 하는 모양이지
만… 아무리 그래도 이 정도로 소문이 나면 모를 수가 없게 된다.

"소문의 근원지를 찾으라 말씀하셨습니까?"

세실리아는 별 특이한 걸 다 시킨다는 듯한 눈초리로 시에라를 보고
있었다.

"그래. 내가 샤이나를 죽였다는 소문을 퍼뜨린 녀석을 찾아!!"

그런다고 세실리아가 움직일 리가 없었다.

그 소문의 근원지는 분명히 자신의 주인이 뻔하니까 말이다.

"사실이 아니라면 신경 쓸 필요가 없지 않습니까. 아, 하긴 아주 틀린
말이 아니라서 신경이 쓰이나 보군요. 죄송합니다. 미처 배려하지 못했
습니다."

태연하게 사람의 속을 뒤집는 세실리아의 말에 시에라는 손에 잡힌 잉
크병을 집어 던지고 말았지만, 늘 그렇듯이 세실리아는 유연하게 피해
버렸다.

"제가 무슨 잘못이라도?"

시에라는 세실리아가 저렇게 능청스럽게 물을 때는 정말 죽여 버리고

싶다는 생각을 하고 했다.

"아니면 그 소문이 없어지게 만들어."

"불가능할 텐데요."

"되게 해!!"

그런 소문이 도는 건 안 좋은 일이다.

계속 그런 소문들이 나오게 되면 자신에게 마이너스가 된다.

악의적이어도 이 정도로 악의적인 소문은 처음이었다.

황제에게 거역하려는 자신을 반대한 샤이나를 납치하여 죽였다느니, 혹은 사소한 의견 충돌로 샤이나를 죽이고는 그 죄를 덮어씌웠느니 어쩌니, 칼로 수십 번 난자했다느니.

이런 소문은 그나마 양호한 편이었다.

세실리아가 수집해 온 소문들 중에는 그야말로 뒤로 넘어가고 싶은 말이 많았다.

죽여서 그 살을 먹었다느니, 그 뼈를 갈아 장식품으로 만들었다느니, 박제를 해서 어딘가에 장식해 두었다느니… 정말 시에라로서는 미칠 노릇이었다.

자신은 아무 잘못이 없는데―어디까지나 시에라의 관점에서―주변에서 계속 저렇게 떠들어대고 있는 것이다.

분명히 샤이나를 죽인 것은 앨리언 황제겠지만, 자신이 말한다고 해서 믿을 자들이 몇이나 될까.

아마 수도에 있는 앨리언 황제가 무슨 수로 이곳에 있던 샤이나를 죽이냐고 하면서 죄를 남에게 덮어씌우려 한다는 소문만 한 가지 더 늘 게 뻔했다.

그러느니 입을 다물고 그저 소문이 가라앉기를 기다리는 게 가장 좋은 방법이기는 하지만…

"넌 지금 나를 도와야 하는 게 아닌가. 그렇다면……."

"제가 돕는 건 정보 수집에 관한 것뿐입니다."

샤이나가 데려왔던 병사들이 자신을 의심과 증오의 눈초리로 보고 있었다.

샤이나는 좋은 주인이 아니었을 테니 금방 잊을 거라고 생각했었는데, 예상이 빗나간 거다.

이대로 가다 보면 내부에 배신자가 나오게 된다.

그렇게 되면 무너지는 건 순식간! 절대 그럴 수는 없었다. 평생을 바쳐 온 일이었다.

"시에라님, 들어가도 되겠습니까."

"아! 시에인 자작, 들어오시오."

시에라는 간신히 표정을 가라앉히고 시에인 자작을 맞이했다.

그 모습을 보며 세실리아가 비웃음을 머금은 건 어찌 보면 당연한 일인지도 모르겠다.

"시에인님, 내부에서 작은 소동이 있었습니다만……."

"그게 무슨……?"

전쟁에 대한 중압감 때문인지 병사들끼리의 충돌은 꽤 빈번하게 일어나고 있었다.

스트레스가 쌓인 병사들이 사소한 일에도 쉽게 반응하는 바람에 툭하면 싸우고 있는 것이다.

그러니 별로 대단할 것도 없는 일인 셈인데.

'새삼 시에인 자작이 보고할 이유가…….'

거기까지 생각한 시에라는 그 자리에서 굳어버렸다.

'사소한 문제'가 아닐 게 뻔했다.

"무슨 일입니까?"

"최근에 돌고 있는 소문 때문이었던 모양입니다. 샤이나님을 모시던 기사들과 시에라님을 모시는 기사들끼리 약간의 충돌이 있어서… 다른 기사들도 지금 두 파로 나뉘어져 버린 모양입니다."

'이럴 수가!'

조금 걱정스럽게 말하는 시에인 자작의 말에 시에라는 태어나서 처음으로 신을 찾고 싶어졌다.

이러다가는 자멸뿐이었다. 다른 방법을 강구해야 하는 것이다.

"시에인 자작."

"예?"

"자작 역시 내가 샤이나를 죽였다고 생각하오?"

"아닙니다. 하지만 일부 사람들은 그렇게 믿고 있는 모양입니다만."

아니라고 대답을 하긴 했지만 시에인 역시 속으로는 시에라가 한 짓이라고 믿고 있었다.

안 그러고서야 하루아침에 성안에 잘 있던 사람이 사라질 이유가 없지 않겠는가. 그것도 하루가 지나서 피 묻은 옷만 몇 조각 발견되었다는 것은… 내부에 있는 사람의 짓이 뻔했다.

그리고 아무리 멍청한 사람이라지만 황태후라는 이름을 달고 있는 샤이나를 손댈 수 있었던 자는 시에라뿐이니까.

"믿어주어 고맙소."

"아닙니다."

시에인 자작의 생각을 알고는 있지만 그래도 겉으로나마 부정해 주어서 고마웠다. 그리고 다시 고심하기 시작했다.

"어떻게 해야 둘을 진정시킬 수 있을까."

무작정 목을 벨 수는 없었다.

전력도 아쉬울 뿐더러, 그래 봤자 역효과니까.

"다른 범인을 세워보는 건 어떨까요."

시에라는 그 말에 귀가 솔깃해졌다.

하지만 듣고만 있던 세실리아는 한심하다는 반응을 보였다.

"하! 정말로 그게 효과가 있을 것 같습니까."

"…그럼 다른 방법이라도 있느냐."

"전 모릅니다. 하지만 의심하는 방법은 알지요. 다른 범인을 내세운다고 해도 정말 샤이나를 죽일 수 있을 정도의 사람이 아니라면 소문만 더크게 불어날 뿐일 겁니다."

그 말에 시에인 자작은 입을 닫았다.

방금의 의견은 그저 일반적인 통설에 따른 이야기였을 뿐이다. 그저아무 생각 없이 한 말. 하지만 전통적으로, 꽤나 자주 애용되어 왔던 방법이었다.

그런 말에 반론을 당할 줄은 몰랐던지라 조금 당황하고 있는 것이었다.

"그렇다면 네가 보기에 가장 의심이 덜 가는 방법은 어떤 것이냐."

시에라가 질문을 약간 바꾸자 세실리아는 놀랍다는 표정을 지었다.

"그런 식으로도 말씀하실 줄 아는군요."

"쓸데없는 소리 말아라."

신경질이 나긴 하지만 어디까지나 도움을 받아야 되는 입장이니 강하게 나갈 수가 없었다.

잠시 생각하는 척한 세실리아는 한 가지 방법을 내놓았다.

"저쪽에서 보낸 자객의 짓이었다고 하면 어떨까요?"

"저쪽? 아아… 진압군?"

"그렇습니다."

물론 진압군 쪽에서 자객을 보낸 적은 한 번도 없었다.

루드라는 정면 승부를 하는 타입이라서 비겁한 수나 함정 같은 게 있었던 적도 없었다.

그런데…

"그 방법이 먹혀들까?"

"안 돼도 본전입니다."

하지만 그 소문을 정정하는 그 작업을 도와줄 생각은 조금도 없는 세실리아는 시에라는 보고는 씩 웃었다.

"그럼."

세실리아가 건성으로 인사하고 나가 버리자 시에라는 잠시 미간을 모았다.

그 모습을 보던 시에인 자작은 불쾌한 어조로 입을 열었다.

"저 사람, 어딘지 의심스러운 구석이 많습니다만… 믿을 수 있는 자입니까?"

"100% 믿을 수는 없는 자다. 아무래도 내 밑에 있는 게 아니라 그 조력자가 보낸 사람이다 보니……."

어쩔 수 없다는 투로 대답하는 시에라를 본 시에인 자작은 더욱 기분이 나빠졌다.

시에인 자작은 시에라의 자신감에 찬 모습이 좋아서 따라온 사람이었다.

그런데 최근에 보여주는 모습은 모두가 상황에 밀려 어쩔 줄 몰라 하는 모습, 아니면 히스테리를 부리고 있는 모습뿐이었다.

'이 정도인 사람이었다니…….'

한숨이 나오려는 걸 참고 한마디 했다.

"참, 싸움이 난 곳에 안 가보셔도 됩니까?"

아마 아직 아무도 말리지 않았다면 꽤 큰 싸움이 되었을 것이다.

그제야 정신이 든 듯 시에라는 고개를 들었다.

"가지."

"예."

시에라가 그 장소에 가보니 상황은 이미 정리되어 있었다.

아마도 아루드 남작이 지나가다가 보고 정리한 듯했다.

"아, 시에라님."

아루드 남작이 자신을 보고 살짝 예의를 갖추는 모습을 본 시에라는 기묘한 표정을 지었다.

전쟁광이라 할 수 있는 이 남자는 평화롭기 그지없어서 따분하기까지 한 현재 상황이 마음에 안 들어 자신을 따라준 사람이었다.

처음에는 몰랐지만 최근 들어서 그런 경향이 더 더욱 두드러지게 나타나고 있었다.

확실히 이길 수 있는 것도 일부러 놓치거나 아슬아슬한 승부가 되도록 조작해서 그걸 즐기고 있는 것이다.

도움이 안되어 보이기는 하지만 그런 자여서인지 아루드 남작의 사병은 꽤 강했다. 그리고 전쟁에 능해서 계속 쓰고 있기는 하지만… 시에라로서는 피하고 싶은 대상인 것이다.

"아루드 남작, 무슨 일이오."

"제가 물어야 할 일 같군요, 시에라님. 평소에는 연무장에 나오시지 않는 걸로 알고 있었습니다만, 오늘은 무슨 일로?"

어쩐지 비꼬는 듯한 말투.

확실히 보통은 병사들과 마주치지 않고 안에서 작전을 세우거나 정보수집을 하고 있었다. 하지만 그런 걸로 이런 소리를 들어야 할 이유가 없다 생각하여 뭐라고 하려는 찰나 자신을 바라보는 적의 어린 시선이 느껴졌다.

한두 사람이 아니었다.

그 시선을 따라 고개를 돌리니 샤이나의 병사들이 자신을 노려보고 있는 것이 보였다.

"무슨 일이지?"

솔직히 이 정도인 줄 몰랐던 시에라는 놀란 속마음을 숨기며 애써 태연한 척하고 물었다.

그 병사들은 아무도 대답하지 않았다. 그리고 시선을 피하지도 않았지만 적의만은 어느 정도 줄어들었다.

시에라는 일부러 모르겠다는 표정을 짓고 아루드 남작에게 뒷수습을 부탁하고 자리를 피해 서재로 도망가 버렸다.

아루드 남작은 그 뒷모습을 보면서 키득거렸다.

"현재 자신의 상황을 모르는 것 같군. 연무장에 저런 간편한 차림으로 나타나다니……."

자신에게만 들릴 정도의 목소리로 중얼거린 아루드 남작은 소동의 원인이었던 자들을 둘러보았다.

"자아, 제군들. 싸운 이유는 묻지 않겠네만……."

그 소문―시에라가 샤이나를 죽였다는 소문―은 진압을 위해 시에라의 성 밖에 포진하고 있는 루드라에게도 들렸다.

"헤에… 상당한 여자로군."

"확실한 건 아닙니다만 그녀 외에 다른 사람이 죽였을 가능성은 거의 없다고 합니다."

"흐음. 확실히 상당해, 그런 면으로는."

루드라는 자신의 부관을 보며 쓰게 웃었다.

오랜만의 전쟁이라서 달려왔는데 상대가 이렇게 바보 같으니 싸울 맛도 나지 않는 참이었다.

한번에 무너뜨리고 싶긴 하지만 황제의 부탁이 있어서 그러지도 못하고 그저 대치 상태만 이어가고 있는 중이었다.

"폐하께서는 무슨 생각이신지……."

"예?"

속으로 말하려던 게 자신도 모르게 입 밖으로 나온 모양이었다.

"아니야, 혼잣말이야."

황급히 말한 다음 부관을 내보낸 루드라는 자리에 눕다시피 앉아서 생각에 잠겼다.

막 켈벤 백작이 출정하기 전날 갑자기 '몸이 안 좋으니 그대가 대신해 달라' 는 소리를 듣고 아주 놀랐었다. 그리고 그 길로 황제에게 불려가서 '이 전쟁, 되도록 길게 끌어달라. 부탁이다' 라는 말을 듣고는 더 놀랐었다.

대체 이 전쟁이 오래 지속되면 누구에게 이득이 있다고 그러는 건지는 모르겠지만… 보통은 모두에게 손해일 뿐인데 말이다.

황제로서가 아니라 친구로서 부탁한다는 말에 그러겠다고 대답해 버리고 말았다, 무심코.

아무 생각도 없이 저절로 대답이 나와 버렸던 것이다.

저쪽에는 아루드 남작이 있기 때문에 실컷 전쟁의 스릴을 즐길 수 있으리라 생각하면서.

하지만…

"저쪽에서는 아루드 남작이 그리 힘을 못 쓰는 것 같군."

아루드 남작의 병사들이 벌이는 게릴라전을 제외하면 제대로 군사적 지식이 뒷받침된 작전을 쓰는 건 아직 못 봤다.

마음먹고 밀어붙인다면 이길 수 있다. 하지만 약속은 약속.

루드라로서는 한번 했던 약속을 깨는 건 영 내키지가 않았다.

"어쩔 수 없지."

루드라는 그저 시간이 빨리 가길, 그리고 황제의 생각이 바뀌기를 기다릴 뿐이었다.

어쩔 수 없다고 생각하면서 루드라는 한숨을 내쉬었다.

'이렇게 고민하는 건 나에게 안 맞는데 말야. 크으윽. 머리 아파.'

그렇게 머리 아파하고 있는데 갑자기 부관이 뛰어들어 왔다.

"루드라님."

"또 무슨 일인가."

갑작스런 사태에 애써 근엄한 척하면서 부관을 돌아보는 루드라의 머리 속에는 별의별 생각들이 떠돌아다니고 있었다.

'왜 하필 지금 들어오는 거야. 머리를 붙잡고 바닥을 구르고 있는 걸 본 건 아니겠지? 봤다면 당장 영창으로 보내서 말려 죽이고 말 테다!!'

그런 루드라의 생각을 아는지 모르는지 부관은 떨리는 손으로 명령서를 내밀었다.

"수도에서 전갈이 왔습니다."

"이 문장들은……."

황제의 직인과 최근 황제의 대리자라는 이름으로 일하고 있는 시르 공작의 인장, 그리고 군 총사령관인 켈벤 백작의 인장이 동시에 찍혀 있었다.

한마디로 그 세 사람이 승인해 보내는 전갈이라는 것.

루드라는 의아한 표정을 지었다.

그도 그럴 것이, 저 세 사람이 동시에 승인해야 하는 문서가 대체 뭐가 있는지 생각이 안 나는 것이다.

군대에 관한 거라면 켈벤 백작의 인장만으로 되고, 이번 전쟁에 관련

된 거라면 황제의 직인이나 시르 공작의 인장이 찍혀서 내려온다.

그런데?

의아한 표정으로 봉인을 떼어내고 서신을 펼쳤다.

잠시 그 내용을 읽어 내려가던 루드라는 미간을 좁혔다.

"말도 안 되는 내용⋯⋯."

"예?"

"아니네."

확실히 말도 안 되는 내용이었다.

지금 여기 있는 군대는 아린드의 군 모두가 아니었다.

상비군이나 국경 수비 인원은 전혀 데려오지 않은 상태이고 또한 만약을 대비에서 일부는 수도에 주둔 중이다. 그리고 거기에 혹시 내전 중에 속국들이나 타국에서 무슨 안 좋은 움직임이 있을 때를 대비하여 군대를 더 보강해 두었다.

상비군 역시 그대로 있는 상태였다.

그런데⋯

"부관, 군의 일부를 떼어 수도로 돌려보내라는 명령서네. 문제가 생겨 파병할 곳이 있다고. 어떻게 생각하나?"

부관 역시 이상하다고 생각하는지 잠시 머리를 굴리며 생각했다.

하지만 아무리 생각해도 지금 전선에 투입된 군대를 빼내야 할 정도의 일이 있다는 말은 들어보지를 못했다.

"잘 모르겠습니다."

"하긴, 나도 짐작 가는 것이 없네."

이것도 자신에게 황제가 전쟁을 오래 끌라는 말을 했듯이 그런 식으로 손을 쓴 건가 싶긴 하지만 그렇다면 시르 공작이 동조해 줄 리가 없지 않은가.

하지만 명령은 명령.

"부관, 부관이 알아서 명령대로 군의 일부를 수도로 돌리게."

"예, 루드라 사령관님."

"사령관이라고 부르지 말라니까."

"예, 예."

군에 몸을 담고 있는 한.

"명령을 지키는 건 당연한 일이다. 상관의 명령에 한 치의 의문을 가질 필요가 없다… 아카데미에서 배운 것이긴 하지만 마음에 들지 않아."

작게 중얼거린 후 다시 의자에 몸을 묻었다.

다시 작전을 생각해야 한다. 군이 빠져나가고 나면 지금보다 시에라를 상대하기 힘들 테니까. 물론 그렇다고 질 것도 아니지만.

＊　　　　＊　　　　＊

루드라에게 전달된 명령서에는 아무 답신이 없었다.

대신 명령을 지켜서 다시 올라온 병사들이 있었을 뿐이다.

적어냈던 대로 딱 절반에 해당하는 인원.

그 인원이 올라왔다는 보고를 듣고 난 뮤리아에게 향했다.

잠시 뒤에 긴급 회의가 열릴 것이다.

그러니 그전에 아무래도 한 번 더 사과를 해야겠다, 내가 했던 말을 내가 뒤집은 거니까.

"뮤리아."

"폐하, 어쩐 일이세요? 최근에는 좀 바쁘신 것 같더니……."

뮤리아는 내 방문이 뜻밖인지 의아한 표정을 지었다.

"흠… 군대가 돌아왔어."

"아아, 들었어요."

나도 막 듣고 왔는데. 뮤리아는 대체 어디서 들은 건지 모르겠군 그래.

"흠. 흠, 그래서 말인데⋯⋯."

"전 괜찮아요."

내가 말하려는 게 무엇인지 눈치 챈 뮤리아가 먼저 방긋이 웃으면서 대답했다.

"미안."

"정말 괜찮아요. 이제 더 손쓸 수도 없는걸요. 어느 정도 포기하고 있었어요."

스라트의 일은 처음부터 나 스스로 말했었다, 뮤리아가 알아서 하게 내버려 두겠다고.

하지만 군대를 다른 곳으로 옮기려다 보니 어쩔 수 없어져 버린 거다.

흔쾌히 좋다고 말해 준 게 고맙기도 하지만 무슨 목적이 있어서 일 년 가까이 온 신경을 써서 그쪽을 조종하고 있었는데 갑자기 손을 떼게 만든 게 미안하기도 했다.

하지만 뮤리아의 말은 약간 달랐다.

"제가 지금도 손을 쓸 수 있는 상태라면 양보하지 않았겠지만⋯ 그 실수 이후로 말이 먹혀들지 않아서요."

뮤리아는 어깨를 으쓱였다.

"그렇다면 다행이지만⋯⋯."

루드라에게서 빼내온 군대는 모두 스라트 쪽에 투입될 예정이었다.

'빠른 진압'이라는 명분 하에 대규모의 군대를 투입할 생각이다. 수도에 상비군 하나 남지 않을 정도로 말이다.

이후로는 가벼운 이야기들이 오고 갔다.

"폐하."

그렇게 놀고 있는데 시녀가 한 명 다가왔다.

하는 걸 보아하니…

"긴급 회의가 소집되었으니 모셔오라 해서……."

혹 이게 무례한 짓은 아닐지 벌벌 떠는 시녀의 모습이 조금 우습다.

"그럼."

바로 자리에서 일어났다.

지금 해야 할 일이 우선.

뮤리아가 화를 낸다면 나중에 들어주는 수밖에.

일단은 회의에서 시르 공작과 한판 벌여야 한다.

"폐하, 사과의 표시로 나중에 멋진 목걸이나 하나 사주세요."

뮤리아의 저런 명랑한 태도를 볼 때 별로 화가 난 것 같지는 않지만.

"그러지."

회의실로 향하면서 내내 생각한 건 어떻게 시르 공작을 납득시키는가 하는 점이다.

루드라에게 보낸 명령서에야 시르 공작의 인장을 위조해서 찍어 보냈지만—아마도 루드라와 시르 공작이 알면 난리가 날 거다—지금은 정면 승부를 해야 되는 셈이다.

내가 회의실로 들어서자 먼저 와서 자기들끼리 뭔가를 토론하고 있는 듯하던 대신들이 일제히 자리에서 일어났다. 그리고 내가 앉을 때까지 고개를 숙이고 가만히 있었다. 내가 자리에 앉자 모두 자리에 앉아서 다시 자기들끼리 뭔가를 말하기 시작했다.

"꽤나 시끄럽군."

드물게 내가 공격적으로 나가자 다들 놀란 모양이었다.

"폐, 폐하?"

"그렇게 말할 시간이 있으면 시에라의 반란이나 빨리 제압하지 그러나."

지금 제압되면 안 되지만.

내가 갑자기 이러는 이유를 모르는 대신들은 어리둥절해하기도 하고 당황스러워하기도 했다.

"폐하께서 그리 걱정해 주신다니 몰랐던 일이로군요."

다만 한 사람, 시르 공작만은 태연하게 대꾸한다.

다시 우리 둘의 대치 상태가 만들어지자 대신들은 불안한 눈초리였다.

"그런데 그리 걱정하시는 분께서 어째서 전선에서 절반의 군대를 다시 이리로 돌아오게 만드셨습니까."

그 말에 다른 대신들이 의아한 표정을 나타냈다.

자신들이 알기로는 시르 공작 역시 인정한—명령서에 시르 공작가의 인장이 찍혀 있었으니까—일이었으니까.

난 그런 모습들을 보며 속으로 피식 웃었다.

정말 단순한 것들.

짜증날 정도로 복잡한 데다 무슨 마법 세공이 있어서 위조하기 불가능한 황제의 직인 외에 다른 인장이란 언제든지 위조할 수 있다고.

서로 무슨 자존심 비슷한 것 때문에 그러는 일은 없지만 말야.

"그야 다른 일도 신경 써야 하니 당연하지 않은가."

"그런가요."

시르 공작은 얼음 같은 목소리로 대꾸했다.

"대체 무슨 일을 위해 군대를 뒤로 빼내신 건지 듣고 싶습니다만?"

그 말에 시르 공작을 따른다고 생각되는 어떤 대신이 나와 시르 공작을 번갈아 보다가 조심스럽게 입을 열었다.

"저어… 시르 공작? 공작께서도 이번 군의 이동에는 동의하지 않으셨소. 그런데 왜 갑자기……."

"예?"

이렇게 되면 어리둥절해지는 건 시르 공작 쪽이다.

하지만 다른 대신들은 그런 시르 공작의 마음을—전혀 모르는 일을 모두 자신이 했다고 알고 있다면 얼마나 당황스럽겠는가—모르는 대신들은 저마다 한마디씩 했다.

"폐하와 무슨 이야기를 나누셨는지는 모르겠습니다만, 이런 모습은 시르 공작답지 않군요."

"시르 공작, 이런 이야기는 접어두고 그 군을 어디로 보낼 건지 말씀해 주시지 않겠소?"

"그대도 동의한 일이 아니오. 왜 갑자기 그런 말씀을 하시는 건지 모르겠구려."

그런 말들에 상황을 파악한—상황이 여기까지 왔는데 모르면 시르 공작이 아니다—시르 공작은 날 순간 날카롭게 쳐다보았다.

난 모른 척 능청스럽게 시선을 받아넘겼고.

"후우… 좋습니다, 폐하. 그 군은 쓸 곳이 있어서 돌아오게 하신 것이겠지요?"

"물론이오, 시르 공작 그대도 알.다.시.피."

은근히 시르 공작을 약 올려주었다.

그리고 천천히 모두를 돌아보며 말하기 시작했다.

"그대들도 모두 알다시피 이제 스라트에서 내전이 일어난 지 벌써 이 년이 넘었소. 지난 이 년간은 속국의 정치에 최대한 간섭하지 않는다는 원칙에 따라 그저 보고만 있었지만, 더 이상 그곳을 방치해 둘 수 없다는 생각이 들었소. 더 이상 오래 걸린다면 그 땅은 이제 쓸모없는 땅으로 변해 버리고 말 터. 그대들은 어떻게 생각하시오."

다른 대신들 역시 동의하는지 고개를 끄덕였다.

하지만 시르 공작은 영 마땅치 않아 하는 표정이었다.

"그렇다면… 아닙니다. 자세한 일은 오후의 회의 때 정하도록 하지요."

"그러지."

지금 여기서 따지고 들어봤자 자신이 실없는 사람으로 찍힐 게 뻔하다는 걸 잘 아는 시르 공작은 한발 물러섰다.

하지만 하는 걸 봐서는 회의 종료와 동시에 내 집무실로 달려와 따질 게 뻔했다.

난 즐거운 상상을 하며 집무실로 향했다.

집무실 안에 있던 루이스 자작이 이상하다는 표정을 지으며 날 맞이했다.

"즐거우신 듯한 표정이로군요."

"음, 이걸로 2승 1패라고 할까? 패배 때 입은 데미지가 더 커서 아직은 이쪽이 힘들지만 말이야. 덕분에 즐거워."

싱글싱글 웃으며 한 말에 루이스 자작은 이상하다는 표정만 지을 뿐 달리 별말을 하지 않았다.

어쩌겠는가, 내 말의 절반도 못 알아들었을 터인데. 물론 시르 공작이 들었다면야 난리가 났겠지만.

난 의자에 앉아서 속으로 숫자를 세기 시작했다.

시르 공작이 얼마 만에 오는가 하는 생각으로.

1, 2, 3, 4… 20…….

20까지 세었을 때 문이 열렸다.

그 누군가가 평소와 달리 노크나 고하는 말도 없이 그대로 벌컥 열어젖힌 것이다.

"어서 오게, 시르 공작."

"기다리신 모양이로군요."

얼음 같은 표정과 달리 눈동자는 분노로 활활 타오르고 있었다.

이거 재미있는걸. 감정은 자신의 페이스를 흐트러뜨리는 법이지.

"루이스 자작, 계속 거기 서 있을 건가."

갑작스런 시르 공작의 등장에 멍한 표정을 짓고 있던 루이스 자작은 황급히 고개를 끄덕였다.

"예, 예엣! 물러가겠습니다."

루이스 자작이 황급히 자리를 피한 다음에 난 시르 공작에게 자리를 권했다.

"앉지 그러나."

능글맞게 하는 말에 시르 공작은 조용한 시선으로 날 노려보다가 자리에 앉았다.

그리고 한 템포 쉬더니 입을 열었다.

"제 이름을 쓰셨더군요."

"아아… 그래. 그렇게 하면 더 빨리 움직이게 할 수 있을 것 같아서 말이지. 미안하다고 해야 하는 건가?"

"어떻게……?"

"그대 가문의 인장은 꽤 알려져 있으니까. 앞으로는 위조하기 힘든 걸로 바꾸도록 하지 그러나. 그렇게 쉽게 위조할 수 있어서야 곤란하지 않겠나."

내 친절한 충고에 시르 공작은 손을 꾹 쥐었다.

내 충고가 마음에 들지 않는 모양이다.

"그러니까… 저희 가문의 인장을 위조하셨다는 말씀입니까?"

"아아, 그렇게 들리나?"

태연하게 대꾸하자 시르 공작은 기가 막히다는 반응을 보였다.

"어떻게… 가문의 문장을……."

귀족 사회에서는 다른 가문의 문장을 위조하지 않는 건 상식이다, 쓸데없는 격식과 예의만 들어찬 귀족들의. 얼마든지 상대의 문장을 위조할 수 있음에도 불구하고 하지 않는 거다. 최소한의 예의네, 상식이네 하면서.

"하지만 난 그런 상식이 귀찮아서 말이네."

"뭐… 라고 말씀하셨습니까."

"그런 상식, 나에게는 필요없네. 지금 상황 자체가 어차피 상식에서 벗어난 것이니."

맞는 말이 아닌가.

절대 황권 체제인 이 아린드에서 황제가 아닌 실권자가 있다는 것 자체가 상식 밖의 일이다.

내 말에 숨은 뜻을 알아챘는지 한참 불타고 있던 시르 공작은 단번에 식어버렸다.

"그렇습니까."

"쿡… 역시 알아듣는군. 고맙다고 해야 하나?"

"더 안 좋은 일에 쓰지 않으셨음을 제가 고마워해야겠지요."

나에게 이를 가는 게 느껴진다. 그러면서도 태연하게 '제가 고마워해야겠지요' 라니. 저런 태연한 태도를 보면 내가 오히려 수세에 몰린 듯한 기분이 들곤 한다.

"흐음… 하여간 무엇 때문에 이리 오셨는지?"

"아시리라 믿습니다만… 일단은 말씀드리지요."

시르 공작도 나 못지않게 능글맞다.

"스라트에 군대를 동원할 생각이신 겁니까? 진압을 위해서?"

"그렇소만."

"어느 정도나 투입할 생각이십니까."

"이번에 수도로 회군한 군대를 포함, 수도의 군대는 모두 보낼 생각이오. 단시간 내에 제압하는 것이 좋겠지."

지금 내가 틀린 말을 하고 있는 건 아니다.

이럴 경우에는 대규모 병력이 투입되어 한꺼번에 휩쓸어 버리는 게 더좋으니까. 하지만.

"이럴 때, 왜 하필 시에라가 반란을 일으켰을 때 군을 보내시려는 건지 궁금하군요."

"이왕 하는 김에 한번에 쓸어버리는 게 더 좋지 않겠소. 두 번 세 번군을 동원할 이유가 있을까?"

시르 공작이 미심쩍다는 시선을 보내왔다.

"수도가 텅 비게 될 텐데요."

"그렇겠군."

태연한 대답에 시르 공작은 약간 질린 모양이었다.

"같은 패턴은 이제 질립니다. 확실히 말씀해 주시지요. 뭘 꾸미고 계시는 겁니까?"

"꾸미고 있다라… 별로 좋은 어감이 아니로군."

태연히 대답했더니 그게 또 심기를 거스른 모양이었다. 주먹을 꽉 쥔손이 바들바들 떨리기 시작한 걸 보면 말이다. 하지만 내가 왜 시르 공작에게 내 생각을 말해야겠는가.

"많이 능청스러워지셨군요."

"덕분에— 말이지."

처음에는 나도 나름대로 순수하고 순진—이런 말을 하면 제노시아와 아리아가 괴상한 표정을 짓겠지만—했었다.

나름대로이긴 하지만.

그런 날 이렇게 변화시킨 가장 큰 요인은 시르 공작이다.

절대 난 이렇게 살 생각은 없었는데 말야.

난 내 안전이 최우선이었거든.

그런데 그걸 건드린 건 시르 공작 본인이다.

"그럼 일단은 스라트로 군대가 파견되는 겁니까?"

"시르 공작도 동의하지 않았나."

모르는 척 대답했다.

난 아무 일도 안 한 것처럼.

"그건… 휴, 아닙니다."

아니라고 하면서 삼킨 말이 뭔지 짐작이 간다.

자신이 했다고 알고 있는 사람들에게 그런 게 아니니 함정이니 해봤자 자신의 신용만 떨어지는 일이니까. 그래서 부정하지도 못하고 긍정하지도 못하고 넘어간 거겠지.

그럴 거라 생각하고 인장을 위조했으니까.

시르 공작은 꽤나 고고하게 자라서인지 이런 인장을 위조한다던가 하는 생각은 못하는 것 같았으니까.

조용히 시르 공작은 나를 노려보기 시작했다.

"스라트의 일은… 어차피 해야 할 일이니 넘어가겠습니다만, 더 이상의 이런 행동은 참지 않습니다."

결국은 경고와 협박이로군.

나야말로 이런 패턴에 질려 버릴 지경이다.

마지막에 경고와 협박의 말을 하는 것.

누가 모른다고 했나, 내가 시르 공작에게 눌려 있다는 걸.

"이런 사소한 일도 용납을 못하는 모양이로군. 그럼 앞으로는 내가 읽는 책이 뭔지도 보고할까?"

비꼬는 말에 시르 공작은 아무 대꾸도 하지 않았다. 아니, 대꾸할 가치조차 없다는 듯이 자리에서 일어날 뿐.

"머리가 나쁜 분이 아니시니 알아서 잘 하시리라 믿습니다."

"아아… 아마도 그럴 거야."

특이하게 대답해 주자 시르 공작의 이마가 꿈틀거렸지만 이내 태연한 척하며 나에게 인사를 하고 나가 버렸다.

"크큭, 시르 공작도 귀여운 구석이 있었군. 그래서 아스티안이 반한 거였나?"

"폐하……."

너무 좋아하는 나에게 제노시아는 '이러시면 안 되는데…' 라고 혼잣말처럼 중얼거렸지만 난 살포시 무시해 주었다.

어쩔 수 없다, 이제야 제대로 된 반격을 할 준비가 모두 갖추어졌으니까 즐거운 게 당연하지 않은가.

"참, 뮤리아에게 목걸이를 사주어야 하는데… 아리아에게 연락해 줘. 어울릴 만한 걸 하나 보내라고."

"알겠습니다."

일차적인 준비는 끝났겠다, 이제 제대로 타이밍만 맞추면 되는 건가.

그날 저녁… 이 아니라 밤에 온 키나이에게 시에라의 최근 근황을 물었더니 드물게도 피식 웃어버리는 게 아닌가.

"상당히 즐거운 모양이지?"

"예? 아, 아닙니다."

그제야 얼굴 표정을 수습한 키나이는 늘 그랬듯 차분한 목소리로 보고를 시작했다.

"폐하의 지시대로 소문을 퍼뜨렸습니다만… 시에라의 진영 내에서는 생각 이상의 상승 효과가 있었던 모양입니다. 병사들이 이미 두 파로 나뉘어져 버렸다고 합니다. 그리고 그들끼리 충돌도 빈번하게 일어나고 있는 모양입니다."

"너무 일찍 일을 벌인 걸까."

조금 걱정이 되는걸. 저러다 자멸하면 곤란한데. 조금 더 시간을 끌어주지 않으면 곤란하다, 아주.

"전 잘 모르겠습니다만, 하여튼 덕분에 시에라는 힘든 모양입니다."

"그래……."

거기까지만 물으려다가 문득 의문이 생겼다.

"소문이 어디까지 퍼졌지?"

"예? 무슨 의미이십니까?"

"그러니까 소문이라는 건 과장되거나 터무니없는 말들까지 나오잖아. 내가 지시했던 것 이외에 어떤 소문들이 더 돌고 있지?"

내 말에 카나이는 잠시 생각하는 듯하더니 자신이 알고 있는 걸 모두 말해 주었다.

"먼저 폐하께서 지시하신 대로 '시에라가 샤이나를 죽였다'는 걸 기초로… 좀 이상한 소문들까지 돌고 있습니다. 시에라가 샤이나를 죽여서 먹었느니, 전쟁 승리를 위해 악마에게 제물로 바쳤느니, 혹은 샤이나의 뼈를 펜으로 만들어 가지고 있느니 하는 소문들이 꽤 많았습니다."

먹어? 악마? 뼈를 뭘로 만들어?

난 그 소문들에 헛웃음이 나왔다.

"시에라, 꽤나 머리 아프겠군."

단순히 죽였다는 소문 정도가 아니지 않은가.

저 정도의 소문이라면 단순히 무시할 수 있는 수준이 지났는걸.

"어쩌다가 그런 소문이 났는지 알고 있나?"

"일반 속설에 따르면, 죽어서 그 사람을 먹으면 그 힘이 자신의 것이 된다고 합니다. 아마 그런 생각으로 나온 말이 아닐까 생각합니다만… 그 근원은 정확히 알 수 없습니다."

흐음…… 병사들이 시에라를 거의 악마 취급하는 건가 해서 재미있어 했더니만 그건 또 아니었나 보군.

"지금 스라트의 상황은?"

"여전합니다. 레이르와 그라딘이 싸우고 있지요. 국내만으로도 벅차서 다른 데 신경 쓸 여유는 없는 모양입니다. 그리고 스라트의 백성들은 누가 이겨도 상관없다는 분위기입니다. 되도록 빨리 끝났으면 여길 뿐으로, 저희가 개입한다고 해도 그리 큰 반발은 없을 겁니다."

그럼 됐군. 다행이야. 이제 군을 끌어 모아 스라트에 보내는 일만 남았군.

어라? 그럼 문제가 하나 생기는걸? 나중에 스라트는 누가 통치하게 되는 거지?

그로부터 일주일 후.

대규모의 병력이 스라트로 이동했다.

나와 시르 공작의 허락 하에 켈벤 백작을 사령관으로 해서.

몇몇 사람들은 내전을 일으킨 시에라를 먼저 누르는 게 맞지 않냐고 하지만 그런 '옳은' 말은 슬쩍 무시해 버렸다. 나에게 중요한 건 그게 아니니까 말이다.

켈벤 백작이 병사들을 이끌고 스라트로 출전하던 날,

시르 공작이 날 찾아왔었다.

아침 일찍, 내가 일어나기 전에 도착해서는 시녀를 시켜 날 깨웠다.

나로서는 안 그래도 최근 카나이와 이야기할 게 많아 늦게 잠이 들곤

하는데 아침 일찍 온 손님이, 그것도 초대하지 않은 손님이 반가울 리가 없었다.

억지로 일어나 옷을 갈아입고 부루퉁해 있는데 시르 공작이 들어와서 다짜고짜 하는 말이,

"한 가지 여쭙겠습니다."

였다.

순간 짜증이 치밀어 올랐다.

"이 이른 시간에 찾아와 사람을 깨운 이유가 그것인가."

대체 왜 이 시간에 찾아온 건지도 모르겠고 또 뭘 묻는답시고 무슨 소리를 할지 걱정이 되어서 짜증을 섞어 말했지만 시르 공작은 아무래도 상관없는 모양이었다.

"샤이나, 황태후인, 아니, 황태후였던 샤이나 소랜트 헤이워드를 죽인 것은 당신입니까?"

이건 또 무슨 소리래.

"갑자기 그게 무슨 말인가?"

"시에라의 진영에 있던 샤이나가 행방불명이라고 하는군요. 그리고 동시에 돌기 시작한 소문— 그 때문에 여쭤보는 겁니다."

여기서 어색한 모습을 보이면 바로 들키겠군.

"아아— 그 소문이라면 나도 들었네. 시에라가 샤이나를 죽였다는 소문 말이지. 그런데 그게 나와는 무슨 상관이지?"

"진정 상관이 없으십니까?"

"물론 내 손으로 샤이나를 죽이지 못한 것은 안타깝지만… 그걸 묻는 건 아닌 것 같아서 말이네."

난 되도록 태연하게 대꾸해 주었다.

아마도 지금 시르 공작의 말을 볼 때 시르 공작은 내가 시에라에게 도

움을 주거나 하고 있는 게 아닌가 의심하고 있을 것이다.

아니, '것이다'가 아니라 확실하겠지. 그리고 내가 그 죽음에 관여했다 생각하고 있겠지. 아주 정확하게 맞춰주는군. 늘 생각하는 거지만 예리해.

"절 속일 생각은 아니 하시는 것이 좋을 텐데요."

"무슨 말을 하는 건지 모르겠군."

"…제 말뜻을 아실 텐데요."

"그러니까, 시르 공작 자네는 내가 샤이나를 죽였다 하고 싶은 건가?"

당연하다는 듯 고개를 끄덕인다.

잘도 알아냈네. 하지만 그걸 순순히 인정해 줄 수는 없는 법. 인정하게 되면 지금 내가 시에라를 도와주고 있는 거나, 일부러 내전을 지연시키고 있다는 것도 다 들통나게 된다.

"기가 막히는군, 새벽같이 찾아와서 하는 말이 겨우 그런 말이라니."

"다 알아내고 왔습니다. 폐하께서 샤이나의 죽음에 관여하셨다는 것을요."

"샤이나는 그 성에 있었고 난 황궁 밖을 나간 적이 없네만."

"그렇습니까."

내 태도를 보고 무슨 생각을 했는지는 모르겠지만 뭔가 납득하는 듯한 행동을 보였다.

저러는 걸 보니 이번 일은 여기서 끝인 모양이라는 생각이 들었다.

그럼 이제 내 쪽에서 좀 강하게 나가볼까?

"겨우 그런 이유로 내 잠을 깨운 건가."

"죄송합니다."

"됐네, 나가게."

시르 공작이 나가고 나자 제노시아는 약간 걱정스러운 듯한 목소리로 나에게나 들릴 정도로 나직이 물어왔다.

"알게 된 걸까요."

"그건 아닌 것 같은데……."

확실한 건 아니다.

워낙 눈치도 빠르고 머리도 좋은 사람이니까. 이제 너무 노골적인 행동은 조심해야겠군. 눈에 띄면 다 끝인 법이니까.

조심스러운 마음으로 다짐하고 켈벤 백작의 출전을 허가해 주었다.

가아… 시르 공작, 이게 바로 우리의 제2라운드를 알리는 거라고. 자네는 모르겠지만.

스라트로 군대가 떠난 후, 얼마 안 되어 켈벤 백작은 시킨 대로 증원군을 요청해 왔다.

그 때문에 대신들이 난리가 난 건 당연한 일이었다.

그 증원군에 대한 걸 토론하기 위해 회의가 소집되었다.

슬쩍 온 사람들을 훑어보니 시르 공작과 카난 공작이 없었다.

굳이 올 필요를 못 느낀 모양이다.

잘되었어.

'대체 켈벤 사령관은 너무 무능하군. 한동안 전쟁이 없어 머리가 썩기라도 한 건가. 그 정도의 나라를 진압하지 못해 증원군을 요청한단 말인가.'

'그러게 말입니다. 큰 나라도 아니고……."

그 소리에 난 속으로 켈벤 백작에게 사과해야 했다.

나 때문에 바로 무능한 자로 찍혀 버렸으니까.

"그렇게만 생각할 게 아닙니다. 아무래도 두 무리가 싸우고 있는데 갑자기 끼어든 셈이니까요. 힘들겠지요."

하네인 후작이 두둔하자 몇몇 대신들은 옳다고 생각했는지 고개를 끄덕였지만 여전히 불평을 늘어놓는 사람들도 있었다.

"하지만… 지금 어떻게 군을 조달한단 말입니까."

"그렇습니다. 아직 시에라의 반란도 다 진압되지 않은 상황인데……."

다들 난처하다는 듯한 반응이었다.

그랬다.

켈벤 백작이 스라트로 군대를 이끌고 간 후 최소한의 수도 방어를 위해 남아 있던 군사들은 모두 수도로 집결시켜 두었지만 이 군사들을 보낼 수는 없는 일이었다.

수도를 비게 할 수는 없는 일이니까.

그동안 켈벤 백작이 쌓아온 실적 덕분이었는지 그가 불필요한 걸 요구하고 있다 생각하지는 않는 모양이었다.

사람은 역시 착실한 게 제일이라는 생각이 드는 상황이라고 할까?

"하지만 켈벤 사령관이 거짓을 말하는 건 아닐 겁니다. 증원군을 보내야 합니다."

"그렇습니다. 속국의 일에 개입해서 진다면 그게 무슨 창피입니까."

말들이 많긴 하지만 역시 군대를 보내기로 결정이 난 모양이었다.

그럼 슬슬 내가 움직여 볼까.

"그럼 군을 보내겠다는 거로군."

천천히 입을 열었더니 다들 긴장하고 있는 것 같았다.

아무래도 내가 무슨 말을 할 때마다 편하게 넘어간 일이 없어서겠지.

"예."

레비스가 대신들을 대표해서 대답했다.

난 시종일관 흥미없다는 표정을 유지했다.

"그럼 루드라 경을 보내면 되지 않는가. 지금 시에라의 성을 포위하고 있는 그 병력이 있지 않냔 말이야."

다들 황당하다는 반응을 보였다.

"말도 안 됩니다."

"그러면 시에라의 반란은……."

"무리한 일입니다."

역시 예상대로의 반응.

난 심드렁하게 말했다.

"그쪽에는 자네들의 사병을 보내면 되겠지."

"네?"

"그렇지 않은가. 사실 스라트에 자네들의 사병을 보내도 되긴 하겠지만 속국이라고는 해도 타국과의 싸움에 자네들의 사병을 보내는 건 보기 안 좋지 않은가. 그러니 국내의 일에 그대들의 사병을 쓰면 되는 거겠지."

하지만 다들 그러고 싶지는 않은 모양이었다.

당연한 일이다.

귀족들은 사병을 가지고 있다. 하지만 그 사병은 대부분 자신의 영지를 방어하기 위한 목적으로 기르고 있을 뿐으로, 내전에 참여시킨다는 건 생각도 안 해봤으리라.

그리고 그 병사들이 빠져나간다면 영지를 지킬 사람들이 없어지는 것이다.

원래 내전이 일어났을 시에는 군을 보내 돕는 게 당연한 의무이기는 하지만, 절대 파견할 생각은 없었을 것이다.

"흐음… 다들 내 생각이 별로 내키지 않는 모양이로군."

"폐하, 황공합니다만, 사병들을 보내면 영지의 방어가……."

하네인 후작이 미리 짜여진 말을 했다.

그러자 난 잠시 고민하는 척한 다음 태연하게 말을 이었다.

"시르 공작의 사병들은 꽤 수가 많던데. 다들 그렇지 않은가?"

"확실히 시르 공작께서는 방어 목적 이외에 따로이 사병을 기르기는 하셨습니다만… 시에라와 대치할 정도는 아니라고 생각됩니다."

레비스의 말에 다들 수상하다는 시선을 보냈다.

아, 역시 멍청해도 이렇게 노골적으로 나가면 눈치를 채는 걸까.

하지만 저들은 시르 공작이나 카난 공작이 없다면 힘을 거의 쓰지 못한다.

나머지 결정은 순식간이었다.

결국 지금 루드라가 이끌고 있는 군대는 모두 스라트로, 그리고 시르 공작을 비롯한 사병의 수가 꽤 많은 몇몇 귀족들이 자신의 사병들을 보내기로 했다.

약간 위험한 작전이기는 하지만… 그래도 이 정도의 위험 부담도 피하려 한다면 나중의 일에 못 버티는 법.

*   *   *

시에라는 잠시 이마를 짚었다.

현기증이 났다.

지금은 앨리언 황제가 대치 중인 군의 절반을 빼줘 쉬웠다.

잘만하면 이제 성을 나가 진격할 수 있겠다는 생각이 들 정도로 잘 풀리고 있었다.

그런데 이번에 온 전갈은 문제가 많았다.

"귀족들이 사병을?"

"어차피 내전이 일어날 경우 당연한 의무로서 해야 하는 일일 뿐입니다."

세실리아의 말에도 의문을 감출 수가 없었다.

그 깐깐한 귀족들이 순순히 병사를 내놓겠다고 할 리가 없는데 대체 어떻게 구슬렸기에…….

*　　　　*　　　　*

시르 공작은 회의에 참석하지 않고 카난 공작과 함께 이야기를 나누고 있었다.

"후우… 넌 어떻게 생각하니?"

몇 주 전 아침에 황제를 찾아갔던 일을 이야기하는 중이었다.

"흐음… 그러니까 언니는 샤이나를 죽인 건 앨리언 황제라 생각하고 있는 거라는 거네?"

"그래."

확실하다는 듯이 말하는 모습에 카난 공작은 잠시 고개를 갸웃거렸다.

"하지만 말야, 폐하께서 모르시는 일이라고 하셨다면서?"

"그야 당연히 거짓말이겠지."

"정말 그래?"

그 말에 시르 공작은 아무 말도 하지 못했다.

앨리언 황제가 워낙 태연하게 말해서 별로 거짓말 같지가 않았던 것이다. 하지만 그렇다고 해서 믿을 수 있다는 건 아니다.

시르 공작이 대답하지 않자 카난 공작은 찻잔을 들었다.

두 손으로 찻잔을 감싸 쥐며 하나하나 말을 늘어놓기 시작했다.

"그러니까 시에라와 함께 있던 샤이나는 실종, 그리고 동시에 퍼진 소문은 공통되게 샤이나가 시에라에게 살해당했다는 것, 또 언니는 이상하게 앨리언 황제가 의심됨, 이라는 거지?"

"그래."

"하지만… 아무 증거도 없잖아."

카난 공작이 어쩔 수 없다는 듯이 어깨를 으쓱했다.

하지만 시르 공작은 의심을 지울 수 없는 모양이었다.

"이상하다고 생각하지 않니?"

"뭐가?"

시르 공작은 차분하게 설명을 했다.

"샤이나가 갑자기 시에라와 화해한 것, 그리고 시에라는 지금 자신이 가진 군대로 너무 오랫동안 농성전을 하고 있어. 누군가가 도와주고 있다는 증거야."

"흐음… 확실히 루드라 경이 거의 공격을 안 한 건 확실해. 이길 수 있는데도 불구하고 지금까지 시간을 끌었으니까. 대충 싸우고 있다는 듯한 느낌이 들었다고나 할까."

카난 공작 역시 이상한 점을 말했다.

시르 공작은 그것 보라는 듯한 표정이었다.

"누군가가 돕고 있어. 분명히 앨리언 황제가……."

"잠깐, 언니."

카난 공작이 시르 공작의 말을 막았다.

그리고 방긋이 웃었다.

"폐하와 시에라가 얼마나 사이가 나쁜 건지 잊었어? 왜 시에라를 도와주겠어."

카난 공작의 말에 시르 공작 역시 고개를 끄덕였다.

"맞아. 그래서 더 모르겠어."

시르 공작의 말에 카난 공작은 더 모르겠다는 표정을 지었다.

대체 뭘 더 모르겠다는 건지.

"언니?"

"앨리언 황제는 정보 조작을 잘해. 이건 당해봐서 잘 알지."

그렇게 말한 시르 공작은 여러 가지 일들을 회상하며 쓴웃음을 지었다.

"그러니 앨리언 황제가 정말로 샤이나를 죽였다면 이후의 일들에 관해 떠드는 사람이 없게끔 만들었을 거야. 자신에게는 조금의 의심도 오지 않게 하는 사람이니까."

"그런데 이번에는 이상하게 의심이 되는 상황이다?"

"그래. 시에라가 지금 샤이나를 죽일 이유가 없으니까."

그렇게 되면 샤이나가 데리고 왔던 병사들이 문제를 일으킬 게 뻔했다. 시에라라면 그 정도도 생각하지 못하지는 않았을 터.

"흐음… 난 잘 모르겠는걸."

카난 공작은 정말 모르겠다는 듯이 말하고는 찻잔을 내려놓았다.

하지만 시르 공작은 아직 결론이 나지 않은 듯이 계속 중얼거렸다.

"앨리언 황제가 샤이나를 죽였다면 시에라를 돕고 있다는 이야기가 돼. 그리고 슬쩍 샤이나를 죽였다는 소리가 나오는 거야."

시르 공작이 뭔가 생각날 듯하다는 느낌을 받았을 때 밖에서 노크 소리가 들렸다.

"공작 각하, 바이란 백작께서 오셨습니다."

"아, 이리로 들어오라고 해요."

아마 이번에 갑자기 소집된 회의에 대한 이야기일 거라고 생각한 시르 공작은 두말 않고 들어오게 했다. 어차피 별일은 아닐 거라고 생각하면서.

카난 공작 역시 의자에 등을 기대며 느긋한 표정을 지었다.

그런데 이상하게도 들어온 바이란 백작의 표정은 꽤 당혹스러워 보였다.

"아니, 무슨 일인가."

카난 공작이 놀라서 묻자 바이란 백작은 더듬거리며 회의 결과를 말하기 시작했다.

"켈벤 사령관의 증원군 요청에 지금 시에라가 일으킨 반란을 진압하기 위해 가 있는 군대를 보내기로 했습니다."

그 말에 시르 공작과 카난 공작은 깜짝 놀랐다.

"아니, 그럼 반란군은 어쩌고?"

카난 공작이 놀라서 묻자 바이란 백작은 기어들어 가는 목소리로 대답했다.

"그게… 사병을……."

"뭐?"

"제대로 말하게."

시르 공작이 다그치자 바이란 백작은 될 대로 되라는 생각으로 말했다.

"시르 공작님과 일부 귀족들의 사병을 보내기로 했습니다."

"하아?"

"뭐!!"

놀란 건 시르 공작뿐이었다.

카난 공작은 어처구니가 없다는 표정을 짓다가 재미있다는 듯한 눈동자를 하고 물었다.

"그 일부 귀족에 속하는 자들은 누구를 말하는 거지?"

"그러니까… 영지를 지킬 수 있는 인원보다 훨씬 많은 사병을 가지고 있는 자들을 지목하셨습니다. 나라를 지키는 일이니 나서야 하는 게 아니냐고 하시면서……."

거기까지 말한 바이란 백작은 시르 공작이나 카난 공작의 표정도 못

보고 혼자 불만을 토로하기 시작했다.

"대체 그런 사병의 수나 영지에 대한 정보 같은 건 어디서 얻으신 건지 모르겠습니다. 출전시키지 않기 위해 숨기려고 해도 이미 다 알고 계셨어요. 그래서 아무 반론도 못했습니다. 나뿐만이 아니라 다들 그랬어요. 나라를 지킨다는 말이 틀린 건 아니고, 또 귀족이라면 누구나 그런 의무가 있으니까요. 하지만 그런 걸 이용하다니……."

"거기까지."

시르 공작은 끝없이 이어지는 변명이나 다름없는 바이란 백작의 말을 끊어버렸다.

그제야 불쾌함으로 가득한 시르 공작의 얼굴을 본 바이란 백작은 푹 고개를 숙였다.

괜히 시르 공작의 성질을 건드린 것이 아닌가 걱정이 된 것이다.

"그럼 한마디로… 이미 결정이 났다는 겁니까?"

"예… 긴급 사태이니 되도록 빨리 명령서를 만들어야 한다고 리튼 공작을 종용하신 걸로 보아 아마도 벌써 폐하께서 명령서에 직인을 찍으셨을 거라고 생각합니다만……."

시르 공작은 그대로 자리에서 일어났다.

어떻게든지 이 결정이 명령서로 내려져서는 안 된다.

시르 공작이 횡하니 나가 버리자 바이란 백작은 어리벙벙한 표정을 지었다.

그런 바이란 백작을 보며 카난 공작은 피식 웃어버리고 말았다. 그리고 자신이 주인은 아니지만 자리를 권했다.

"앉으세요, 바이란 백작."

"아, 예……."

카난 공작은 아주 부드럽게 웃으면서 이기지도 못할 싸움을 벌이러 간 시르 공작에게 마음속 깊이 애도를 표시했다.

'아마 도착했을 때는 이미 명령서가 만들어졌을걸?'

더 정확히 말하자면 회의 전에 이미 만들어두었을 거라는 생각이 들었다.

회의 때 이미 귀족들의 사병에 관한 정보를 다 모아서 따지고 들었다고 했으니까. 처음부터 이럴 생각이었을 것이다.

"폐하께서는 가끔씩 황당한 일을 벌이기를 좋아하신다니까."

"예?"

"혼잣말이에요."

잘못하면 시르 공작이 그 군대를 그대로 돌려 수도로 와 앨리언 황제를 칠 수도 있는 일이다. 그런데…

'모험인 건가요. 하긴, 지금이 가장 좋은 기회겠지.'

카난 공작은 누가 이기든지 상관없다는 생각이 들었다.

어느 쪽이 이기더라도 자신은 살아남을 것이고, 또 자신의 일족 역시 살아남을 것이니까.

'쓸모없는 자존심이나 신념 같은 건 개나 주라지. 난 카난 가문의 가주로서 일족을 지킬 의무가 있단 말야.'

한편 시르 공작은 마부를 독촉해서 아주 빠른 속도로 황궁에 도착했다.

자신에게 건네는 인사들도 모두 무시하고 시녀를 하나 잡았다.

"너, 황제께서 어디 계신지 알고 있느냐."

"아, 아마도 집무실에 계실 거라고 생각하옵니다."

시르 공작의 눈초리에 겁을 먹은 시녀가 벌벌 떨면서 대답하자 시르 공작은 바로 몸을 돌려 뛰다시피 집무실로 향했다.

문 앞에 서 있는 기사들에게 고해달라는 말을 할 여유도 없이 바로 문을 열어젖혔다.

앨리언 황제와 루이스 자작이 느긋하게 책을 읽고 있는 모습이 보였다.

"…기본적인 예의라는 건 어딘가에 줘버렸나 보지?"

최근 뮤리아와 더 사이가 좋아지면서 옮은 것 같은 앨리언 황제의 독설에 시르 공작은 아무 대꾸도 하지 않았다. 그리고 루이스 자작을 쏘아보았다. 나가라는 뜻으로.

무슨 뜻인지 몰라 움찔거리기만 하던 루이스 자작은 시르 공작이 고갯짓으로 나가라는 신호를 보냈을 때야 의미를 알아채고 가볍게 목례를 하고 밖으로 나갔다.

"호오… 루이스 자작까지 쫓아내고. 무슨 큰 비밀 이야기라도 하려는 건가."

앨리언 황제가 놀리듯이 하는 말에 시르 공작은 차분한 표정을 유지했다. 지금 흐트러지면 안 된다는 생각으로.

"무슨 일로 그리 급하게 온 건지 물어보길 기다리고 있는 건가."

기껏 와서는 아무 말도 하지 않는 시르 공작에게 앨리언은 미간을 모으며 퉁명스럽게 말했다.

"…귀족들의 사병을 이용한다 하셨습니까?"

"음, 그래. 일단은 그럴 생각이네. 한데 왜 그러지?"

아무 문제가 없다는 듯한 대답에 순간 울컥했지만 억지로 눌러 참았다.

감정적으로 대할수록 당할 수밖에 없다는 걸 잘 알기에.

"반대입니다."

"이런……."

앨리언은 진정 아쉽다는 듯이 말했다.

그리고 안타까운 듯한 어조로 한마디를 덧붙였다.

"왜인지 모르겠군. 가장 좋은 방법이 아닌가?"

"…아직 명령서를 내리지는 않으신 것 같으니……."

그 말에 앨리언은 손뼉을 쳤다.

"아아… 명령서. 벌써 도장을 찍어 재상에게 넘겼다네. 아마도 지금쯤 이면 전령이 수도를 벗어나고 있겠지."

시르 공작은 멍해졌다.

"방금 전의 회의에서 결정난 사항이 말입니까?"

"다급한 일이기도 하니 되도록 빨리 처리하는 것이 좋을 것 같아서 말이네. 하지만 그대가 반대할 줄은 몰랐는걸."

그리고 태연하게 덧붙였다.

"군대 출정 준비를 해줘야 하는 거 아닌가?"

시르 공작이 이를 갈면서 집무실을 나서자 앨리언은 쿡쿡 웃으면서 중얼거렸다.

"1대 3. 하지만 아직 만회하진 못했어."

일은 쉽게 진행되었다.

시르 공작은 내 명령서를 가진 전령이 황궁을 빠져나갈 때까지 잡지 못했고, 그 명령서는 바로 루드라에게 전달되었다. 그리고 귀족들이 사병을 보냄과 동시에 뒤로 빠져서 바로 스라트 쪽으로 가기로 했다.

시르 공작은 불만으로 가득 차 있는 것 같긴 했지만 '이 참에 단번에 끝내자'라고 생각을 굳힌 듯 꽤 많은 수의 병사들을 끌고 갔다.

그것도 직접.

시르 공작이 전에─전대 시르 공작, 즉 현 시르 공작의 어머니가 살아 계실 무렵─기사였다는 소리는 들었었지만 직접 나갈 줄은 몰랐었다.

"의외의 부분에서 날 놀라게 만든다니까."

"시르 공작께서 출전한 걸 말씀하시는 겁니까?"

"그래."

하지만 뮤리아는 전혀 놀랄 게 없다는 반응이었다.

"빨리 끝내고 싶은 모양이죠. 벌써 반년 가까이 되지 않았습니까."

"그렇긴 하지."

난 싱긋이 웃었다.

이제 시에라와의 거래는 거의 끝났다.

이만하면 많이 도와준 게 아니겠는가.

"하지만……."

"음?"

"스라트의 일은 어떻게 끝날지 궁금하네요. 그런 정보는 손에 안 들어오는지라……."

뮤리아는 슬쩍 지금 스라트가 어떻게 되어가고 있는지 가르쳐 달라는 말을 했다.

난 잠시 생각을 정리한 다음 차분히 내가 알고 있는 것 중에서 말해 줄 수 있는 것들만을 설명해 주었다.

"켈벤 백작과 루드라 경이 갔으니 거의 끝난 일이라고 생각했는데… 예상 이상으로 그라딘과 레이르가 재치를 발휘하더군. 우리가 진압하면 둘 다 왕의 자리는 꿈이 되어버린다고 생각했는지 힘을 합쳐 대항하기 시작했다고 해. 그래도 절반 정도는 끝난 모양이지만."

"흐음……."

고향 이야기라서 흥미를 나타낸 줄 알았는데 그게 아니었던 모양이다.

전쟁 이야기가 나오자 바로 흥미없는 듯한 표정을 지으며 부채를 펼치는 뮤리아의 모습을 보니 말이다.

그런 반응에 어떻게 대응해야 할지 몰라 멍한 표정을 짓자 뮤리아는 뾰루퉁한 목소리로 자신이 알고 싶은 게 뭐였는지 가르쳐 주었다.

"제가 알고 싶은 건 그 딴 게 아니라 다음 스라트의 왕이라고요."

"아아……."

그제야 질문의 요지를 알게 된 나는 살짝 웃었다.

"아직 결정되지 않았는데."

그 말에 뮤리아는 눈을 빛냈다.

"그럼 제가 마음대로 결정해도 될까요?"

천천히 고개를 끄덕여 주었다. 뮤리아가 물을 때부터 짐작하고 있던 말이기에.

"정말이시지요?"

"음… 추천할 사람이 있나보군."

"그럼요."

뮤리아는 정말 기분이 좋은 듯했다.

그럼 이로써 전후 뒷수습도 걱정 안 해도 되겠군.

난 고개를 살짝 돌려 파란 하늘을 쳐다보았다.

10월의 상쾌한 하늘.

이 시기의 하늘은 어쩐지 사람의 기분을 편안하게 만드는 색이다.

자아, 시에라.

이제 본격적인 전쟁이야.

더 이상은 절대 도와줄 생각이 없으니까 말야.

열심히 해보라고… 죽지 않도록.

제4권 끝

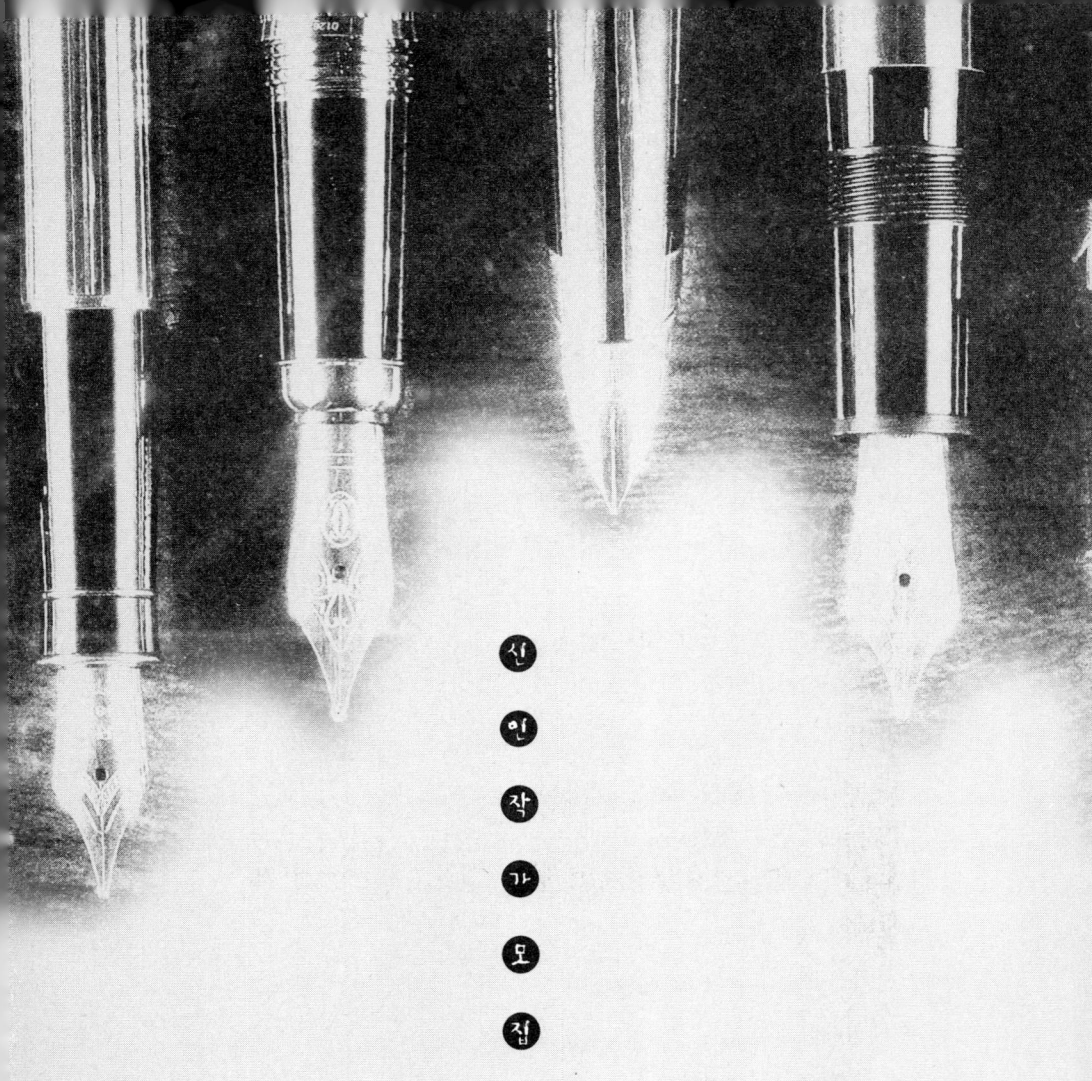

신
인
작
가
모
집

시작이 반이라고 했습니다.
작가의 길에 대한 보이지 않는 벽을 과감히 깨뜨리십시오!
청어람은 작가 지망생 여러분들의
멋진 방향타가 되어드리겠습니다.

저희 도서출판 청어람에서는
소설 신인 작가분들을 모집합니다.
판타지와 무협을 사랑하시는 분들의 많은 참여를 바랍니다.
소정의 원고(A4용지 150매)를 메일이나 우편으로 보내주시면
검토 후 출판 여부를 알려드리겠습니다.

주소:경기도 부천시 원미구 심곡1동 350-1 남성B/D 3F 우편번호420-011
TEL:032-656-4452 · **FAX**:032-656-4453
http://www.chungeoram.com
e-mail:chungeoram@chungeoram.com